인류보호회사

3

Humanity Protection Company

인류보호회사

8

짤짤이 지음

시공사 × 노블피아

차례

사람을 죽이는 병

협회장이라는 남자는 이런저런 손짓까지 해가며, 목소리를 높여 말했다.

"제대로 된 이상異常 개체 몇 개만 만들면, 한계가 사라질 겁니다. 무한한 에너지, 무한한 식량, 무한한 공간, 무한한 수명…"

"저기요."

요원이 지우개를 손안에서 굴리다가 주먹을 쥐었다. 헬멧을 쓴 요원의 고개가 조금 돌아가며, 정확히 협회장을 보았다.

"당신 때문에 건물 하나를 지웠습니다. 그 안에 있던 피해자가 한둘이 아닙니다. 그런데 지금 그런 말이 나옵니까?"

헬멧을 거치면서 뭉개진 목소리였지만, 그 안에 도사린 분노만은 선명하게 전해졌다.

협회장이 눈을 피했다.

"그건 사고였습니다. 의도한 부분이 아니었는데… 공간 이동만 하는 줄 알았단 말입니다. 그렇게 위험한 줄 알았으면…"

"하."

요원의 목소리가 낮아졌다. 그의 손바닥 안을 구르던 지우개가 손가락 사이로 잡혔다.

당장이라도 움직일 듯 꿈틀거리는 요원의 손을 이연우가 턱 잡았다. 그러고는 총구를 치우듯 지우개를 살짝 틀어, 자신과 반대 방향으로 밀었다.

"진정하세요. 일단 이야기는 듣자고요."

요원은 가만히 있다가, 몸을 의자에 기댔다. 요원은 이연우에게 맡긴다는 듯, 고개를 돌려 먼 곳을 보았다.

이연우가 협회장을 가만히 보았다. 언뜻 차분해 보이는 눈동자와 목소리.

"그래서 우리는 왜 불렀습니까? 주사위로 이상을 만들고, 위험한 실패작은 지우개로 지우자고?"

"바로 그겁니다! 얼마나 안전한 제작법입니까! 지금 저희가 주먹구구식으로 만드는 방식에 비하면, 혁신적이지 않습니까?"

신나서 손뼉까지 치는 협회장. 이연우는 탁자에 손을 올리며, 몸을 기울였다.

"당신 의도는 알겠고, 내가 물어볼 게 두 개 있는데 그것부터 대답해보세요."

"질문하시죠."

"이상 개체는 어떻게 통제합니까?"

그 질문에 협회장은 열 손가락을 꿈틀거렸다. 피아노를 연주하는 듯한, 혹은 키보드를 치는 듯한 손짓.

"컴퓨터 형태의 이상 개체가 있습니다. 특정한 개체에 명령 하나를 부여할 수 있죠. 예를 들어, 사람을 해치지 마라, 주사위를 찾아라, 같은."

"…"

이연우는 눈도 깜빡이지 않고 협회장을 보았다. 머릿속에서는 이런저런 생각이 스쳤다.

'그 컴퓨터로 주사위를 통제하면…'

정신 한편의 주사위가 느껴졌다. 이연우는 가만히 주사위를 보다가, 한숨을 쉬며 고개를 살짝 저었다.

'굳이 이런 방법을 쓰고 싶지는 않아.'

주사위는 자신을 적대하지 않았다. 시간이 멈추면 알아서 저항을 굴려주었고, 그동안 함께 헤쳐 나온 시련도 적지 않다. 반년이 채 안 되는 시간인데도 정이 붙을 만큼.

거기에 미래 이연우가 보여준 길과 자신이 문 앞의 사람들을 상대하며 느꼈던 묘한 감각이 있지 않나. 굳이 통제하지 않아도, 시간이 지나면 한 몸이 될 수 있다는 느낌.

이연우가 입을 열어 마지막 질문을 던졌다.

"주사위는 어떻게 알았습니까?"

"오래전부터 찾던 이상 개체였습니다."

"…주사위를요?"

협회장이 미소를 지었다.

"그 주사위야말로 전능에 가까운 이상 개체 중 하나일 겁니다. 대부분의 사람은 감당하지 못하겠지만, 당신은 멀쩡하게 쓰고 있고요."

확률 조작이라는 힘.

이연우는 부정도 긍정도 하지 않았다. 미래 이연우의 수준에 다다른다면, 어느 정도는 전능에 가까워지는 거라고 자신도 생각했다.

'그런데도 지구는 망한 상태였지만.'

주사위와 비견할 만한 이상은 많았다. 당장 지우개만 하더라도 끔찍하다. 그 외에도 회사가 가정하고 있는 수많은 멸망 시나리오.

더 묻고 싶은 말은 없었다. 여러모로 상대할 가치가 없었다.

철컥.

이연우가 에코백에서 권총을 꺼내 쥐었다. 협회장의 표정이 굳어도, 이연우는 총을 까딱여 그의 머리를 겨눴다.

"당신들을 도울 생각은 없으니까, 나한테 줄 보상이나 말해보세요."

보상이 마음에 안 들면, 보상의 가치가 자기 목숨값보다 부족하면 그쪽의 목숨을 보상으로 받겠다는 태도. 방아쇠에 손가락이, 협회장의 목숨이 걸렸다.

서늘한 눈빛을 받으며, 협회장은 살짝 고개를 숙였다. 그가 작게 말했다.

"아, 그래요."

그러고는 미소를 지었다.

"좋습니다. 싫다면 어쩔 수 없죠. 이상 개체 하나 보상으로 드리겠습니다."

"아니, 뭘. 위험한 이상 따위를…"

"안전합니다. 텔레비전일 뿐이에요. 가끔 이상한 방송을 하는데, 제법 도움이 될 겁니다. 가서 직접 보시죠."

협회장이 일어나 가벼운 손짓으로 회의실 바깥을 가리켰다. 이연우는 떨떠름한 표정을 짓다가, 먼저 회의실을 나갔다.

바깥의 소리가, 회사원들이 움직이는 소리가 쏟아졌다.

"조심해서 움직여! 기계형 이상 개체야!"

"압니다, 알아요. 내 경력이 몇 년인데."

SF 영화에서나 볼 법한 큼직한 수면 캡슐 같은 성형 기계를 냉장고 옮기듯 여러 사람이 달라붙어 옮기고 있었다.

한쪽에서는 오크통을 박스에 담거나, 침대를 여럿이 들어 올려 바깥으로 꺼내고 있었다.

협회장은 그들을 차가운 눈으로 보다가, 이연우를 제치고 어느 방으로 향했다. 이연우와 요원은 그를 따라가며 설명을 들었다.

"평소에는 노이즈만 끼는 텔레비전인데, 가끔 뉴스 같은 것을 방송합니다."

"어떤 뉴스 말입니까?"

"이상으로 인한 사건? 사고? 미리 알려주는데, 우리한테
는 별 소용 없는 물건이죠."

다른 회사원이 없는 조용한 방문 앞에서 협회장이 문을 열
었다.

문 안쪽에는 구형 텔레비전 하나가 놓여 있었다. 까맣고
하얀 노이즈가 낀 화면과 치지직거리는 소음.

"들어가서 보시죠."

"…됐습니다. 우선 회사 쪽으로 보내세요."

이연우는 조금 누그러진 목소리로 말했다. 안 그래도 사건
사고에 휘말리는 몸인데, 그 정보를 미리 알 수 있다면 큰 도움
이 될 것 같았다.

물론, 진짜 문제가 없는 물건인지, 회사에 일차적으로 검사
를 맡길 생각이었다.

어쨌든 텔레비전 자체는 마음에 들었다. 이연우가 협회장
을 보았다.

"이번은 넘어가겠습니다. 하지만 한 번만 더 날 건드리
면…"

협회장을 위협하는 그때였다.

- 오늘의 소식입니다.

갑자기 텔레비전에서 유창한 목소리가 들렸다. 고개를 돌

려보니, 흐릿한 화면 속에서 모자이크 처리가 된 사람 하나가 데스크 뒤에 앉아 말하고 있었다.

– 좋은세상만들기협회의 공장에서 '사람을 죽이는 병'이 유출되는 사건이 벌어졌습니다. 이로 인해 인류보호회사 한국 지사의 여러 사람이 다치거나 죽거나 변이하는…

"유출? 이게 무슨 일…"

이연우와 협회장이 눈을 마주쳤다.

협회장은 당황한 눈빛을 하면서도 이를 악물고 바로 움직였다. 핸드폰을 꺼내, 공장관리 시스템의 어떤 버튼을 눌렀다.

꾹!

스프링클러가 일제히 작동하며 뿌연 물줄기를 뿜었다. 사람을 죽이는 병이 담긴 액체가 공장을 가득 채웠다.

쏴아아아.

이연우는 어찌 반응할 새도 없이 물을 뒤집어썼다. 가만히 고개를 숙이자 물줄기가 턱을 타고 뚝뚝 떨어졌다.

텔레비전의 방송, 쏟아지는 물, 텔레비전이 있는 방으로 쏜 살같이 달려가 문을 잠근 협회장.

"이걸 방송해? 빌어먹을! 확실한 때에 뿌릴 계획이었는데!"

문 너머에서 흘러나오는 고함과 텔레비전을 때려 부수는 소리.

촤악!

이연우는 일단 우산부터 꺼내 썼지만, 늦었다. 제때 반응하지 못했다.

정체 모를 여러 불안 요소 앞에서 뭐가 더 위험한지 파악하지 못했고, 무엇에 먼저 대처할지를 바로 정하지 못했다.

"아…"

그렇게 이연우는 사람을 죽이는 병에 감염되었다. 몸과 정신으로 증상이 느껴졌다.

붉게 물드는 시야와 쿵쾅대는 심장. 원인 없는 분노가 마음 깊은 곳에서 솟구치며, 사람들을 마구잡이로 죽이고 싶게 만들었다.

아찔한 정신을 간신히 부여잡은 이연우는 손을 떨며, 주사위를 불렀다.

"저항, 빨리!"

데구르르.

실패!

"아."

주사위가 한 번 구르는 시간 동안 살인병이 뇌수까지 치달았다. 사람을 죽이고 싶은 충동이 머리를 가득 채웠다. 이연우의 머릿속에서 냉정하고 효율적인 생각이 스쳤다.

'사람을 죽이는 법.'

살인병의 전염성을 증폭해도 좋을 것 같았다. 자연재해를 일으키라고 주사위를 굴려도 좋았다. 방법은 많았다. 사람은 다양한 이유로 죽는다. 대부분이 실패해도 하나만 성공하면, 쉽게 죽는다.

'살인은 생존보다 쉬워.'

물에 젖은 이연우의 눈동자에 붉은빛이 스치는 때였다. 이연우가 문득 요원을 보았다.

다양한 방호 기능이 있는 헬멧, 가죽으로 만들어진 라이더 슈트, 장갑과 부츠. 의복의 방수 기능으로 감염을 피한 요원이 이연우를 유심히 보고 있었다.

요원은 헬멧의 마이크에 대고 보고했다.

"사람을 죽이는 병이 살포되었습니다. 이연우 조사원이 감염되었습니다. 눈동자가 붉습니다. 현장에서 대응하겠습니다."

지우개를 쥔 손이 이연우를 향해 방향을 틀었다.

그 순간, 소생되는 기억. 멸망주의자의 손끝에서 시작된 파괴. 구름을 지우고, 산을 반으로 쪼개고, 주사위의 결과마저 지운 지우개.

이연우의 눈빛이 맑아졌다. 떨리는 손도 평온하게 멈췄다.

"잠깐, 잠깐만요. 저 멀쩡합니다. 진짜요."

항복하듯 들어 올린 손. 손에 잡힌 우산이 높이 솟아 천장을 찔렀다.

이연우가 속으로 중얼거렸다.

'죽이긴 뭘 죽여. 내가 죽겠는데.'

여전히 눈은 붉었지만, 공격적인 생각과 살인 충동이 생존 본능 아래로 내려갔다.

"확실합니까?"

"예. 주사위 몇 번 굴릴 시간이 이미 지나지 않았습니까. 그런데 아무 짓도 안 했고요."

"살인 충동 같은 건…"

"남 죽이려다가 내가 죽으면 그게 무슨 멍청한 짓입니까. 안 합니다. 그보다, 저 협회장 먼저 잡아 죽입시다."

요원은 미심쩍은 듯 이연우를 계속 주시하다가 손을 틀었다.

지우개가 허공을 짧게 그었다. 쏟아지는 물줄기에 공백이 한 줄 생겨났다가 이어지는 물줄기에 밀려나고, 잠긴 문이 지워졌다.

"이딴 텔레비전 때문에…!"

스프링클러에서 물이 쏟아지는 방.

협회장은 텔레비전을 벽을 향해 던지고 내동댕이쳐진 텔레비전을 마구 밟다가 딱딱하게 굳었다. 그가 고개만 돌려 이연우와 요원을 보았다.

"거기 요원님, 주사위부터 지워야 합니다! 저게 무슨 재난을 일으킬지…"

탕!

총탄이 협회장의 허벅지를 꿰뚫었다. 한 줄기 핏물이 솟구쳤다. 협회장이 짧은 비명을 내지르며 자리에 주저앉았다.

총구를 내려 협회장의 머리를 조준한 이연우는 차분하게

그를 내려다보았다.

　'주사위에 관심을 보였지. 앞으로도 계속 귀찮게 굴 거야. 그러니까 여기서 죽인다.'

76

끙끙 앓는 협회장을 향해 이연우가 방아쇠를 당기려는 그때였다.

"잠깐."

요원이 손을 내밀어 이연우를 막았다. 이연우의 붉은 눈동자가 요원을 보았다. 요원은 헬멧의 귓가에 손을 올린 자세로 고개를 살짝 기울였다.

- 부사장입니다.

소형 스피커에서 목소리가 흘러나왔다. 부사장의 냉담한 목소리였다.

- 감염자는 모두 죽이세요. 공장 밖으로 전파되지 않게, 확실하게 처리하란 말입니다. 좋은세상만들기협회 사람들도 죽이세요. 이건 회사에 대한 공격입니다. 철저하게, 악…!

이어서 쿵, 치직거리는 소음. 부사장의 외마디 비명이 터져

나오더니, 경호원이 침착하게 명령하는 소리가 들렸다.

– 방금 명령은 들을 필요 없다. 부사장이 감염됐어. 1소대는 부사장을 데리고 퇴각한다. 남은 소대는 감염자와 좋은세상만들기협회를 제압하라. 제압이 어려우면…

잠깐 멈췄던 목소리가 단호함을 품고 이어졌다.

– 사살하라.

동시에 총성이 공장 곳곳에서 울렸다. 비명과 정체를 알수 없는 괴성. 스프링클러가 쏟아지는 소음을 뚫고도 들리는 전장의 소리.

"끝났습니까?"

이연우가 자신을 막은 손을 쳐냈다. 총구가 협회장을 겨누고, 붉게 물든 눈동자가 협회장을 노려봤다.

"예. 마음대로 하십시오."

요원은 말리지 않겠다는 듯, 한 걸음 물러섰고 협회장은 피를 흘리며 입을 벌렸다. 다급한 목소리와 함께 스프링클러의물인지 침인지 모를 액체가 그의 입 밖으로 튀었다.

"멈춰! 안 돼! 날 죽이면…"

"입 다무세요. 죽이고 싶으니까."

이연우는 손을 살짝 떨며, 방아쇠에서 손가락을 뺐다. 당장이라도 쏴 죽이고 싶었지만, 참아야 했다. 그건 조금 뒤에 해도됐다.

일단은 생존이 우선이었다.

　　　　　　　사람을 죽이는 병

힐끔, 지우개를 곁눈질하고 살인 충동을 억누른 이연우가 말했다.

"핸드폰 이쪽으로 넘기세요."

"살려준다고 약속하면…"

탕!

협회장의 반대쪽 허벅지가 총탄에 맞았다. 협회장은 비명을 내지르며 몸을 으슬으슬 떨었다. 피가 빠져나가 창백한 얼굴과 물줄기를 맞아 빼앗긴 체온.

"출혈로 죽기 싫으면, 아까 버튼 누른 앱 켜서 이쪽으로 넘겨. 아니지. 죽이고 가져가면 되는구나."

살인병에 감염되어 붉게 물든 이연우의 눈동자가 섬뜩하게 빛났다.

협회장은 다급한 손놀림으로 핸드폰을 밀었다. 거의 내던지는 손. 핸드폰이 물에 젖은 바닥을 미끄러져 이연우의 발 앞에서 멈췄다.

"요원님, 확인해주십시오."

"공장관리 시스템… 스프링클러를 이걸로 작동했군요. 원래 있던 기능은 아닌 거 같은데."

핸드폰을 주운 요원은 마이크로 상황을 보고하면서도 곧바로 중지 버튼을 눌렀다.

쏴아아. 뚝, 뚝.

스프링클러에서 쏟아지던 물줄기가 멈췄다. 물방울이 몇

방울씩 떨어질 뿐. 이연우가 거추장스러운 우산을 대충 바닥에 내던졌다.

그사이 요원은 무슨 명령을 받았는지, 협회장을 심문하기 시작했다.

"왜 이런 짓을 준비했습니까? 살인병은 어디서 얻었습니까?"

"당신들이 안 도울 때를 대비해서… 성형 기계나 오크통이나 우리 핵심 이상 개체인데, 그것까지 빼앗길 수는 없잖아."

피와 물이 섞여 붉게 물든 웅덩이 위에 주저앉은 협회장이 힘 빠진 목소리로 중얼거렸다.

"군인들 헬멧 벗기고 뿌리려고 했는데. 이 텔레비전 때문에."

"살인병, 어디서 얻었냐고 물었습니다."

"오크통에서 나왔지…"

어지럽다는 듯 머리를 흔들면서 벽에 등을 기댄 협회장은 절박한 눈으로 이연우를 올려다보았다.

"이제 치료를, 그 주사위로 치료를 제발…"

끝까지 이상에 집착하는 모습에 이연우는 고개를 저었다.

온갖 일을 겪으면서도 교육을 철저하게 받는 회사원에 비하면, 행동 양식이나 사고방식이 일반인에 가까웠다. 이상을 마법처럼 여기는 점이 특히.

텔레비전 같은 이상 개체 하나 똑바로 쓰지도 못하면서,

사람을 죽이는 병

무슨 주사위를 이용하고 이상 개체로 세상을 바꾸겠다는 건지.

그러다가 이연우는 문득 깨달았다.

붉은 시야. 바닥의 핏물과 협회장의 눈동자 색이 달랐다.

"…당신은 감염 안 됐습니까?"

"치료제를 미리 먹어서."

"치료제? 어디 있습니까? 분량은 얼마나 됩니까? 어떻게 만들었습니까?"

요원이 다급하게 묻자, 협회장은 눈을 감으며 흐릿한 목소리로 말했다.

"오크통으로 만들었지. 레시피는… 민트초코 아이스크림콘 세 개, 녹차 아이스크림콘 세 개, 치킨 무를 국물까지 세 개, 피클도 국물까지 다섯 개, 파란 이온 음료 2리터, 파인애플 피자 한 판을 갈아서… 3분 숙성하면…"

그 끔찍한 레시피에 이연우와 요원은 지금 상황도 잊고 경악했다. 멍청하게 서서 귀를 의심하다가 서로를 보며 제대로 들었는지 확인했다.

이연우가 침도 못 삼킨 채 얼른 말했다.

"살인병 레시피를 말한 거 아닙니까? 방해 공작 같은 느낌으로?"

"진짜, 진짜야. 그러니까, 제발, 빨리 치료를…"

협회장은 말을 하다 말고 머리를 푹 숙였다. 몸이 옆으로 쓰러지며, 텔레비전 잔해 위로 떨어졌다. 감기지 않은 눈이 스프링클러를 올려다봤다.

요원이 고개를 저었다.

"사망했습니다."

"아, 이러면…"

이연우는 알 수 없는 아쉬움에 총의 방아쇠를 매만졌다.

'내 손으로 마무리했어야… 아니, 무슨 생각을 하는 거야. 정신 차려. 옆에 지우개 있어. 그보다는 치료제가 중요하지.'

이연우는 요원을 몰래 살폈다. 지우개를 손에 쥔 요원은 열심히 레시피를 보고하고 있었다.

"…이게 치료제를 만드는 법이라고 합니다. 어떻게 할까요? 예, 알겠습니다."

"뭐라고 합니까?"

이연우가 묻자 요원이 장갑 낀 손으로 물기를 탁탁 턴 후, 몸을 돌렸다.

"일단 만들어보라고 합니다."

"재료는 어떻게 구하고요?"

"드론으로 재료들 보내준답니다. 오크통을 확보한 뒤, 옥상의 물탱크 옆으로 가져가라고 합니다."

"오크통을…?"

이연우는 앞서 걷는 요원과 요원 너머 공장의 한복판을 보았다.

무장하지 않은 연구원 같은 회사원들이 미쳐서 날뛰고 있

사람을 죽이는 병

었고, 보호구로 무장한 경호원들이 얻어맞으면서도 그들을 하나씩 기절시키고 있었다.

'지우개 옆에 있는 편이 안전한가?'

이연우는 얼른 요원을 쫓아갔다.

난장판이었다.

이상 개체를 옮기던 공장 중심에서는 보호구를 착용한 경호원과 살인병에 감염된 회사원이 어지럽게 뒤엉켰다.

"정신, 차리십쇼!"

"닥쳐! 일은 돕지도 않으면서 옆에 서서 잔소리만 하는 꼴이 마음에 들지 않았어! 죽어!"

"아니, 그건 그냥 위험해 보여서…"

"죽어어어!"

이상 개체를 옮기던 회사원이 경호원에게 달려들어 마구잡이로 주먹을 휘둘렀지만, 경호원의 단단한 무장에 도리어 주먹의 피부가 벗겨지고 있었다.

경호원은 가만히 맞아주다가 한순간 주먹을 확 뻗었다. 정확히 인중을 때리는 주먹.

뻐억!

회사원은 비틀거리며 뒷걸음질을 쳤다. 그리고 젖은 바닥을 잘못 밟아 그대로 미끄러지며 뒤로 휙 넘어졌다. 회사원이 넘어지며 떨어지는 곳에는 성형 기계가 있었다.

"안 돼!"

경호원이 다급하게 손을 뻗었지만, 분홍색 캡슐 형태의 성형 기계가 저절로 열리는 게 빨랐다. 회사원이 캡슐 안쪽으로 빨려 들어갔다.

쾅!

캡슐이 닫혔다. 경호원이 주먹으로 캡슐을 두드려도, 한번 닫힌 캡슐은 열리지 않았다. 대신 경쾌한 멜로디와 신난 듯한 여자의 목소리가 울렸다.

띵띵띵!

- 완전히 새로운 나! 인간의 한계를 벗어나 특별한 몸으로 세상을 즐기세요!

푸슉. 분홍색 연기가 자욱하게 뿜어져 나온 뒤, 성형 기계의 문이 열렸다. 더 짙어진 연기. 경호원은 뒤로 물러나며, 연기를 향해 총을 겨눴다.

꿀꺽.

경호원이 침을 삼키는 소리.

뿌연 연기 사이로 사람의 그림자가 언뜻 보였다. 연기가 가시며 인영이 선명해졌다.

"으르르."

괴물이 서 있었다. 늑대 인간처럼 잿빛 털이 북슬북슬 나고 등이 굽은 괴물이 주둥이를 쩍 벌렸다. 침이 뚝뚝 떨어졌다.

"빌어먹을."

　　　　　사람을 죽이는 병

철컥.

경호원은 입술을 깨물며 총기의 안전장치를 풀었다. 동시에 몸을 웅크렸던 괴물이 땅을 박차며 달려들려는 순간.

스윽.

괴물의 상반신이 지워졌다. 덩그러니 남은 괴물의 머리통과 하반신이 툭 떨어져 바닥을 굴렀다.

"이건…"

경호원은 멍하니 괴물의 머리통을 보다가, 발걸음 소리를 듣고 다급히 몸을 옆으로 틀었다.

두 명의 사람이 다가왔다. 지우개를 손에 쥔 특수 요원, 잠옷 차림으로 슬리퍼를 질질 끌고 오는 남자.

그들이 지나온 길에는 사람들이 넘어져 있거나 기절해 있었다.

"어…"

경호원은 저도 모르게 뒤로 몇 걸음 더 물러섰다. 지우개와 주사위. 저들은 이곳에서 가장 위험한 사람들이었다. 거기에 저 붉은 눈. 살인병에 감염됐다는 증거.

그는 펄쩍 뛰며 총을 겨눴다.

"정지! 거기서 멈추십시오!"

"예."

이연우가 멀뚱히 멈추고는 두 손도 위로 들어 올렸다. 그러고는 난처한 미소를 지었다.

"그 총 좀 치워주시겠어요? 내 안전을 위해 당신을 죽여야 겠다는 생각이 자꾸 들어서."

"당신 감염…"

"상부에서 명령 내려왔습니다. 도우십시오."

길어지려는 경호원의 말을 싹둑 자른 요원이 공장의 어느 한 곳을 가리켰다.

"저 오크통 들고 따라오십시오. 치료제를 만들 겁니다."

"치료제? 치료제가 있다는 말입니까?"

"예."

경호원은 서둘러 총을 내렸다. 얼른 오크통을 들어 올린 경호원은 문득 주변을 보았다.

도무지 진정될 기색이 보이지 않는 난장판.

"그런데 어떻게 돌파합니까? 감염자가 상당히 많습니다."

"그건."

요원이 이연우를 쳐다보았다. 경호원은 경계 섞인 눈으로 요원을 따라 이연우를 봤고, 그가 혼자 중얼거리는 소리를 들었다.

"미끄러짐, 발목 골절, 기절, 수면, 감각 상실…"

감염자들을 대상으로 주사위가 구르기 시작했다.

77

감염자를 돌파하는 일은 어렵지 않았다.

단 한 번, 주사위의 수면 판정에 당한 감염자가 꿈의 일부를 구현하는 침대 위로 쓰러질 뻔한 아찔한 사고가 있었으나, 근처에 있던 경호원의 재빠른 태클에 의해 무마되었다.

그렇게 도착한 공장의 옥상.

녹슨 철문을 열고 나온 그들을 기다리는 것은 서늘한 강풍과 벌 떼처럼 날아드는 드론의 무리였다.

위이이잉.

박스를 옥상 한쪽에 내려놓고 돌아가는 드론들. 아이스박스, 음료가 담긴 궤짝, 이것저것이 담긴 박스 따위가 주르륵 늘어섰다.

"저게 다 재료입니까?"

이연우가 찬 바람에 몸을 벌벌 떠느라 팔짱을 끼며 턱짓하자, 경호원이 오크통을 박스 앞에 내려놓고는 머리를 기울였다.

"방역용 분무기도 있습니다. 이건 방역부대 애들이 쓰는 것만 봤는데…"

경호원이 박스를 뒤적이는 동안, 이연우와 요원은 오크통 앞에 쭈그려 앉았다. 이연우가 오크통을 툭 건드렸다.

"레시피 기억나십니까? 저는 아이스크림만 기억나는데요."

"걱정하지 마십시오. 다 기록되어 있습니다."

헬멧의 증강 현실 UI가 반짝이며, 레시피가 출력됐다. 요원은 레시피를 쓱 읽고는, 오크통의 입구에 느슨하게 박힌 코르크 마개를 뽑았다.

요원은 몇 차례 오크통을 흔들고 뒤집기까지 하며 통이 텅 비었음을 확인하고는, 오크통을 옆으로 눕혔다. 마개 구멍이 하늘로 향하게끔.

"이제 레시피대로 넣으면 되는데…"

"여기 깔때기 있습니다."

경호원이 박스에서 큼직한 깔때기를 꺼내, 마개 구멍에 꽂았다. 이제 레시피대로 재료를 주입하기만 하면 됐다.

"…"

"…"

이연우와 요원은 망설였다. 진짜 이걸 만들어도 되는 걸까? 진짜 치료제일까? 내 손으로 이런 음식 모독적인 것을 만들어도…

사람을 죽이는 병

경호원이 의아한 눈으로 그들을 보았다.

"안 하십니까? 아래에 감염자들 많습니다."

"…이연우 조사원님, 제가 레시피를 불러드릴 테니까 만드십시오."

"요원님, 저는 감염자이지 않습니까. 요원님이 하시는 편이 낫지 않을까요."

서로가 서로에게 미루기를 잠시. 무언가를 떠올린 요원이 자기가 하겠다고 말하려 할 때였다.

경호원이 나섰다. 그가 요원을 옆으로 밀어낸 후, 오크통 앞에 앉았다.

"제가 하겠습니다. 옆에 가만히 서서 뭐라 말만 하기는 조금 그래서…"

"알겠습니다."

요원과 이연우가 얼른 일어나 박스 앞으로 갔다. 요원은 아이스박스부터 열었다. 청색과 녹색의 아이스크림콘들이 한가득 담겨 있었다.

"이연우 조사원님은 녹차 아이스크림 들어주세요."

"예."

경호원은 고개를 갸웃거리며 요원이 먼저 내민 민트초코 아이스크림콘부터 받았다.

"치료제의 재료가 아이스크림입니까? 달아서 맛있겠네요."

"어, 음. 그… 콘까지 넣으세요. 아이스크림콘이 재료라니까 다 들어가야 할 듯합니다."

이연우가 눈을 피하며 말해도, 경호원은 이상한 점을 못
느끼고 순순히 손에 힘을 주었다. 와자작, 콘과 아이스크림이
뭉개지고 꾹꾹 누르는 경호원의 손가락에 밀려 깔때기 아래로
떨어졌다.

"민트초코, 녹차. 섞여도 괜찮지 말입니다. 재료 더 넣어야
합니까? 주십시오."

찌이익.

비닐을 뜯어낸 치킨 무가 경호원의 손바닥에 올라갔다. 생
각 없이 손을 내밀었던 경호원의 헬멧이 흔들렸다. 손도, 목소
리도, 치킨 무의 국물도 떨렸다.

"아니, 치킨 무는 왜? 이걸 여기에 넣으라는 말 맞습니까?"

"국물까지 다 넣으세요."

"무슨 치료제가…"

경호원이 떨리는 손으로 치킨 무를 쏟아부었다. 한 개, 두
개, 세 개. 치킨 무가 큼직한 깔때기 관을 타고 아래로 떨어졌
고, 그 국물에 푸르른 아이스크림이 녹아 흘러내렸다.

"재료, 더 있습니까? …피클? 설마 이것도 국물까지?"

"예."

피클까지 쏟아부은 경호원은 몸을 떨며 이연우와 요원의
뒷모습을 보았다. 박스를 뒤지고 있는 모양새를 보니, 아직도
재료가 남은 모양이었다.

　　　　　　　　사람을 죽이는 병

'치료제를 만드는 거야, 음식물 쓰레기를 만드는 거야? 혹시 정신에 작용하는 이상에 당했나? 환각? 정신착란?'

가벼운 의심은 파란 이온 음료와 정체를 알 수 없는 음식물 쓰레기 같은 무언가를 보는 순간 확신이 되었다.

끼릭.

요원이 뚜껑이 열린 이온 음료를 들이밀어도, 경호원은 받지 않았다.

"여러분, 이거 정말로 치료제 맞습니까? 아무리 생각해도 이상하지 않습니까?"

"저도 믿고 싶지 않은데, 협회장은 그렇게 말했습니다."

"상부에서도 일단 만들어보랍니다. 그리고 이상 개체 아닙니까. 이상한 게 당연하죠."

이연우와 요원이 하나같이 그렇게 말하자, 경호원은 다시 손을 움직여 파란 이온 음료를 깔때기에 부었다.

콘 부스러기와 아이스크림과 국물 잔해가 파란 음료수에 시원하게 쓸려 내려갔다.

"이게 마지막 재료입니다."

이연우가 배추 한 포기를 담아둘 법한 붉은색 플라스틱 통을 건넸다. 경호원은 받지 않고 고개를 숙여 내용물을 보았다.

"…"

정체를 알 수 없는 무언가. 경호원이 고개를 들었다. 헬멧 표면에 이연우의 얼굴이 비쳤다.

이연우가 말했다.

"파인애플 피자입니다."

잘게 갈린 치즈는 떡처럼 다져졌고, 토마토소스 때문에 붉은빛을 띠었으며, 파인애플과 빵을 비롯한 건더기들이 곳곳에 박혀 있었다.

"이게 말입니까?"

"넣으십시오."

"이건 사람이 할 짓이 아닌데."

경호원이 넋이 나간 목소리로 중얼거리며 눈을 질끈 감았다. 피자였던 것을 깔때기에 쏟았다. 넘치지 않게 조금씩, 꾹꾹 눌러가면서. 마지막으로 깔때기를 탁탁 치면서.

그렇게 모든 재료가 오크통에 들어갔다.

요원은 마개 구멍을 코르크로 막은 뒤, 조심스럽게 오크통을 세웠다.

"지금부터 3분…"

꾸르륵. 부글부글.

오크통에서 이상한 소리가 들렸다. 수프가 끓는 소리 같기도 했고, 괴물의 위장이 아우성치는 소리 같기도 했다. 심지어 진동까지 느껴졌다.

오크통에 손을 올린 요원이 화들짝 손을 거두어들이며 빠르게 물러섰다. 넋이 나갔던 경호원도, 이연우도 철문 앞까지 물러났다.

사람을 죽이는 병

찬 바람 때문인지 그들은 한곳에 모여 오들오들 떨며 오크통을 바라보았다. 부르르 진동하는 오크통이 꼭 괴물이라도 되는 듯.

"저거, 저거. 치료제 만드는 거 맞아요? 차라리 제가 주사위 돌리는 게 낫지 않을까요?"

이연우가 그렇게 묻자, 요원이 말했다.

"주사위는 리스크 있지 않습니까. 그리고…"

꿈틀대는 오크통을 가리키는 손가락.

"당신이 먹을 치료제입니다. 감염자니까요."

"아… 아!"

차마 오크통을 보고 있을 수 없었다. 이연우는 푸른 하늘을 올려다보며 대책을 세웠다.

'주사위로 치료를… 아냐, 치료제를 먹는 게 확실해. 물론, 저게 진짜 치료제가 맞다면 말이야. 우선 다른 감염자한테 시험해야지. 그리고 내가 먹어야 한다면…'

그런 생각을 하고 있자니, 3분이 순식간에 지나갔다. 오크통이 여전히 이상한 소리를 내며 진동하고 있어서 요원이 서둘러 달려가 마개를 뽑았다.

"담을 거!"

"여기, 분무기에 넣으십시오."

경호원이 방역용 분무기를 오크통 앞에 내려놓았다. 등에 메는 형태의 분무기 뚜껑이 열렸다. 그 위로 기울인 오크통.

주르륵.

형용할 수 없는 것이 걸쭉하게 쏟아졌다. 탁하고 끈적한 질감, 심해처럼 짙푸르고 혼탁한 색감, 그 안을 둥둥 떠다니는…

"우욱."

경호원과 요원이 고개를 돌렸다. 헬멧이 냄새를 막았는데도 생김새만으로 속이 뒤집혔다. 식은땀이 전투복 안에 맺혔다.

요원은 떨리는 손을 뻗어 이연우를 불렀다.

"이연우 조사원님, 이쪽으로."

"잠깐, 잠깐만요. 속이 안 좋아요. 우우욱."

철문 앞의 이연우가 입을 가리고 몸을 숙였다. 멀리서 봤을 뿐인데도 정신을 차릴 수가 없었다. 생존 본능이고 살인 충동이고 맨정신이고, 다 모르겠고 그냥 끔찍한 충격에 얻어맞아 쓰러진 느낌.

그때였다.

벌컥.

철문이 열리며 눈이 붉은 회사원이 기세등등하게 걸어 들어왔다. 이연우가 쓰러뜨렸던 연구원이었다.

"역시 여기에 있었군! 감히 날 넘어뜨려? 내 뇌가 다치기라도 했으면 어쩌려고! 그러니까 너희도 죽… 저게 뭐야?"

연구원이 모독적인 것을 본 사람처럼 엉거주춤 물러날 때였다.

이연우와 요원과 경호원의 시선이 교차했다. 눈빛만으로 암묵적인 협의가 달성됐다.

'이 사람한테 먼저 먹이자.'

살인 충동을 억제하고 있는 이연우보다는 증상이 심각한 연구원 먼저 치료하는 게 옳았다.

이연우가 냅다 몸을 던졌다. 체중을 실어 강하게 뻗은 두 손바닥이 연구원의 등을 강하게 밀쳤다.

"윽!"

연구원이 힘없이 밀려나는 동안, 경호원은 장갑으로 치료제를 한 움큼 퍼 올렸다. 손가락 사이로 흘러내리는 그것.

뚝뚝, 옥상에 치료제를 점점이 흘리며 달려간 경호원이 연구원의 얼굴에 장갑을 처박았다.

"우읍! 으읍!"

연구원이 도리질을 치며 경호원을 떨쳐내려고 몸부림을 쳤지만, 경호원은 단단하게 연구원을 붙잡았다.

연구원의 코와 입까지 막은 장갑과 치료제. 끝내 그것을 한 입 삼킨 연구원이 그대로 굳었다. 그의 동공이 확장되었고, 정신에 쓰나미가 몰아쳤다.

경호원이 조심스럽게 물러났고, 세 명의 치료제 제작자는 연구원을 유심히 관찰했다. 만약 이상 개체로 변이하기라도 하면, 당장 공격할 태세.

다행히 그런 일은 없었다.

"우에에엑!"

연구원의 붉은 눈동자가 원래대로 돌아왔다. 몸을 웅크리고 몇 차례 헛구역질을 한 연구원은 입가의 치료제를 닦아냈다. 손에 묻은 그것을 보고 진저리를 치며 정신을 차렸다.

"나는 뭘… 아, 치료제. 이게 치료제였나? 어떻게 만들었지? 얼마나 있지?"

"오크통 썼습니다. 여기서 계속 만들 수 있습니다. 자, 이연우 조사원님. 어서 드십시오."

"아…"

이연우는 눈을 꼭 감고 무거운 발걸음을 옮겼다.

'주사위로 미각 상실을… 아냐, 괜히 미각이 강화되면 더 끔찍할 거야.'

더 미룰 수는 없었다. 이연우는 가만히 입을 열었고, 한 움큼 퍼진 그것이 입으로 들어왔다.

철퍽.

'우욱.'

시간이 늘어지는 듯한 감각 속에서 그것의 맛이 천천히 번졌다.

진득한 수프 같은 질감. 묵직한 건더기.

처음 와 닿는 맛은 달았다. 이온 음료의 밋밋한 단맛과 아이스크림의 강렬한 단맛이 불협화음을 연주하며 혓바닥을 스쳤다.

그 뒤로 살짝 시큼한 맛이 입 안을 쌌다. 앞선 단맛에 치킨무와 피클의 향이 더해진 괴상한 맛.

그리고… 건더기를 씹었다. 피자 치즈가 뭉쳐진 건더기. 파인애플을 비롯한 토핑이 터지며, 묽은 피자 소스의 맛이 느껴졌다.

모든 향과 맛이 뒤섞였다. 형용할 수 없는 끔찍한 자극이 정신을 휩쓸었다. 이연우가 눈을 번쩍 떴다. 저절로 벌어지는 입.

"끄으윽!"

"삼키십시오! 치료제입니다!"

"욱! 이, 욱!"

이연우는 바닥에 주저앉아 꿈틀거리며, 차마 말이 되지 못한 신음을 뱉었다. 다른 생각을 할 정신이 없었다. 오직 고통받을 뿐.

영원 같은 찰나가 지난 후, 이연우가 퀭한 눈을 하고는 하늘을 보았다. 치료제처럼 파래서 보기가 싫었다. 눈을 감고 이연우는 생각했다.

'이건 아니야. 사람 입에 들어가서는 안 돼. 인격을 모독하는 범죄야.'

자신이, 입과 위장이 음식물 쓰레기통이 된 느낌. 하지만 이내 이연우가 눈을 떴다.

'하지만 나만 맛볼 수는 없지.'

이연우가 벌떡 일어났다. 붉은빛이 사라진 맑은 눈이 치료제를 보았다.

"치료제 확실하네요. 빨리 다른 사람들한테도 먹입시다. 아니, 치료합시다."

경호원과 요원은 물론, 연구원까지 얼른 고개를 끄덕였다. 경호원이 방역용 분무기를 짊어지고, 연구원이 언제든지 퍼서 먹일 준비를 갖췄다.

"갑시다!"

이연우와 요원은 그들을 앞뒤에서 호위하며, 철문 너머 공장으로 진입했다.

78

넷은 공장의 복도를 걸었다.

경호원은 분무기를 고쳐 잡은 후, 슬쩍 연구원을 보았다. 연구원은 눈을 번뜩이며, 누구 하나 보이기만 하면 치료제를 잔뜩 퍼 올릴 자세를 유지했다.

경호원이 걸음을 늦췄다.

"제가 치료제를 먹이고, 연구원님이 이걸 메는 게 낫지 않겠습니까?"

얼렁뚱땅 자신이 통을 짊어지게 되었지만, 이건 적합한 역할 배정이 아니었다.

상대는 살인병에 전염된 사람. 아무래도 보호구를 입은 경호원이 접근하는 편이 효율적이지 않을까?

특전대원으로서 던진 합리적인 제안에 연구원은 격렬하게 고개를 저었다.

"아니지, 아니지. 내가 할 거야. 내가 느낀 고통을 나눠 줄 거야. 아니면, 자네도 먹어볼 텐가? 그러면 역할을 바꿀 의향이 있어."

"아닙니다. 연구원님이 하십시오."

경호원은 기겁하며 걸음을 서둘렀다. 아무리 효율적인 작전도, 이걸 입에 넣어가면서 수행할 생각은 없었다.

그렇게 경호원이 빠르게 걷고, 연구원이 경호원을 쫓아 거의 달리기 시작할 때였다.

척.

제일 앞에서 전방을 경계하던 이연우가 멈춰 서며 뒤로 손을 뻗었다. 앞에 뭔가 있다는 손짓.

모두가 따라 멈췄다. 오직 연구원만이 신나서 물통에 손을 들이밀었다.

"앞에 있나? 감염자면 좋겠는데."

"감염자가 있는데…"

"좋군!"

철퍽!

후다닥!

두 손 가득 치료제를 퍼 올린 연구원이 말릴 새도 없이 달려 나갔다. 그러나 몇 걸음을 뛴 연구원은 곧바로 발걸음이 느려졌다. 그는 멍하니 멈춰 서서 주변을 둘러보았다.

물이 흠뻑 젖은 공장 복도일 뿐이었다. 감염자는커녕 사람도 없었다.

"감염자는?"

"저기 복도 끝에 있지 않습니까."

"…저기?"

어슬렁어슬렁 쫓아온 이연우가 복도의 끝자락을 가리켰다. 흐릿하게 보이는 복도 끝. 가장 많은 사람이 있던 공장 중앙이 멀리서 그들을 기다리고 있었다.

성형 기계가 널브러져 있고, 경호원과 감염자가 맞서 싸우던 공장 중앙.

연구원이 입꼬리를 파르르 떨었다. 그는 눈동자를 아래로 굴렸다. 새삼 느껴지는 질척한 촉감과 머릿속에서 되살아나는 그, 혼자만 느낄 수는 없는 맛.

"…빨리 가지."

그들은 연구원에게서 조금 떨어진 후 움직였고, 공장 중앙에 도착했다.

감염자는 모두 제압되어 어딘가에 묶인 채 몸을 비틀고 있었고, 경호원들은 그들을 포위한 채 총구를 겨누고 있었다.

"죽어, 죽어!"

"조금만 참으십시오. 통신을 받았는데, 곧 치료제가 올 겁니다."

"치료제 따위 필요 없어! 지금 얼마나 후련한데! 다 죽어어… 세상에, 저게 뭐람?"

묶인 채로 몸을 마구 흔들던 감염자 하나가 경호원 너머의 연구원을 보았다. 몸부림이 멈췄고, 표정도 이상해졌다.

경호원 몇 명도 그랬다. 감염자의 반응을 보고 몸을 돌렸다가, 총부터 치켜들었다.

"정지!"

손에 짙푸른 무언가를 잔뜩 묻힌 연구원이 미소를 지었다.

"아, 안심해. 치료제야. 이거 한 입만 먹으면 정신이 돌아와."

"치료제…?"

잠깐 침묵하는 경호원들. 그중 소대장이 먼저 총을 치웠다. 미리 통신으로 치료제가 가고 있다는 말을 들었으니까.

연구원의 눈동자 색을 한 번 확인한 소대장이 옆으로 피해 길을 내주었다.

"분량은 충분합니까?"

"부족하면 더 만들어야지."

"다행입니다. 그러면 빨리 치료 부탁드립니다. 이렇게 더 있다가는 자해까지 할지 모릅니다."

"좋지."

연구원이 히죽히죽 웃으며 다가와, 띄엄띄엄 떨어져 있는 감염자들을 보았다. 마치 뭘 먼저 먹을지 고민하는 듯한 시선.

감염자들이 저도 모르게 시선을 피할 때였다. 연구원이 가까운 감염자에게 확 다가가, 두 손으로 얼굴을 부여잡았다. 그가 당했을 때처럼, 코와 입을 우악스럽게 쥐는 손.

"먹어! 먹어!"

"우으으읍! 우읍!"

몸부림이 의미가 없었다. 결국, 회사원은 치료제를 삼켰고 치료제의 맛이 영혼을 강타했다. 영혼이 감당할 수 없는 자극. 벌어진 입에서 얕은 숨이 빠져나왔다.

차마 비명도 지르지 못했다. 영원 같은 찰나가 지나간 후에야, 감염자는 정신을 차렸다. 몇 년은 족히 늙은 수척한 얼굴.

회사원은 돌연 느껴지는 역겨움에 몸을 숙이고 울분에 찬 고함을 터뜨렸다.

"우우욱! 뭘, 뭘 먹인 거야!"

"음? 치료가 덜 됐나? 더 먹어야겠는걸?"

"아닙니다! 치료됐습니다!"

정상으로 돌아온 회사원이 화들짝 놀라며, 연구원을 올려다봤다. 연구원은 음침한 미소를 지었다.

"눈이 아직 붉은데?"

"원래 붉은빛이 돌아요! 눈동자가 원래 이렇단 말입니다!"

"그래…? 그래도 혹시 모르니까."

모독적인 것이 묻은 손가락이 회사원의 입 속에 들어갔다. 회사원은 눈물을 흘리며 치료제를 삼켰다. 손가락을 짓씹었다가는 역시 치료되지 않았다며 약을 더 먹일 것이 분명했으니까.

구에에에엑!

영혼이 절규하는 소리가 넓은 공장을 메아리쳤다.

두뇌에 때려 박히는 비명에 경호원은 식은땀을 흘리며 고개를 돌렸고, 다른 감염자들은 살인 충동도 잊고 몸을 부들부들 떨었다.

그리고 살인병이 치료된 회사원이 천천히 일어섰다. 적극적으로 빛나는 눈.

"치료됐습니다. 풀어주십시오. 저도 도와서 먹이겠습니다."

"훌륭해."

연구원은 회사원을 묶어둔 끈을 풀어줬다. 회사원은 얼른 경호원에게 다가가 두 손 가득 치료제를 퍼 올렸다.

그렇게 하나에서 둘, 둘에서 넷, 넷에서 여덟. 완치자가 기하급수적으로 증가했다. 감염자가 모조리 치료되는 데는 30분이 채 걸리지 않았다.

"…"

그러나 경호원들은 긴장을 풀지 못했다.

맑은 눈으로 돌아온 완치자들이 한곳에 모여 대화를 나누었다.

"감염자 더 없습니까?"

"공장 다른 곳에 숨어 있지 않을까요?"

"찾아봅시다!"

"치료제도 더 만들어야지! 몇 사람은 옥상으로 가서 치료제를 만들어! 이건 더 많은 사람이 먹어야 해!"

"어떻게 만듭니까? 아, 말하지 않아도 괜찮습니다. 깨달았습니다. 더 만들겠습니다."

완치자들은 삼삼오오 조를 짜서 공장을 수색하기 시작했다. 순식간에 정적이 돌아온 공장.

소대장은 멀리서 이 광경을 보다가, 총을 꽉 잡았다. 바짝 마른 입을 열고 말했다.

"본부, 들립니까? 보고 있습니까? 살인병은 치료되었지만, 다른 것에 감염된 듯…"

"소대장? 맞나?"

뒤에서 들리는 목소리.

소대장과 경호원들이 일제히 돌아서며 총기를 겨눴다. 총구 끝에는 연구원이 있었다. 푸른 치료제를 두 손에 치덕치덕 묻힌 채.

"경계하지 말고. 내가 이걸 먹어보니까, 살인병 말고 다른 정신적인 이상에도 통할 듯해. 그러니까 여기를 치료제 생산 공장으로 만드는 편이 좋겠다고 생각하는데."

연구원이 웃었다.

"소대장이 그런 제안서를 써줬으면 좋겠어. 여러 명이 같은 제안서를 쓰면 상부도 진지하게 받아들이지 않겠나?"

"…생각해보겠습니다."

"잘 생각해보라고. 많은 사람을 구하는 방법이니까."

그 말을 끝으로 연구원이 몸을 돌려 떠났다. 방향은 옥상. 오크통이 있는 곳.

소대장은 그 뒷모습을 주시하다가 주먹을 쥐었다. 장갑 아래로 식은땀이 흥건했다. 그는 답답한 숨을 내쉬었다.

"들립니까? 이건 우리가 감당할 수 없습니다. 우리가 할 일이 아니란 말입니다. 방역부대든, 정신이상 전문 기관이든 부르십시오! 더 늦기 전에 빨리!"

– 이쪽에서도 보고 있소. 보아하니 단순한 치료제가 아니더이다.

한가한 목소리에 소대장이 목에 핏대를 세웠다가, 다른 사람들을 의식하고 목소리를 꾹 눌렀다.

"당연한 소리는 하지 말고, 대응을 하란 말입니다."

– 대응은 이미 그쪽에서 하고 있는데.

영문을 알 수 없는 말. 경호원들은 전부 이곳에 모여 있는데 누가 무슨 대응을 한다는 말인가.

소대장이 화를 참지 못하고 끝내 소리를 치려는 그때였다. 돌연 그들의 자리에 햇빛이 내리비쳤다. 그들이 동시에 올려다 본 공장의 높은 천장.

지우개가 지나가, 구멍이 뻥 뚫린 천장.

푸른 하늘 아래로 세 명의 머리가 보였다. 이연우, 요원, 경호원. 그리고 오크통. 오크통을 높이 든 경호원이 악을 썼다.

"소대장님! 잘 받으십쇼!"

곧바로 획 던져진 오크통이 수직으로 추락했다. 가까운 경호원 하나가 몸을 던졌다. 두툼한 보호구 위로 떨어진 오크통이 통 튕겨 공장 바닥에 똑바로 섰다.

— 소대장. 우선 치료제가 더 생산되는 일은 막으시오. 오크통은 파손하지 말고. 흥미로운 이상 개체지 않소.

"치료제에 감염된 완치자는 어떻게 합니까?"

— 어느 정도 사리 분별은 하는 모양이더이다. 적당히 위협해서 제압하시오. 추가 지원이 곧 도착할 테니, 정 힘들면 사살하고.

소대장의 눈이 곳곳에서 튀어나오는 완치자들을 보았다. 그가 총구를 내려 오크통을 겨눴다.

이연우가 처음 이상함을 느낀 것은 감염자의 치료가 거의 끝났을 때였다. 삼삼오오 모여 다른 감염자를 찾고, 치료제를 만들겠다고 대화를 나누는 사람들을 보고 문득 위화감을 느꼈다.

고통받는 사람을 흐뭇하게 바라보다가, 문득 미소를 지은 입가를 매만졌다.

'…내가 이걸 왜 흐뭇해하고 있지?'

처음 보는 사람들이었다. 고작 살인병이 치료된 걸 가지고 기뻐할 정도로 가까운 사이도 아니었고, 이연우 자신의 감성이 그렇게 섬세하지도 않았다.

'내가 느낀 고통을 나눠 줘서? 아니야, 이건 진짜 아니야.'

한번 문제를 자각하자, 문제점이 계속해서 발견되었다.

애초에, 살인병에 걸린 사람을 치료한다는 행위 자체를 자발적으로 한 것 자체가 이상했다. 원래의 자신이라면 감염자와 가까워지는 행동을 할 리가 없었다.

'치료됐으면 도망쳤어야지. 왜 여기에 남아 있는 거야.'

이연우의 미소가 딱딱하게 굳었다. 뭔가가 잘못됐다. 나는 이런 사람이 아닌데, 나답지 않은 행동을 하고 있었다.

"…요원님, 경호원님, 잠시만 이리로."

이연우는 두 사람의 팔을 끌고 철제 계단 아래로 갔다. 두 사람 역시 뭔가 이상함을 느끼고 순순히 따라갔다. 다른 사람들을 한 번 살핀 그들은 목소리를 낮춰 대화를 나누기 시작했다.

이연우가 먼저 입을 열었다.

"치료제에 문제가 있는 것 같습니다."

"저도 뭔가, 저 사람들 이상해 보입니다. 입사 동기한테 듣기로는, 정신 관련한 이상 개체에 당하면 저런다던데."

"이연우 조사원님은 괜찮습니까?"

"애매합니다."

살인 충동만큼 강렬하지는 않았다. 정신을 은은하게 맴돌며 사람의 의도를 왜곡할 뿐.

하지만 사람의 목숨을 위협하지도 않아, 생존 본능이 강하게 저항하지도 않았다.

'어쨌든 당한 건 확실해.'

이연우가 슬쩍 손가락을 치켜들어 옥상을 가리켰다.

"우선 오크통부터 확보합시다. 이게 더 만들어지게 두면 안 됩니다."

이제 와서 도망칠 수는 없었다. 치료제에 당한 몸으로 탈출하기도 힘들뿐더러, 치료제에 관련된 자료를 이곳에서 찾아봐야 했다.

'지금은 오크통을 인질로 잡는 게 우선이지.'

감염자가 더 공격적으로 움직인다면, 치료제를 더는 못 만들게 부숴버리겠다고 협박하기 위해서.

"지금은 그게 최선 같네요."

요원과 경호원은 반대하지 않았다. 그들도 위화감을 느끼고 있었으니까.

그들은 살금살금 철제 계단을 올라 옥상에 도착했고, 곧바로 바닥을 지워 오크통을 경호원한테 던졌다. 경호원 중에는 치료제를 먹은 사람이 없었으니까.

그리고 치료제를 만들려는 사람들이 몇 초 뒤에 곧바로 도착했다. 그들이 이연우 일행을 보았다.

"오크통 어디 있습니까? 빨리 치료제 만들어야 하는데."

이연우가 침착하게 입을 열었다.

"오크통은 경호원들이 가지고 있습니다. 그것보다는 치료제를 연구한 자료부터 찾아야 하지 않을까요?"

옥상으로 올라온 사람 셋은 짐을 옮기던 일꾼들이었다. 두 꺼운 안전 작업복을 입고, 안전 헬멧을 머리에 느슨하게 걸친 숙련된 노동자.

그들은 어딘가 위험한 눈으로 이연우와 지워진 옥상 바닥을 보았다. 그러다가 키가 큰 사람이 성큼 다가왔다. 짙푸른 치료제가 묻은 입이 열렸다.

"오크통, 너희들이 치웠구먼."

불온한 분위기를 풍기는 목소리. 요원이 슬며시 지우개를 쥐고 경호원이 몸을 던질 태세를 갖췄을 때, 이연우는 태연하게 말을 이었다.

"치료제를 많이 만들려면 오크통부터 확보해야죠."

"허… 헛소리. 재료가 다 여기 있는데, 여기서 만들어야 빨리, 많이 만들 수 있지."

그들은 남들에게 치료제를 먹이겠다는 열망에 휩싸여 있었지만, 지능이 심하게 떨어지지는 않았다. 그들은 회사원답게 냉철하게 상황을 파악했다.

저들이 치료제 제작을 방해하고 있다고.

노동으로 다져진 근육을 꿈틀대며 그들이 천천히 다가왔다.

이연우는 그들을 향해 정면으로 다가갔다. 점점 가까워지는 거리. 머릿속에서는 생각이 스쳤다.

'오크통은 경호대원들이 지키고 있으니 이제 치료제를 어쩌다 만들게 됐는지, 오크통을 연구한 결과가 어떤지, 이런 정보부터 수집해야 해. 그래야 치료제를 파악하고 대응하지.'

주사위를 돌리더라도 무턱대고 돌리는 것보다는 문제점을 세세하게 파악하고 효율적으로 돌리는 편이 덜 위험했다.

이연우는 그것을 위해서 감염자들을 이용할 생각이었다.

코앞까지 다가온 감염자들. 이연우는 고개를 살짝 숙이고는, 낮은 목소리로 말했다.

"저도 먹었습니다. 그리고 더, 더, 더 많은 사람한테 맛보여 줄 생각이고요."

감염자들이 멈춰 섰다. 어쩐지 동료를 보는 듯한 눈으로 이연우를 보며 몸을 기울였다.

"어떻게?"

"오크통 저 작은 걸로 만들어봐야 뭐 얼마나 만들겠습니까. 오크통의 원리와 치료제의 제작법, 이런 연구 자료를 분석해 치료제 자체를 대량으로 생산할 방법을 찾아야죠."

이연우의 입에서 흐르는 물처럼 흘러나온 말에 감염자들이 눈을 번쩍 떴다. 깨달음을 얻은 사람처럼 고개를 열렬히 끄덕이다가, 얼른 몸을 돌렸다.

"이게 맞지. 다른 사람들한테도 이 말을 전해줘야겠어."

회사원들은 건들건들 옥상 문으로 돌아갔다.

이연우는 그들이 사라질 때까지 가만히 바라보다가, 고개를 돌렸다. 요원에게 물어볼 말이 있었다. 하지만 정작 요원과 경호원은 몇 걸음이나 떨어져 있었다. 경계하듯 이연우에게 고정된 헬멧.

이연우가 의아하게 물었다.

"왜 그러십니까?"

"이연우 조사원님, 멀쩡한 거 맞습니까? 방금 굉장히 진심 같았는데요."

이연우의 말이 그럴듯했기에 생긴 의심. 이연우는 헛웃음을 흘렸다.

"제가 진짜 심각하게 감염됐으면 이런 귀찮은 짓은 안 하죠. 그냥, 상수도 찾아가서 물을 치료제로 바꾸려고 했겠죠. 아니면 치료제의 비가 내리게 한다든가. 안개도 괜찮겠네요."

"…"

서슴없는 발상과 발상을 이뤄낼 능력.

헬멧에 가려진 요원의 얼굴이 굳었다. 지우개를 쥔 손이 살짝 떨렸다. 지우개를 보급받았기에 생긴 자신감이 흔들렸다.

'그 지독한 멸망주의자도 이 사람한테 당했지. 만약 이 사람이 회사 소속이 아니었다면…'

그 생각은 이어진 이연우의 질문에 멈췄다.

"그보다는 그 지우개로 사람 안의 치료제만 지우지는 못합니까? 저번에 보니까, 멸망주의자는 자기 몸에 침투한 이상도 지우던데."

"…그게 가능하다고요?"

잡생각이 완전히 사라졌다. 요원은 도저히 이해가 안 돼, 손에 든 지우개를 물끄러미 보다가 살짝 손을 까딱였다.

옥상의 콘크리트는 내버려두고 내부의 철근만 지워보려는 시도. 하지만 결과는 단순했다. 옥상이 통째로 지워졌다.

새로 뚫린 구멍을 쳐다보던 요원이 이연우를 향해 고개를 돌렸다.

"이런 건축물도 안 되는데, 어떻게 사람 몸에 침투한 이상만 지웁니까? 사람이 통째로 지워질 텐데."

"그 사람은 하던데… 막 확률 같은 것도 지우고…"

혼자 중얼거리던 이연우가 문득 깨달았다.

'미래의 나 정도까지는 아니지만, 그 인간도 지우개와 하나가 됐구나.'

하긴, 주사위가 다섯이나 모여 구르는 것도 꾸역꾸역 막아냈다. 평범하게 이상 개체를 이용하는 수준은 훨씬 뛰어넘은 것이다.

"어으."

이연우가 새삼 몸을 부르르 떨며 충격을 느꼈다. 그렇게 위험한 인간과 한바탕 싸웠다니. 진짜 대성공이 안 떴으면 어떻게 됐을지, 상상하기도 싫었다.

그때였다.

가만히 구멍 아래를 보고 있던 경호원이 어색하게 말을 꺼냈다.

"이제 내려갑시다. 저 아래 있던 완치자들도 다 흩어졌습니다."

뭘 하든 옥상에서 할 일은 없었다. 세 사람은 차가운 바람이 부는 옥상에서 공장 내부로 돌아갔다.

공장 안으로 돌아가니, 완치자들은 없고 경호원들만 대강 서 있었다. 오크통과 성형 기계 등을 모아둔 장소를 중심으로 적당히 흩어진 경호원들.

소대장이 세 사람에게 다가왔다.

"오크통은 어쨌든 지켰습니다. 하마터면 싸울 뻔했는데, 갑자기 수군대더니 흩어지던데… 무슨 일인지 아십니까?"

"연구 자료 찾으러 갔을 겁니다. 위에서는 뭐라고 합니까? 이거 되돌릴 방법은 있다고 합니까? 그리고 지원은 옵니까?"

이연우의 입에서 질문이 주르륵 터져 나왔다. 하나하나가

사람을 죽이는 병

중요한 질문.

소대장은 살짝 고개를 끄덕였다.

"방역부대랑 정신 정화 전문가가 온다고 합니다. 정화를 준비하려면 시간이 걸린다고 하던데, 못해도 한 시간은 지나야 올 겁니다."

정화라는 말에 이연우의 눈이 밝아졌다.

"전문가면 확실히 치료할 수 있습니까?"

"확신은 못 합니다. 이상 개체지 않습니까."

어떤 일이 벌어져도 이상하지 않았다. 전문가만 믿을 수 없는 이연우는 작게 한숨을 쉰 후 공장을 둘러봤다.

경호원들이 적당히 주변을 경계하는 공장.

경호원만 있는 게 이상했다. 좋은세상만들기협회의 구성원을 풀어놓을 리가 없는데, 보이지가 않았다.

"좋은세상만들기협회, 그 사람들은 어디 있습니까? 그 사람들한테 정보를 얻을 생각인데."

"회의실에서 다 죽였습니다."

"…예?"

이연우가 황급하게 고개를 돌렸지만, 그 눈에 보이는 것은 헬멧뿐이었다.

소대장이 덤덤하게 말했다.

"이곳은 적진입니다. 어쨌든 감염자는 회사원이니 지켜야 하고, 어떤 이상 공격을 또 해 올지 모르는 적은 사살이 우선입니다."

"그거…"

이연우는 가만히 눈을 깜빡이다가 고개를 끄덕였다.

"그렇죠. 안전이 우선이죠. 정보를 얻지 못하는 건 아쉽지만."

살인병이 뿌려지는 스프링클러 말고 어떤 장치가 설치되어 있을지도 모르는 상황. 소대장의 판단을 이해한 이연우가 가볍게 몸을 돌려 수색에 참여하려는 때.

누군가의 외침이 공장을 쩌렁쩌렁 울렸다. 공장 구석에 달린 문에서 얼른 손을 흔드는 완치자.

"찾았다! 연구실 같아! 연구원은 와봐!"

이연우는 서둘러 걸음을 옮겼다. 경호원과 요원이 그를 따라갔다.

순식간에 완치자들이 모여들었지만, 그들은 연구실로 들어가지 않았다. 연구와는 연관이 없는 탓이었다. 봐도 몰랐고, 괜히 건드렸다가 귀찮은 일만 만들 것 같았다.

연구실 주변에 서서 웅성거리는 인파.

"지나가겠습니다."

이연우가 그들을 뚫고 지나가 연구실 문가에 섰고, 연구실을 보고는 입을 벌렸다.

'이런 게 연구실?'

무슨 폐허처럼 헐벗은 콘크리트에 종잇장들은 바닥에 널려 있고, 화분이랍시고 가져다 놓은 식물은 이미 죽어 있었다. 심지어 스프링클러는 작동하지도 않았다.

그나마 큼직한 모니터 하나만 실험실답다고 할까.

'일단 들어가자.'

이연우가 고개를 숙였다.

사락.

슬리퍼 끝으로 조심스럽게 종이를 밀어 길을 만들며 쓱 훑어보니, 무슨 요리 레시피 같은 것들이 볼펜으로 잔뜩 쓰여 있었다.

[실험 기록]

- 위스키 200리터: 결과 없음.

- 소주 50리터, 맥주 150리터: 결과 없음.

- 보드카 200리터: 결과 없음.

- 와인 200리터: 결과 없음. 왜?

결과 없음, 결과 없음, 결과 없음! 오크통이면 술을 넣었을 때 반응해야지! 왜 변하지 않는 거지? 규칙이 뭐지?

그런 종이가 사방에 널려 있었다. 쓰레기처럼 버려진 종이 한 장 한 장이 귀중한 실험 기록이었다.

'이걸 다 손으로 썼다고?'

이연우가 혀를 내두르는 동안에도 발은 꾸준히 움직여, 모니터 앞에 도착했다. 근처에 대충 놓여 있는 무선 키보드를 툭

치니, 잠금 화면이 자동으로 풀렸다.

불쑥 목소리가 들렸다.

"비밀번호도 없어? 보안이 개판이잖아?"

침착하게 고개를 돌려보니, 가장 먼저 치료제를 먹었던 연구원이었다. 손에는 여전히 치료제가 묻어 있었다. 그는 옷자락에 짙푸른 치료제를 쓱쓱 닦고는 이연우를 옆으로 밀었다.

"비켜봐. 연구자는 나니까."

타닥타닥 키보드를 치면서 연구원은 이연우를 힐긋 바라보았다.

"네 제안은 훌륭했어. 역시 대량생산 공장으로 만들어야지. 저 친구들은 멍청하게 오크통만 쓰려고 해서 얼마나 답답했는데. 직관이 여간 부족한 게 아니야."

"별거 아닙니다."

"넌 오래 살아남을 거야. 핵심을 파악하는 직관이 있는 사람이 이 바닥에서 오래 살아남지."

그렇게 쓸모없는 대화를 나누고 있을 때, 누군가가 이연우의 어깨를 쳤다.

"…조사원님, 잠깐."

요원이 헬멧 쓴 고개를 살짝 돌렸다. 그곳에는 지우개가 지나간 금고가 있었다. 잘 보이지 않는 곳에 숨겨진, 서류 뭉치가 한가득 쌓여 있는 금고.

이연우가 살며시 물러나도, 연구원은 모니터만 보느라 눈

치채지 못했다. 또한, 경호원이 절묘한 위치에 서서 연구원과
사람들의 시선을 몸으로 막았다.

　이연우는 제일 위의 종이부터 집어 들었다.

　그곳에는 신경질적인 글씨가 쓰여 있었다.

[개 같은 회사! 갑자기 들이닥치더니, 뭐? 관리? 압수를 당하거나,
　관리를 받으라고? 내 돈 주고 내가 산 공장인데? 내가 발견한
　보물인데! 빌어먹을 놈들!]

　회사를 욕하는 글로 시작된 문서는 회사를 속이는 법을 치
열하게 연구한 내용으로 이어졌다.

　힘주어 꾹꾹 눌러썼는지 잉크의 궤적에 따라 짓눌린 종이.

[내 컴퓨터, 핸드폰은 다 감시한다는 말이지. 그럼, 아날로그로 작업
　하면 될 일이야. 꼴에 감시 장비는 설치하지 않은 모양이니까.]
[회사의 간섭에서 벗어나야 해. 오크통과 침대만이 희망이야. 사람
　을 실험체로 쓰는 성형 기계는 회사가 처음부터 끝까지 간섭하
　니까.]

　그때, 요원이 어떤 서류 뭉치를 훑어보더니 이연우에게 건
넸다.

　"오크통을 실험한 기록 같습니다. 바닥의 가짜가 아니라,

진짜 중요한 것만 기록한 거요."

"봅시다."

이연우는 괜히 책상 아래에 쪼그려 앉아 몸을 숨기고, 경호원의 그림자 아래에서 서류를 한 장씩 넘겼다.

의미 없는 실험 기록이 아니었다. 협회장의 내심과 의도와 행동을 고스란히 써놓은 기록.

[오크통에는 규칙이 없어. 그러니까 규칙을 부여하자. 명령을 부여하는 컴퓨터를 쓰면 할 수 있다.]

[일관된 규칙을 가지라고 명령했지만, 그 규칙을 찾을 수 없었다! 명령은 제대로 입력됐는데! 도대체 규칙이 뭐지?]

[규칙을 찾았다. 이것은 사람이 괴롭기를 원한다.]

80

　두툼한 서류 뭉치를 한 장씩 넘기며, 중요한 문단만 찾아 읽었다. 이연우의 눈동자가 위아래로 빠르게 움직였다.

　본격적으로 오크통을 실험한 기록들.

[인간이 싫어하는 재료, 인간에게 해가 되는 결과물. …테마가 확실
　해. 실험하기 쉬워졌어.]

[사람을 공격하는 질병? 좋아. 나중을 대비해 무기로 비축해야겠
　어. 소방용 물탱크를 이걸로 채우고, 원하는 공간에만 스프링
　클러를 가동하는 시스템을 만들어보자.]

[회식을 마치고 남은 음식물들이 많다. 아이스크림에 치킨 무에 피
　자에… 누가 메뉴를 골랐지? 다시는, 아니… 어쨌든 음식물 쓰
　레기를 치우기도 귀찮은데, 오크통에 넣어볼까?]

[왜 정신적 문제를 치료하는 약이 나왔지? 재료와 결과물, 둘 중 하

나만 테마에 맞으면 되는 건가? 모르겠군. 모르겠어]

　살인병과 치료제를 실험한 기록이 끝났다. 이연우가 눈살을 찌푸리며 종이를 휙 넘겼지만, 도움이 되는 정보가 없었다.

　글로 읽기만 해도 구역질이 나는 재료와 결과물의 나열뿐.

　'우욱. 어떻게 이런 걸 섞을 생각을 하지? 치료제를 먹여서 음식의 소중함을 깨닫게… 아냐, 이건 내 생각이 아냐.'

　이연우는 이상하게 비틀어지는 생각을 바로잡고, 종이를 계속 넘겼다.

　사르륵.

　빠르게 넘어가던 종잇장이 마지막 장 무렵에 멈췄다. 마지막 장에 휘갈겨 쓰인 글을 읽은 이연우가 낮은 목소리로 중얼거렸다.

　"이건 오늘 일 같은데."

　주사위를 찾으라는 명령을 주입했더니, 문 앞의 사람이 사고를 친 이야기.

　사고를 알자마자 회사가 냉큼 내민 제안과 협회장의 끝내 참지 못한 분노.

[성형 기계는 그렇다 쳐도 오크통과 침대까지 내놓으라고? 더는 못
　참아! 스프링클러를 뿌리는 것부터 시작해서, 모든 수단을 동
　원한다! …그 전에 치료제부터 복용해둬야지.]

[끔찍하다! 내 혓바닥이 죽었어! 인간의 고통이라는 테마에서 벗어
   난 게 아니야!]

치료제를 먹었는지 벌벌 떨리는 필체가 다음 문단부터 단
정하게 가다듬어졌다.

[…생각을 해봤는데, 굳이 회사와 갈라설 필요까지는 없어. 채찍과
   당근. 사고인 척 병을 뿌리고 치료제를 제공하는 연극을 해볼
   까?]
[회사 놈들이 치료제를 먹고 고통스러워하는 꼴을 보면 기분이 참
   좋을 거야]

마치 사고가 왜곡된 듯한, 어리숙한 발상으로 기록은 끝.
더는 기록도, 넘어갈 종이도 없었다. 이연우는 종이 뭉치
를 뒤집어 앞으로 돌아왔다.
그곳에 쓰여 있는 의미심장한 문장을 내려다보던 이연우
가 짜증을 담아 종이 뭉치를 내려놓았다. 픽, 강하게 금고로 돌
아간 기록.
'이것은 고통을 원한다? 빌어먹을. 감염을 되돌릴 방법은
안 쓰여 있잖아.'
한편 요원은 다른 기록을 헬멧의 카메라로 한 장 한 장 남
기고 있었고, 경호원은 연구원과 다른 완치자들을 경계하며 이

연우에게 질문을 던졌다.

"뭐 좀 알아내셨습니까? 저쪽은 아무것도 못 찾은 듯한데."

훔쳐보니, 연구원은 거의 키보드를 때려 부수려는 기세로 데이터를 탐색하고 있었다. 키보드를 쾅쾅 내리치는 손가락과 짜증 섞인 목소리.

"이, 이! 원숭이만도 못한 인간! 어떻게 이런 멍청한 짓거리를 연구랍시고 기록을 하지?"

협회장이 회사의 감시를 알고, 거짓으로 기록한 연구 자료였다. 아무리 뒤져봐도 연구원이 원하는 정보가 있을 리가 없었다.

그 답답함은 이연우 자신의 심정과 비슷하여, 절로 꽉 막힌 한숨을 내쉬었다.

"상황은 파악했는데요. 이걸 되돌릴 방법은 없네요."

상황은 단순했다.

오크통의 조합법을 알아내기 힘든 협회장이 오크통에 테마를 부여했고, 오크통은 인간의 고통을 원하게 되었다.

그 결과가 살인병과 치료제다. 감염자 하나만이 아니라, 감염자를 매개로 더 많은 사람을 괴롭게 하는 이상.

회사와 좋은세상만들기협회 사이에 갈등도 있던 듯한데, 그건 썩 중요하지 않았고.

"그게 끝이에요. 이걸 고칠 방법은 회사의 전문가나 주사위밖에 없어요."

안심하기에는 둘 다 문제가 있는 방법들. 치료가 가능할지 모르는 전문가와 리스크가 존재하는 주사위.

그때 문득 요원이 이연우를 보았다. 증강 현실 헬멧의 표면에 비치는 이연우의 얼굴. 진심으로 가슴이 답답한 표정.

연구원이나 다른 완치자 같지 않았다.

"이연우 조사원님은 왜 멀쩡합니까?"

"안 멀쩡해요. 이런 일을 벌인 협회장이나 그쪽 사람들 입에 치료제 막 넣어주고 싶어요. 그냥 참는 거지."

이연우의 눈동자가 살짝 내려가 요원의 지우개를 보았다. 처음으로 주사위 자체를 막아냈던 지우개는 알게 모르게 이연우의 정신에 깊은 흔적을 남겼다.

꼭 트라우마처럼, 지우개만 보면 그 당시의 충격이 떠오르며 생존 본능이 곤두설 정도로.

"지우개 없었으면 살인병도 못 참았을걸요. 치료제도 아마 한참 지나서 깨달았을 겁니다."

그 말을 곱씹어보던 요원은 느릿하게 고개를 기울였다.

"그러니까 극도의 위협을 느끼면 일단 정신은 차린다는 말입니까?"

"일단 저는 그랬는데…"

그게 지금 중요한가? 의아한 마음에 요원을 돌아보니, 요원과 경호원의 헬멧이 오직 연구원만을 주시하고 있었다.

키보드에서 손을 뗀 연구원. 이연우와 비슷하게 원하는 정보를 얻지 못한 연구원이 엉망이 된 옷매무새를 다듬으면서 혼자 중얼거리고 있었다.

"…나도 멍청했군. 오크통만 찾던 저 친구들처럼 하나에만 집착하는 꼴이라니."

대량생산 방법을 찾지 못한 연구원은 다른 방향으로 해결책을 찾았다. 뛰어난 직관이 대각선으로 튀었다.

"여기에 다른 이상 개체도 많지. 꿈의 일부를 현실로 가져오는 침대로 치료제를 가져오면 돼. 명령을 부여하는 컴퓨터를 응용할 수도 있겠지."

몸을 돌리고는 바닥에 널린 종이를 짓밟으며 나아간 연구원이 멈췄다. 그의 앞에서 완치자들이 기대를 담은 눈으로 그를 보고 있었다.

연구원이 말했다.

"대량생산의 단서는 없어."

마치 뺨이라도 맞은 듯, 완치자들의 고개가 일제히 돌아갔다. 공장의 이상 개체를 모아둔 경호원을, 그들 가운데의 오크통을 봤다.

무언가 이상을 느낀 경호원들이 반응하기 전, 완치자들이 달려 나가기 전, 연구원의 말이 이어졌다.

"하지만 다른 방법을 떠올렸지."

"어떤 방법이요?"

"침대. 우리 모두 그 끔찍한 치료제를 꿈꿀 자신은 있지."

완치자들이 하나같이 고개를 끄덕였다.

"지금 자면 분명 그 치료제 꿈을 꾸겠죠. 그건 꿈속에서도 못 잊을 맛이니까요."

"그거면 충분하지. 오크통은 경호원이 지나치게 지키고 있으니까, 평범하게 우리 할 일 하는 것처럼, 다른 이상 개체 옮기는 척 침대를 써보자고. 어때?"

작게 소곤대는 연구원의 목소리. 몸을 앞으로 숙이며 그 말에 귀를 기울인 완치자들이 알겠다며 하나둘 몸을 돌렸다.

그들이 우르르 발걸음 소리를 쏟아내며 움직일 때였다.

스으윽.

돌연 햇빛이 내리비쳤다. 지우개가 천장을 훑고 지나갔다. 찬 바람이 돌풍이 되어 들이닥치고, 선명한 위협이 그들의 발걸음을 막았다.

"거기, 사우님들. 잠깐 멈추시죠."

"지우개? 지금 뭘 하는 거지?"

완치자들이 똑같은 감정을 품은 시선으로 요원을 노려봤다. 요원은 마른침을 삼키고는, 지우개를 곧게 치켜들었다.

"더 이상 움직이지 마십시오. 한 걸음이라도 더 움직이면 지우겠습니다. 당신들, 지금 그 치료제에 오염되었습니다."

위협하듯 한 번 더 천장을 긋고 지나간 지우개. 이제는 남은 부분보다 지워진 부분이 더 많은 천장 아래에서, 완치자들이 입을 다물었다.

하지만, 요원이 원했던 효과는 나지 않은 듯했다.

"···"

"···"

번들거리는 눈빛. 누군가 말했다.

"헬멧을 썼군. 치료제를 안 먹었어. 그러니까 그딴 소리를 지껄이지."

"오염? 그걸 먹어보면 그런 소리 못 할 텐데. 우리는 순수하게 더 많은 사람에게 먹이려는 것뿐이야. 그리고 저거 정신적 이상 문제를 해결하는 약이야."

"움직이지 말라고 했습니다."

어딘가 이상하게 돌아가는 분위기에 요원이 재차 손을 치켜들었지만, 통하지 않았다.

그들이 미소를 지었다.

"이봐. 보아하니 신참 직원 같은데. 너는 우리 못 죽여. 네 말이 맞아서 우리가 오염됐다 쳐도, 즉각 사살할 정도는 아니거든."

"차라리 이건 어때? 너도 치료제를 먹어봐. 먹고도 같은 소리를 하면, 네 말을 들어주지."

"맞아. 어딜 감히, 치료제도 묻히지 않은 입으로 명령이야! 너도 먹어!"

상황이 이상하게 돌아갔다.

요원이 그들을 협박하는 자리가 완치자들이 요원에게 치료제를 종용하는 자리로 변했다. 그 열기를 품은 목소리와 시선 앞에서 요원이 주춤 물러섰다.

그때였다.

속으로 한숨을 쉰 이연우가 나섰다. 요원의 지우개를 빼앗아 한 손에 쥐고, 다른 손으로는 에코백에서 꺼낸 기억 소거제를 쥐었다.

'저런다고 협박이 되나.'

요원을 제치고 한 발 나선 이연우에게 집중된 시선. 이연우가 말했다.

"지우개로 오크통과 침대 지우겠습니다."

"하하, 지워봐. 재현에는 다른 방법도 많을 테니까 의미가 없…"

"그러면 기억 소거제 먹이고, 치료제를 먹이겠습니다."

"뭐?"

완치자들이 눈을 크게 떴다. 이연우는 태연하게 말했다.

"저도 치료제 먹어봤는데. 한 번 먹긴 아쉬운 맛이더라고요. 치료제를 먹은 기억을 지우고, 또 먹으면 매번 새롭지 않겠습니까?"

말하면서 깨달았다.

'이거 기억을 지워도 계속 영향이 남나?'

치료제를 먹은 기억이 없으면, 이걸 남들에게 먹이고 싶은 생각도 사라지지 않을까?

치료제가 유도한 남들에게 먹이고 싶다는 생각인지는 모르겠지만, 일단 그럴듯했다.

방법을 찾은 이연우의 눈이 반짝반짝 빛났고, 번들거리던 완치자들의 눈이 맑은 빛을 되찾았다.

"미친 소리! 다른 사람들한테 먹여!"

"이리 와보세요. 한번 실험해보죠."

"아… 안 돼!"

도망치려고 했지만, 늦었다. 경호원이 빠르게 달려가 한 완치자의 멱살을 잡아끌고 왔다. 팔다리를 버둥거려도 의미가 없었다.

이연우가 기억 소거제 한 모금을 그 입에 넣었다. 완치자의 눈이 흐려지고, 몇 번 깜빡인 뒤 정신을 차렸다. 그는 침착하게 물었다.

"…기억이 끊어졌어. 기억 소거제를 먹었군. 지금 날짜와 시간이 어떻게 되지?"

"어떻습니까? 뭘 남에게 먹이고 싶거나, 고통을 나눠 주고 싶습니까?"

기억이 지워진 입장에서는 생뚱맞은 질문이었겠지만, 완치자였던 회사원은 순순히 답했다.

"딱히, 그런 생각은 없어."

"그럼, 지금 뭘 하고 싶습니까?"

　　　　　　　　　　　　　사람을 죽이는 병

"날짜를 확인하고, 기억을 잃었던 사이 무슨 일이 있었나 알고 싶어."

이연우가 끄덕이더니, 경호원의 등에 달린 물통을 가까이 끌어당겼다. 푸른 것이 질척하게 달라붙은 물통.

회사원의 시선이 흔들렸다.

"그건 뭡니까?"

"기억 안 납니까?"

"기억 소거제를 먹었을 텐데, 뭔…"

"먹어보세요. 기억이 되돌아오나."

말보다 빠른 행동. 물통에 얼마 안 남은 치료제를 싹싹 긁어모아, 회사원의 입에 처넣었다. 회사원은 눈을 크게 뜨고, 구에엑, 구아아악 비명을 내지르다가 헛구역질했다.

"우우욱, 도대체 이게 뭔."

"남들에게 먹이고 싶습니까?"

"혼자 먹기는 아쉬운데. …잠깐만. 기억 소거제, 설마."

남들에게 고통을 나눠 주려던 열망이 빠르게 식었다. 회사원은 뻣뻣하게 굳은 목을 억지로 저었다.

"아냐. 굳이 먹일 필요가 어디 있겠어."

"그렇죠? 그러면 여러분은 어떻습니까?"

원하는 답을 얻은 이연우가 흐뭇하게 주변을 돌아보자, 완치자들은 열심히 손을 내저었다.

"어유. 괜찮습니다."

"치료제 맛있지 않습니까? 남들한테 먹이고 싶을 정도로 요. 그러면 더 드셔야죠?"

"아닙니다, 아닙니다. 정말 괜찮습니다."

이연우는 흐뭇하게 고개를 끄덕였다.

'우선 기억 소거제를 쓰면 영향력이 사라지네. 급할 필요 가 없겠어.'

회사의 전문가가 치료에 실패해도 방법이 있었다. 감염자 의 공격성을 억제하고, 방법까지 찾은 이연우는 마음 편하게 웃었다.

사람을 죽이는 병

"기억 소거제가 통해도…"

완치자들을 공장 한쪽에 모아두고, 소대장에게 기억 소거제가 약이라는 말을 하자 소대장은 한 손으로 헬멧을 쓰다듬었다.

어딘가 어려운 목소리.

"기억 소거제는 항상 부족해서… 이런 데 쏠 물량은 없을 겁니다. 우선은 다른 방법들을 시도할 겁니다."

무턱대고 기억 소거제부터 투여하기에는 그 물량이 충분하지 않았다. 회사는 부족한 자원을 쓰지 않고, 여러 기기나 다른 전문가를 사용할 것이었다.

"그냥 알아두시라는 말이었습니다."

이연우는 편하게 고개를 끄덕였다. 어쨌든 자신이 마실 분량은 있었다. 딱 한 모금만 마셔도 충분하니까.

"그보다 회사 지원은 언제…"

삐빅.

헬멧의 증강 현실 UI가 반짝였다. 소대장이 바로 몸을 돌렸다. 공장의 정문 방향.

"지금 공장 부지에 진입했답니다. 정신 정화 전문가가 늦장을 부려서 이제야 도착했다고 합니다. 무슨 시간이 안 맞는다고, 투덜댄다던데."

"그쪽 전문가는 항상 그렇지 말입니다. 계절이 아니다, 날씨가 안 좋다, 별자리가 영 아니다. 맨날 불평만 하지 않습니까."

경호원들은 짜증을 내면서도 어슬렁어슬렁 공장 문을 열기 시작했다.

둔중한 소음을 내며 열리는 철문.

그 너머로, 방역복을 입은 방역부대가 진입했다. 방역 도구와 무거운 장비를 든 그들은 고래고래 소리를 지르면서 사방으로 흩어졌다.

"작전대로 움직여! 물탱크에서 살인병 빼낼 사람은 옥상으로 가고, 나머지는 공장에 뿌려진 살인병부터 회수해!"

"예!"

위이이잉!

무슨 청소기 같은 것이 강렬한 모터음을 내더니, 흩뿌려진 액체 따위가 스르륵 빨려 들어갔다.

순식간에 건조해진 공기.

사람을 죽이는 병

메뚜기 떼처럼 방역부대가 지나간 자리에는 사막처럼 바짝 마른 공장만 남았다.

그리고 뽀송뽀송한 공장 입구로 웬 마법사 같은 사람이 뚜벅뚜벅 걸어 들어왔다.

이상한 고깔모자를 쓰고 두툼한 가운을 걸친 사람은 불퉁한 표정으로 곱지 않은 말을 내뱉었다.

"참 나, 정화가 그냥 이루어지는 줄 아시오? 마법이 얼마나 섬세한 기술인데. 오염자인지 뭔지, 다 가둬뒀다가 천천히 해도 되는걸. 뭘 이렇게 서두르는지, 원."

"…부사장님도 감염됐습니다."

"봤소. 제일 먼저 처치도 했고. 어디, 다른 오염자들이나 봅시다. 빨리 처리하고 돌아가야겠어."

소대장이 제일 가까운 이연우를 보았다. 어쨌든 치료제에 감염된 사람이니까.

하지만 이연우는 성큼 나서며, 공장 구석에 모아둔 완치자들을 향해 손을 뻗었다.

"저기 모여 있습니다."

"응? 얌전한데?"

옹기종기 모여 있는 사람들. 공손하게 손을 모으고 앉아 도란도란 이야기를 나누는 모습을 보니, 정신이 오염된 사람 같지 않았다.

"협박이 잘 통해서."

"허. 그러면 내가 이렇게 서두를 필요도 없었잖소. 아니, 됐소. 더 말하지 마시오."

주섬주섬.

마법사인지 전문가인지 모를 사람이 가운 안에서 유리병을 꺼냈다. 그는 검은 물감 같은 것이 찰랑대는 유리병을 기울여 공장 바닥에 기묘한 그림을 그리기 시작했다.

언뜻 봐서는 뭔지 모르겠는 문양.

"한 명씩 데려오시오. 방역부대가 방해하지 못하게 하고. 그리고 정화는 못 하오. 지금 상황이 안 맞아. 그쪽하고는 연결할 수 없소."

경호원이 완치자를 데리러 간 사이, 이연우는 꼬치꼬치 질문을 던졌다.

"정화가 아니면 뭡니까? 부작용이나 후유증은 없습니까?"

"아, 방해하지 마시오! 이거 한번 실수하면 처음부터 다시 그려야 하니까!"

버럭 고함을 내지르면서도, 문양을 그리는 손에는 흔들림이 없었다. 일정하게 쏟아지는 물감과 유려한 손짓.

이연우는 얌전히 입을 다물고, 한 걸음 물러서 관찰하기 시작했다. 치료되는 과정을 직접 보면 되니까.

몇 걸음 걸어가며 문양을 완성한 마법사가 구부렸던 허리를 폈다.

"준비됐소."

곧장 문양 가운데로 한 완치자가 밀려 들어갔다. 완치자는 눈을 좌우로 대굴대굴 굴렸다. 불안한 혼잣말이 흘러나왔다.

"회사 소속 마법사? 뭡니까? 어디 차원이랑 상호 작용하는 겁니까?"

"말해도 모를 거요. 어디 보자, 내가 고지해야 할 안내 사항이…"

마법사는 완치자를 본 척도 하지 않았다. 가운에서 꼬깃꼬깃한 종이를 꺼내, 그 위에 인쇄된 글을 읽었다.

진심으로 주의를 준다고 하기에는 사무적으로 빠르게 흐르는 목소리.

"주의 사항. 그것을 너무 오래, 깊게 보지 마시오. 잘못하면 정신이 통째로 잡아먹히니까. 부작용. 공허감과 불안감이 계속 느껴질 수 있소. 이로 인해 폭식이나 과음, 자해… 하여튼 별문제 없소."

"아니, 지금 뭘!"

"시작하겠소."

딱!

마법사가 손가락을 튕겼다. 그와 동시에 완치자의 정신이 이상한 세상으로 날아갔다.

시꺼먼 심연. 한 치 앞은 물론, 자신조차 보이지 않았다. 완치자가 불안감에 팔다리를 허우적거렸지만, 마치 우주 공간처럼 둥둥 부유하는 감각만 느껴졌다.

- 어디야! 나한테 뭘 한 거야! 마법사! 네 입에도 치료제를…!

울분에 찬 목소리가 메아리치는 때.

날름!

어둠 속에서 무언가가, 사포처럼 꺼끌꺼끌하고 거친 무언가가 정신을 훑고 지나갔다. 정신이 그대로 뜯겨 나가는 듯한 감각. 영혼에 구멍이 뻥 뚫린 듯한 공허감.

- 끄으윽! 내… 내 정신! 돌려줘! 먹지 마!

회사원이 절박하게 손을 뻗으며 비명을 내지르는 때였다.

세상이 돌아왔다.

어딘지 알 수 없는 심연에서, 공장으로.

"다음."

귀찮다는 듯 손짓하는 마법사와 회사원을 유심히 바라보는 이연우를 앞에 두고, 회사원은 털썩 주저앉았다.

주룩주룩 눈물이 쏟아졌고, 짐승 같은 신음이 흘러나왔다. 정신의 공백에서 오는 이루 말할 수 없는 박탈감.

"아, 아… 안 돼. 내 거야. 내 정신이야."

"아, 사람도 많은데 빨리 치우시오. 다른 오염자들 처리해야 하니까."

"부작용이 심한데…"

"시간 지나면 괜찮아지니까. 아니면 치료하지 말까?"

회사원은 경호원의 손에 붙잡혀 짐짝처럼 끌려갔다.

이후로도 비슷비슷했다. 치료가 끝난 후, 울고, 잠들고, 난동을 부리고. 심각하면 팔을 움직이지 못하거나, 식물인간이 되고.

그 모든 과정을 지켜보던 이연우가 슬그머니 물러났다. 아무리 봐도 부작용이 심했다.

'이게 치료?'

손가락이 더러워졌다고 팔을 자르는 것과 다를 바가 없었다. 차라리 기억 소거제를 마시는 편이 나았다.

이연우는 에코백에서 기억 소거제를 꺼내 들고, 요원을 바라보았다.

"그거 헬멧 다 기록되죠? 이거 마신 뒤에 기록, 저한테 보여주세요."

"…예."

이연우가 심호흡을 반복한 후, 기억 소거제를 조금 들이켰다. 물처럼 아무 맛도 없고 냄새도 없는 기억 소거제.

혓바닥 위에서 기억 소거제가 사라졌고, 기억도 증발했다. 이연우의 눈이 잠에 취한 사람처럼 풀렸다. 그리고 몇 초 후, 이연우가 눈을 부릅떴다.

극도로 확장된 동공.

낯선 장소, 낯선 상황.

"여긴…"

이연우는 사방을 돌아보며 뒷걸음질을 쳐, 공장 입구 쪽으로 물러났다. 머릿속에서는 기억이 빠르게 재생됐다. 문 앞의 남자를 상대하고…

지우개를 든 요원을 따라 어디로 갔는데…

"이연우 조사원님, 어디까지 기억나십니까?"

"당신 오토바이 타고 이동한 건 기억나는데, 내가 기억 소거제를 마셨습니까?"

손에 쥔 기억 소거제 병을 보니 조금 줄어들어 있었다. 이연우의 표정이 이상하게 변했다.

'내가 기억 소거제를 자진해서 마셨다고? 그리고 여긴 또 어디고, 무슨 상황이야?'

기억 소거제를 마신 것도 이상했고, 마법진을 그려놓은 마법사도 이상했고, 한쪽에 모여 울부짖는 회사원들도 이상했다.

정신없이 흔들리는 이연우의 눈동자를 본 요원이 말했다.

"헬멧을 드릴까요? 이곳에 전부 기록되어 있습니다."

"잠깐만요. 제가 기억 소거제를 마셔야 했을 문제는 해결됐습니까?"

"남들에게 뭘 먹이고 싶거나 고통을 나눠 주고 싶습니까?"

"아뇨. 그런 위험한 짓을 내가 왜…"

멀쩡했다. 요원이 헬멧 쓴 고개를 끄덕였다. 그러고는 손을 들어, 헬멧을 밀어 올리기 시작했다.

"치료됐습니다. 헬멧 드리겠습니다."

"아닙니다. 회사 정보망으로 기록만 따로 보내주세요."

헬멧을 벗던 손이 멈췄다. 헬멧을 다시 꾹 눌러쓴 요원은 의아하게 물었다.

"지금 바로 필요 없습니까? 답답하실 텐데."

"그건 안전한 곳에서 확인하면 됩니다."

이연우가 보니, 사고가 터져도 크게 터진 현장이었다. 어떤 문제가 또 숨어 있을지 알 수 없는 상황.

이연우가 냉큼 몸을 돌렸다.

"저는 이만 집으로, 아니… 집 지워졌지. 어쨌든 돌아가겠습니다."

"차도 안 끌고 오셨는데."

"택시 타면 됩니다."

"여기가 어딘지는…"

계속 발목을 붙잡는 질문. 문제도 되지 않는 질문에 이연우가 대충 손을 휘저었다.

"전봇대에 써진 위치 정보 확인하면 됩니다. 안녕히 계세요. 기록은 보내주시고."

그렇게 이연우가 재빠르게 도망쳤다. 경호원과 요원은 얼떨떨하게 있다가 헬멧을 매만졌다.

대강 정리된 현장.

경호대는 복귀를 준비했고, 요원도 더 남아 있을 이유가 없었다.

"우리도 이만 헤어지면 될 듯합니다."

"…저도 돌아가겠습니다."

그들이 공장을 벗어났다. 이제 공장에 남은 것은 박탈감에 울부짖는 사람들과 바쁘게 살인병을 회수하는 방역대원과 혼자 돌아가는 마법사뿐.

이연우는 전봇대에 써진 위치 정보로 장소를 파악했다. 곧장 택시를 불러 탄 이연우는 어딘가로 전화를 걸었다. 집이 없는 지금 상황에 가장 먼저 통화할 상대.

본사에서 나와 이연우와 협상을 했던 마크 정이었다.

– 예, 이연우 특수 조사원.

"저번에 받기로 한 집 있지 않습니까. 준비됐습니까?"

– 건물은 골랐는데, 에어컨이나 가구 같은 게 아직 준비가 안 됐습니다. 며칠만 지나면, 다 정리가 끝날 겁니다.

가구 몇 개 정도야, 집이 지워졌는데 뭘 더 가릴 겨를이 없었다. 이연우는 핸드폰을 고쳐 잡으며, 나지막하게 말했다.

"괜찮습니다. 지금 들어가겠습니다. 어디에 있습니까?"

– 어디냐면…

마크 정이 주소를 몇 마디 덧붙였다. 기존에 살던 도시, 이상 조사반과 멀지 않은 거리.

이연우는 핸드폰을 입가에서 살짝 떼고, 택시 기사에게 그 주소를 불러줬다. 택시 기사는 무덤덤하게 액셀을 밟았고, 택시가 도로를 부지런히 달렸다.

"손님, 도착했습니다."

"아, 예."

깜빡 졸았다가 일어나니 도착한 장소.

이연우는 찌뿌둥한 몸을 일으켜 택시에서 내리고는 그대로 멈춰 섰다.

철조망이 둘러싼 넓은 부지. 편의점은 물론이고, 이웃조차 존재하지 않는 넓은 땅. 마크 정이 철조망 앞에서 손을 흔들고 있었다.

"오셨습니까? 들어가시죠. 마음에 드실 겁니다. 심혈을 기울여 고른 건물이거든요."

끼익.

음산한 비명을 지르며 열린 철조망 문. 그 너머의 넓은 공간과 홀로 서 있는 폐가. 사람은커녕 귀신이나 살 법한 집.

이연우는 잠이 덜 깼나 눈을 비비다가, 천천히 고개를 돌려 마크 정을 보았다.

"…이게 내 집이라고요?"

"좋지 않습니까?"

의뢰

82

"안을 보면 느낌이 다를 겁니다."

정말 좋은 매물을 소개하는 공인중개사처럼 마크 정이 뚜벅뚜벅 앞서 나갔다. 자신감이 실린 발걸음과 거침없는 손짓.

이연우는 미심쩍은 표정을 지으며, 마지못해 걸음을 옮겼다.

"딱 봐도 좁아 보이는데, 안이라고 뭐 다르겠습니까."

가까이서 보면 더 허름하고 낡아 보이는 집.

"직접 보시죠."

마크 정이 차가운 문손잡이를 잡았다. 그러고는 온 힘을 다해 문을 당겼다. 두꺼운 문이 비명을 내지르며 열렸다.

끼이이익!

활짝 열린 문은 손바닥만큼 두꺼운 듯했다. 마크 정이 미소를 지으며 주먹을 쥐었다. 탕탕, 문을 두드리는 주먹.

"방폭 문입니다. 벽 역시 같은 사양이죠. 두껍고, 튼튼한.

옆에 창문 보이시나요?"

"…보입니다."

이연우의 얼굴에서 의심이 조금 물러났다. 그는 이제 귀를 기울여 마크 정의 설명에 집중했고, 눈을 반짝이며 집을 둘러봤다.

'안은 생각보다 튼튼한데?'

일단, 엉망인 첫인상보다는 좋았다.

마크 정이 그럴 줄 알았다는 듯이 미소를 지었다. 이연우의 성향을 파악하고 그에 딱 맞는 건물을 골랐다.

겸사겸사 일반인과 격리도 하고, 회사의 시스템 안에 두기도 하고.

'그래도 싫어할 리가 없지. 내부를 보면 더.'

마크 정은 집 안으로 들어가, 현관 바로 옆의 창문으로 걸어갔다. 창틀 위에 달린 버튼으로 올라간 손가락.

"창문 자체도 특수하지만, 유리에는 한계가 있죠. 유리가 버티지 못할 때를 대비한 방폭 셔터입니다."

꾹!

차르륵.

버튼을 누르기 무섭게 셔터가 내려오며 창문이 물 샐 틈 없이 막혔다. 마크 정이 방폭 셔터를 두드리고, 상하좌우로 막 흔들어도 꼼짝도 하지 않았다.

이연우도 시험 삼아 몇 대 두드렸다. 손바닥에 닿는 그 차가운 금속의 감촉. 만족스러운 눈빛을 한 이연우에게 마크 정이 말했다.

"하지만 이건 포장지일 뿐입니다. 진짜는 아래에 있죠."

"아래요?"

지금 본 성능만 해도 마음에 쏙 드는데, 아래에 뭐가 더 있다는 말일까.

마크 정이 집 중앙으로 걸어갔고, 이연우는 병아리처럼 그를 졸졸 따라갔다.

그들의 걸음은 바닥에 둥글게 뚫린 문 앞에서 멈췄다. 탱크 뚜껑 같은 해치와 지하로 이어진 수직 통로와 통로에 지그재그로 박혀 있는 발판.

"지하 셸터입니다. 내려가시죠."

"오⋯"

이연우의 감탄이 수직 통로에 메아리쳤다. 그는 냉큼 몸을 던져 지하로 내려갔다. 마크 정은 곧바로 따라 들어가며, 설명을 시작했다.

"회사가 방주를 완성하기 전, 멸망 위기를 대비해 세계 곳곳에 셸터를 잔뜩 지었습니다."

"그럼, 여기가⋯?"

기대가 잔뜩 담긴 이연우의 목소리.

마크 정이 고개를 끄덕였다.

"50명의 인간이 생존하도록 준비된 셸터입니다. 회사의 기술들이 적용되었죠. 이상 개체를 이용한 생존 시스템 말입니다."

"그거 정말…"

사다리를 타고 아래에 도착한 이연우가 잠깐 말을 멈췄다.

지하 셸터의 복도.

관리를 안 한 지 오래되었는지 허름한 복도였지만, 이제 외형은 중요치 않았다. 안전하면 끝이지. 이연우가 크게 웃었다.

"마음에 드네요."

"아직입니다. 시설을 소개해드리겠습니다."

그 후로는 설명이 이어졌다. 그들은 셸터의 복도를 걸으며 이곳저곳에 달린 방을 하나씩 열어봤다. 마크 정의 말이 쉬지 않고 이어졌다. 입이 바짝 말라 기침이 나올 때까지.

"전기실입니다. 태양열 발전기 하나만 믿기에는 불안하여, 다양한 발전기를 설치해두었죠. 그중 가장 믿을 만한 건, 이 톱니바퀴 발전기입니다."

무한 회전 톱니바퀴. 감속 없이 무한하게 회전하는 톱니바퀴를 이용한 발전기.

"공기 정화와 수질 정화는 기본입니다. 우리는 거기에 더해 자체적인 순환 시스템을 구축했습니다. 물론 비상용 이상 개체도 있죠."

셸터 자체에 자그마한 생태계를 완성하였고, 기적의 사과나무 등을 이용해 비상시 식량문제를 해결했다.

"셸터의 핵심, 오라클 시스템입니다."

"그게 뭡니까?"

"예언자는 미래를 보는 것이 아니라, 예언자가 미래를 고정하는 것이라는 이론에 입각해 만든 안전 시스템이죠. 오라클 시스템은 셸터의 주변 환경을 일정하게 유지해줄 겁니다."

자연재해를 피하는 시스템. 셸터에는 지진이나 폭우나 산사태를 예방하는 체계를 구비했다.

방을 하나 볼 때마다, 이연우의 눈에 광채가 더해졌다. 흥분과 기대감으로 반짝이는 눈. 이연우는 선물을 받은 어린아이처럼 거의 폴짝폴짝 뛰어다니는 지경이 되었다.

"이건, 정말… 정말 마음에 드네요. 이걸 저한테 준다는 말입니까?"

"엄밀하게 말하면 대여입니다. 평소에는 이연우 씨 집으로 쓰다가, 멸망 위기가 발생하면 다른 회사원도 입주할 겁니다."

쉬지 않고 말한 마크 정은 목이 아픈지 눈살을 찌푸리며 목을 매만졌다. 헛기침을 몇 번 뱉은 그가 마지막 방으로 안내했다.

"상황실입니다."

이연우가 서둘러 들어간 그곳에는 여러 모니터와 복잡한 기계장치가 사방에 널려 있었다.

"셸터의 모든 시스템을 총괄합니다. 비상 통신망은 물론, 회사의 정보망과도 연결되어 있습니다."

한쪽 벽에 모여 있는 터치스크린 모니터와 조종 장치.

이연우가 대강 훑어보니, 예전에 시간이 정지했을 때 시계 초침제작소에서 확인한 비상 통신망이 확실했다.

거기에다 시말서와 보고서 따위를 쓰며 익숙해진 회사의 시스템.

마지막으로, 이연우의 시선이 구석에 놓인 텔레비전으로 옮겨졌다. 노이즈가 낀 텔레비전. 언젠가, 어디선가 본 듯한 기시감.

"이건… 뭡니까? 오래된 텔레비전 같은데."

기억 소거제를 마셨기 때문에 사라진 기억.

"가까운 미래의 이상 사건을 방송하는 텔레비전입니다. 정확히는 방송 자체가 이상 개체고 텔레비전은 매개체일 뿐이라, 회사도 여러 개 확보…"

위잉위잉.

작은 경보음이 들렸다. 한창 대화하던 두 사람이 재빠르게 고개를 돌려보니, 모니터 중 하나가 붉게 물들어 있었다.

그 안에서 기계적인 목소리가 들렸다.

– 오라클 시스템 무력화 확인. 셸터 관리자는 조속히 확인하십시오.

"아니, 이게 갑자기 왜."

마크 정이 당황하며 모니터 앞으로 가서 모니터를 툭툭 두드렸다. 자세한 문제점이 출력됐다. 우상향하던 그래프가 어느 순간 한계점을 뚫었다.

그는 작게 중얼거렸다.

"미래 변동성이 증폭? 왜?"

잠깐 생각하던 이연우가 탄식했다. 실망감이 담긴 목소리.

"아."

"아니, 이연우 씨. 이게 원래 이런 셸터가 아닙니다. 문제가 생길 리가 없는데."

마크 정이 다급하게 변명을 늘어놓았지만, 이연우는 고개를 저었다.

"제 주사위 때문 같습니다."

확률을 마음대로 가지고 노는 주사위. 미래를 안전한 방향으로 고정하는 오라클 시스템이 주사위의 존재를 버티지 못하고 고장 난 모양이었다.

거의 수전증처럼 손을 떨며 모니터를 두드리던 마크 정이 딱 멈추더니, 짤막한 탄성을 내질렀다.

"아. 확실히, 이건 못 쓰겠네요."

그는 머리를 긁적이고는 오라클 시스템을 꺼버렸다. 은은하게 귀청을 때리던 경보음이 사라지고, 셸터 특유의 적막이 무겁게 가라앉았다.

이연우가 이곳저곳을 기웃거리던 때, 마크 정이 품에서 두꺼운 책을 한 권 꺼냈다.

"셸터 설명서랑 기본적인 정비 지침입니다."

"읽어보겠습니다."

이런 셸터를 엉망으로 만들 수는 없었다. 이연우가 책을 사르륵 넘겨봤다. 책에 코를 박다시피 숙인 고개. 처음의 불만은 온데간데없이 사라진 모습.

"좋네요. 여기서 살겠습니다."

이연우를 셸터에 입주시키라는 명령을 수행한 마크 정은 고개를 꾸벅 숙였다.

"이만 가보겠습니다. 출입증과 열쇠는 저기 테이블 위에 있습니다."

"예, 예."

"추가적인 청소와 가구 배치를 위해 몇 번 더 올 겁니다."

일을 마치고 돌아간 마크 정.

그렇게 집이 지워진 이연우는 셸터를 새로운 집 삼아 살게 되었다.

셸터의 상황실.

이연우는 가장 큰 모니터 앞에 앉아, 요원이 보내준 영상 기록을 보는 중이었다. 머리에서 사라진 기억들.

- 그거 헬멧 다 기록되죠? 이거 마신 뒤에 기록, 저한테 보여주세요.

배속재생으로 압축된 목소리가 끝났다. 이후의 일들은 기억에 있어 볼 필요가 없었다.

'이래서 먹었구나. …이걸 본다고 딱히 오염이 돌아오지는 않았고.'

이연우는 뻑뻑한 눈을 비비며 다리를 쭉 폈다. 오랜 시간 앉아 있었더니, 온몸이 찌뿌둥했다. 어쩌면 피로가 안 풀렸을 수도 있고.

"잠이나 잘까. 어디서 자지."

셸터에는 침실도 많았다. 이연우가 셸터 사용 설명서를 펼치고 방을 고를 때였다.

치지직!

구형 텔레비전에서 소음이 커지더니, 돌연 흐릿한 화면이 송출되기 시작했다.

오래된 텔레비전 화면 속에는 데스크와, 데스크 뒤에서 노이즈가 낀 목소리를 내는 아나운서가 있었다.

– 오늘의 소식입니다.

"아, 또, 뭔."

짜증부터 났다. 하루 동안 겪은 일이 얼마나 많은데. 이연우가 얼굴을 구기며 모니터를 보자, 아나운서가 유창하게 말을 이어갔다.

– 오늘은 평행 세계에서 귀중한 손님이 우리 차원에 방문할 예정입니다. 방문객은 멸망한 지구 최후의 생존자이자…

말이 끊겼다.

그리고 뒤에서 목소리가 들렸다. 이연우와 똑같은 목소리가.

"그걸 다 말하면 안 되지."

이연우의 뒤에서 불쑥 튀어나온 손이 주먹을 쥐었다. 그러자 텔레비전 안의 아나운서가 단말마의 신음을 뱉으며 그대로 쓰러졌다.

방송이 꺼졌다. 다시 노이즈를 내뿜는 텔레비전.

이연우는 딱딱하게 굳어 있다가 천천히 몸을 돌렸다. 그곳에는 턱수염을 덥수룩하게 기르고, 이연우보다 오히려 어려 보이는 얼굴을 한 미래의 이연우가 있었다.

"이상기후는 잘 해결한 거 같고."

"여… 여긴 무슨 일로 오셨습니까?"

사정없이 떨리는 현재 이연우의 목소리.

미래 이연우가 히죽 웃었다.

"너를 죽이고 네 자리를 차지하려고. 여기는 모두 멀쩡히 살아 있잖아?"

그 말에 현재 이연우의 머리가 하얗게 질렸다. 차라리 지우개가 상대라면 싸울 수라도 있지, 미래의 이연우는 방법이 없었다. 꽉 쥔 현재 이연우의 주먹이 하얗게 질렸다.

'주사위를 이용해 자폭을 각오하면…'

미래 이연우는 웃으면서 그런 현재 이연우의 어깨를 두들겼다.

"장난이야. 진짜 그럴 거면 진작에 했지. 애초에 그런 위험한 짓은 안 하고."

"아… 아."

아직도 정신을 못 차리는 이연우를 뒤로하고, 미래 이연우가 대충 아무 자리에나 몸을 기댔다. 그는 이연우를 향해 손짓했다.

"내가 이상기후 해결법 알려줬잖아. 그 대가를 받으러 왔어."

"어떤 대가 말입니까?"

현재 이연우는 최대한 침착하게 말했지만, 머릿속은 복잡하기 그지없었다.

갑자기 찾아와서 심장 떨어지는 장난이나 치고. 대가도 당연히 치러야겠지만, 본인이 직접 움직이면 모든 일을 다 이룰 수 있을 텐데.

"제가 도울 일은 없지 않습니까. 능력이…"

"방주. 멸종 방어 장치인 방주 좀 찾아서 나한테 보여줘. 내가 다른 문제는 거의 다 해결했는데, 그걸 못 찾았어. 뭔지도 모르겠고."

미래 이연우가 허공을 보았다. 무수한 확률을 헤아리는 감각으로도, 원하는 가능성을 끌어오는 힘으로도 회사 최후의 희망인 멸종 방어 장치만큼은 찾을 수 없었다.

그의 혼잣말 같은 목소리가 흘러나왔다.

"내 세상도 이제 재건해야지."

83

멸종 방어 장치: 방주.

단어만 몇 번 들었지, 위치는 물론이요, 실체조차 모르는 무언가. 회사에도 정확히 아는 사람이 몇이나 있을지 알 수 없었다.

"방주…"

현재 이연우는 중얼거리다가 눈동자만 대굴대굴 굴리면서 미래 이연우의 눈치를 살폈다.

"그걸 제가 찾을 수 있을지 모르겠습니다."

"나도 빨리 찾아달라고는 안 해. 그냥, 네가 그나마 가능성이 있으니까 부탁하는 거야."

미래 이연우는 셸터 이곳저곳을 둘러보며, 지나가듯 말했다. 가벼운 몸짓과 목소리였지만, 사람이 사람인지라 결코 가볍게 느껴지지 않았다.

현재 이연우가 깊은 한숨을 내쉬었다.

"알겠습니다. 노력해보겠습니다. 그런데 결과는 저도 장담하지 못합니다."

"찾아나 보라고. 찾기만 하면, 보수도 챙겨줄 테니까."

미래 이연우가 현재 이연우와 그의 주변에 놓인 텔레비전이며 에코백 따위를 보며 손가락을 까딱였다. 생각을 정리하는 듯, 깊게 잠긴 눈동자.

현재 이연우는 기대를 품었다.

"보수라면 어떤?"

"고민 중인데, 셸터를 업그레이드해줄까? 오라클 시스템 고장 났을 거 아냐."

"아뇨. 그건 괜찮습니다."

이런 귀중한 기회를 고작 셸터에 쓸 수는 없었다. 차라리 개인의 생존 능력을 올려주는 쪽이 좋았다. 이상 장비나 주사위를 활용하는 노하우 같은 것.

그 생각을 고스란히 말하자, 미래 이연우는 히죽 웃으며 고개를 주억였다.

"잘 아네. 위기 상황에서 결국 믿을 건 자신 하나뿐이지. 자신의 능력이든, 지닌 이상이든. 셸터는 활용하기 힘들지. 그러니까 보수는 네가 골라."

"그러면 보수는 생각해보겠습니다."

"그래. 방주 찾으면 날 대상으로 주사위를 굴리고. 그러면

101

감지하고 찾아올 거야."

미래 이연우가 슬슬 자리에서 일어났다.

"당분간은 나도 이 세계에 있을 거야. 오랜만에 햄버거나 먹어야겠어. 물론, 나는 나대로 방주를 찾아보고."

당장 떠나려는 듯, 미래 이연우가 손을 펼쳤다. 확률을 헤아리는 손짓. 그가 손가락 사이로 꿈틀거리는 확률을 붙잡아 끌어오려는 순간.

현재 이연우가 다급하게 외쳤다.

"선금! 선금으로 하나만 주십시오!"

"…무슨 선금?"

미래 이연우가 확률을 붙잡은 채 물었다. 그 얼굴에는 조금 황당한 감정이 어려 있었지만, 현재 이연우는 머리를 긁적이며 눈을 피했다.

"확정 뽑기권 하나만 만들어주십시오. 소환 거부로요. 괜히 남들한테 끌려갔다가 못 돌아오면 방주도 못 찾지 않습니까."

"어휴."

미래 이연우는 한숨을 쉬며 반대쪽 손을 쥐었다. 동시에 이연우의 머릿속에 확정 뽑기권이 생성되었다. 실패 뽑기권만 뽑던 이연우가 행복한 웃음을 지을 때였다.

"…"

미래 이연우의 얼굴이 음침하게 가라앉았다. 질척하게 가라앉은 눈동자.

순간 현재 이연우의 감각이 예민하게 벼려지더니, 언뜻 미래 이연우의 육체가 무너지고 기묘한 형상이 드러나는 듯했다.

피와 살이 아니라, 확률과 가능성의 실타래로 이루어진 사람이 아닌 무언가.

미래 이연우에게서 무미건조한 목소리가 흘러나왔다.

"내가 협박을 하고 싶지는 않은데, 너나 나나 목숨이 위험해야 전력으로 움직이잖아."

현재 이연우를 확실하게 움직이는 법.

기묘한 형상 앞에서 눈을 크게 뜨고 당장 튀어 나가려는 짐승처럼 몸을 웅크린 현재 이연우는 귀를 쫑긋 세웠다.

"네가 방주를 못 찾으면, 내 세계를 재건하지 못한다면, 그 희망이 사라진다면 나도 내가 무슨 짓을 할지 몰라."

미래 이연우의 형상이 돌아왔다. 원래의 육신으로. 무슨 생각을 하는지 허공의 한 점을 보는 눈.

마지막으로 히죽 웃은 미래 이연우가 주먹을 꽉 쥐었다. 가능성이 현실로 이루어졌다. 처음부터 없었던 사람처럼, 셸터에서 사라진 미래의 이연우.

적막한 셸터.

혼자 남은 현재 이연우는 한동안 돌처럼 굳어 있다가 느릿하게 손을 올려 입가를 매만졌다. 체온을 빼앗긴 듯, 차가운 손가락과 입술.

'그건 일부러 보여준 건가? …협박 한번 살벌하네.'

이연우의 머리가 고속으로 회전했다. 온종일 고생하며 피로가 쌓인 몸이 활력을 내뿜으며 컨디션을 최고로 끌어 올렸다.

그는 침착하게 판단했다.

'의뢰에 시간제한은 없고. 난이도는 있지만, 해볼 만한 의뢰야.'

당장 불안감을 느낄 필요는 없었다.

눈을 깜빡이던 이연우가 침대가 있는 방으로 걸음을 옮겼다. 그는 먼지가 쌓여 있는 이불을 몇 번 털고는 침대 위에 누웠다.

'오늘은 이것저것 생각만 해보자.'

방주를 찾는 법. 그리고 미래 이연우의 형상과 그를 상대할 방법. 다방면으로 떠오르는 생각.

양 떼처럼 맴도는 생각들 속에서 이연우는 까무룩 잠들었다.

셸터 안은 햇빛도, 달빛도 비치지 않았기 때문에 밤낮을 알 수 없었다. 오직 시계 따위의 장치만이 시간을 알려줄 뿐.

"아침 먹어야지. …아침인가?"

이연우는 셸터에 구비되어 있던 밥 통조림과 반찬 통조림을 가져와 뚜껑을 뜯었다.

조심스럽게 수저로 뒤적였다. 생긴 건 그럭저럭 멀쩡했지만, 이상한 화학제품 냄새가 은은하게 나 선뜻 손이 가지 않았다.

한참 동안 통조림을 건드리던 이연우는 한 입을 먹고 그대로 내려놓았다.

시험 삼아 먹어봤지만, 맛이 영 좋지 않았다. 비상용으로는 먹겠지만, 의뢰 때문에 입맛이 없는 지금 먹기에는…

"캔하고 음식물을 어디에 버리라고 했는데."

셸터 사용 설명서를 보며 복잡한 셸터 내부를 헤매다가 간신히 쓰레기 처리소를 찾았을 때였다.

갑자기 셸터 스피커에서 방송이 울렸다.

- 셸터 관리자님, 본사에서 연락이 왔습니다. 상황실로 오시기를 바랍니다.

기계적인 여자의 목소리.

이연우는 재활용 장치에 캔을 던져 넣고는 곧장 몸을 돌렸다. 의문이 서린 표정.

'본사에서 왜?'

한달음에 달려가니, 큼직한 모니터 안에 마크 정이 있었다. 어두운 표정을 하고, 손을 가만히 두지 못해 불안하게 움직이면서.

화면을 사이에 두고, 그와 이연우의 눈이 마주쳤다. 마크 정이 손짓을 딱 멈췄다.

- 이연우 특수 조사원, 임무입니다.

"무슨 임무입니까?"

이연우가 자세를 고쳐 앉고 모니터에 시선을 고정했다. 본사의 임무라면 멸망 시나리오와 관련이 있을 터. 심장이 빠르게 뛰었고 손바닥에 식은땀이 맺혔다.

마크 정은 뭘 툭툭 건드리더니, 화면에 어떤 동영상을 띄웠다.

- 이연우 씨도 보셨는지 모르겠지만, 어제 이상 방송이 송출되었습니다.

재생되는 동영상.

- 오늘은 평행 세계에서 귀중한 손님이 우리 차원에 방문할 예정입니다. 방문객은 멸망한 지구 최후의 생존자이자…

단말마의 신음을 내뱉으면서 쓰러지는 아나운서. 이연우도 보았던 방송.

'설마, 이거…'

이연우가 무언가를 직감하는 순간, 마크 정의 설명이 이어졌다.

- 불청객이 우리 세상에 찾아왔습니다. 회사는, 우호 집단은 이 불청객을 굉장히 우려하고 있습니다.

"그… 그냥 살 만한 장소를 찾아온 생존자 아닐까요? 어쩌면 돌아갔을 수도 있고요."

이연우가 혓바닥으로 마른 입술을 핥으며 말해도, 마크 정은 단호하게 고개를 저었다.

- 낙관할 수 없습니다. 이상 방송의 근원을 공격한 능력은 물론이고, 공격해서 막아야 했던 뒷말이 무엇인지 모릅니다.

회사가 예상하는 뒷말을 이연우는 가만히 들었다.

- 다른 세계의 멸망주의자가 그 세계의 인간들을 모조리 죽이고 다른 세계의 인간까지 죽이려고 찾아왔다면. 불청객이 세계를 멸망시킨 질병과 저주를 품고 찾아왔다면. 세계를 멸망시킨 이상 개체가 보낸 인간이라면. 최악의 가능성이 한둘이 아닙니다.

"그게…"

입술이 다물어졌고, 더는 말할 수 없었다.

'상황이 이러면 밝힐 수가 없잖아.'

회사의 경계심이 굉장히 강했다.

정체와 의도를 밝히더라도 회사는 미래 이연우를 잡아 조사하려고 할 테고, 미래 이연우는 순순히 잡혀주지 않을 것이다. 무슨 짓을 당할 줄 알고.

이연우가 그렇게 차마 말을 뱉지 못하고 있어도, 마크 정은 계속해서 말했다.

- 이 불청객을 우려하는 회사와 다른 집단이 모든 수단을 써서 추적했지만, 전부 막혔습니다. 이것만 봐도 주의해야 합니다. 떳떳하면 이걸 막았겠습니까.

'떳떳하지 않긴 한데.'

멸종 방어 장치인 방주를 노리고 있긴 했다. 이연우는 생각을 거듭하다가 결론을 내렸다.

'회사에 말하면 안 돼. 사고가 크게 날 거야.'

회사와 미래 이연우가 한바탕 싸우기라도 하면, 그 여파가

107

의뢰

끔찍할 것 같았다. 지금 회사의 경계심을 볼 때, 어지간한 수단은 쓰지 않을 테니까.

이연우가 큼큼 목을 가다듬었다.

"알았습니다. 제가 찾아보겠습니다."

– 부탁드립니다. 불청객 때문에 어떤 위험한 재난이 일어날지 모릅니다.

대화가 마무리되었다.

이연우는 화면이 꺼지기 전에 마크 정을 붙잡았다.

"잠깐만요. 하나만 물어도 되겠습니까?"

– 말씀하시죠.

통신을 끝내려던 자세로 멈춘 마크 정이 손을 내렸다. 이연우는 망설이다가 질문했다.

"그 불청객, 많이 위험하겠습니까?"

– 적어도 회사와 다른 집단들은 그렇게 판단하고 있습니다. 회사와 여러 집단이 온갖 이상을 다 써서 추적했는데 막혔다는 점만 봐도 그렇죠.

정말로 걱정하는 듯, 어두운 낯빛.

이연우는 미래 이연우를 몰랐을 때를 가정하고, 자신다운 반응을 보였다.

"이상기후처럼 큰 위험이 닥칠 수도 있다는 말이죠."

– 어쩌면요.

"그러면 혹시, 방주에 제가 들어갈 자리를 남겨둘 수 있습니까? 혹시, 만약을 대비해서요."

- …방주요? 멸종 방어 장치인 그 방주?

이연우가 고개를 끄덕였다. 마크 정이 애써 표정을 다스린 후, 손을 내저었다.

- 그건 제 권한 밖이라서. 일단 상부에 연락해보겠습니다.

"이왕이면 한번 방문할 수 있나, 그것도 물어봐주세요. 전부터 꼭 한번 보고 싶었거든요."

- 예. 답이 돌아오면 바로 알려드리겠습니다.

마크 정은 의심 없이 대화를 마쳤다. 통신 종료 버튼을 누르는 손.

삑!

통신이 끊겼다. 까맣고 반질반질한 모니터에 비치는 이연우의 모습. 이연우는 고개를 갸웃거리며 생각했다.

'생각보다 쉽게 찾을 수 있을지도?'

84

호텔의 어떤 방.

마크 정은 이연우와의 통신을 마치고 노트북을 닫았다. 그러고는 곧장 핸드폰을 꺼내 직속 상관인 이사에게 전화를 걸었다.

뚜르르르.

단조로운 통화 연결음이 이어지길 얼마나 지났을까. 사람 여럿이 소리치는 소리를 뚫고 피곤한 목소리가 흘러나왔다.

– 무슨 일인가?

"이사님, 이연우에게 임무를 전달했습니다."

– 알았네.

곧바로 끊어지려는 통화. 마크 정이 핸드폰을 입에 바짝 붙이며 속삭였다.

"이연우가 방주의 자리를 원하고, 또 방주에 방문하기를 요청했습니다. 불청객의 소식에 겁을 먹고 살 방법을 마련하는 듯한데, 어떻게 할까요?"

– …방주?

이사가 중얼거렸다. 아리송한 목소리.

– 방주는 나도 모르는데. 어쩌면 알았지만, 기억에서 지웠을지도 모르고. 애초에 멸종 방어 장치는 관계자 말고는 존재조차 모르는 게 정상이야.

"그러면 뭐라고 할까요?"

– …이연우의 자리는 내가 제안을 넣어보지. 그 정도는 할수 있으니까. 하지만 방문은 불가능하다고 전하게.

마크 정은 다시 노트북을 열며, 한 손으로 이연우에게 보낼 메시지를 치기 시작했다. 한 글자씩 천천히 만들어지는 메시지. 방문 불가.

그리고 입으로는 이사에게 다른 사소한 사항을 보고했다.

"아, 그리고 한국 지사가 좋은세상만들기협회라는 단체를 해체하고 그곳의 이상 개체를 회수…

– 이름이 뭐라고?

갑자기 치고 들어온 질문. 마크 정은 바로 답했다.

"좋은세상만들기협회라고, 이상 개체로 좋은 세상을 만들겠다는…"

– 하하. 웃기는군.

"예?"

피로에 찌든 이사의 목소리에 활기와 재미가 차올랐다. 마크 정이 영문을 몰라 어리둥절한 표정을 지어도, 이사는 혼자 웃기 시작했다.

- 이상 개체로 좋은 세상을 만들겠다니. 진짜 좋은 세상은 이상이 없는 세상인데.

이사의 웃음소리만 맴돌았다.

이상은 셀 수 없이 많았고, 그 특성도 서로 달랐다. 그것에 하나하나 대응하기란 힘들 수밖에 없었고, 결국 어디선가는 균열이 생기기 마련이었다. 결국, 회사가 궁극적으로 꿈꾸는 세상은…

돌연 핸드폰 너머에서 흥분 가득한 고함이 들려왔다.

- 됐다! 뚫었다! 그렇지! 사람인 이상 반응 속도랑 처리 용량에는 한계가 있어야지!

- 이게 사람인가? 이 정도 숫자를 동원하고도 대부분 막혔다고?

"이사님? 무슨 일입니까? 아, 제가 알면 안 되는 사항이라면…"

- 큰 비밀은 아니야. 불청객의 탐색에 일부 성공했어.

서로 다른 온갖 탐색 수단 하나하나마다 대응하던 불청객과 수를 주고받으며 얻은 데이터.

그리고 이연우가 지우개를 상대했던 방식같이, 숫자로 밀어붙여 상대의 처리 능력을 뛰어넘는 방법.

그리하여 얻어낸 처리 능력의 한계와 불청객의 정보.

이사가 마지막으로 말을 남겼다.

– 이제 더 바빠지겠어. 이 많은 탐색 수단을 막은 능력이… 자네도 고생하게.

끊어진 통화. 마크 정은 핸드폰을 내려놓고는 마른세수를 했다.

"일… 셸터에 가구를 바꿔야 하는데."

이연우에게 방주를 방문하기는 힘들다는 메시지를 보낸 후, 마크 정은 이불과 침대 따위의 이상 개체를 보기 시작했다. 그게 지금 그의 일이었으니까.

어느 햄버거집.

직원을 '설득'해 햄버거를 받아낸 미래의 이연우는 구석 자리에 가 앉아 햄버거를 한 입 크게 베어 물었다. 멸망한 세계에서는 맛볼 수 없는 공장의, 문명의 맛.

"이거지."

혼자 히죽히죽 웃으며 단번에 햄버거 세 개를 해치운 그는 콜라를 마시며 핸드폰을 툭툭 두들겼다.

회사의 정보망에 접속한 핸드폰.

그는 우선 이상기후를 어떻게 해결했고 이후에 어떻게 되었는지 따위를 보다가 순간 푸하하 웃음을 터뜨렸다.

"지우개가 이렇게 죽었다고? 이걸 직접 봤어야 했는데. 그때 괜히 거부했어."

평행 세계의 이연우들에게 당했다는 보고서를 한참 보던 그는 문득 눈을 감았다.

'지우개…'

지우개는 그에게도 트라우마로 남았다. 그를 한 번 죽였으니까. 그래서 인간의 몸을 잃어버렸으니까.

그때의 기억은 깊은 상처로 남아, 지워지지 않는 악몽이 되었다.

이상기후로 멸망한 세계를 헤매다가 간신히 찾아간 셸터. 어찌어찌 관리자를 설득해 입주하자마자 천장이 날아간 셸터.

– 안 되지. 이러면 안 되지. 모두 죽어야지.

미친 소리와 함께 크게 내리그어진 지우개와 그 궤적에 걸린 자신의 몸뚱어리.

더듬더듬.

문득 미래의 이연우가 자신의 머리와 가슴팍을 매만졌다. 온기가 느껴지는 인간의 피부였지만, 가능성을 높였을 뿐, 실상은 확률과 가능성으로 이루어져 있었다.

"…살아 있으면 됐지."

죽은 뒤 살아나서, 몸의 절반이 이상으로 대체되어 주사위와 한 몸이 되고 확률을 헤아리는 감각을 얻었다.

그렇게 미래의 이연우는 확률을 쏟아붓고 지우개는 확률을 지우는 싸움이 일어났고, 끝내 더 높은 출력으로 이겨내지 않았나.

'순수한 인간의 몸보다는 이게 생존에 도움이 되잖아. 나쁘지만은 않은 죽음이었어.'

미래 이연우는 포장한 햄버거 봉투를 주워 든 후, 슬슬 떠날 준비를 했다.

남은 콜라와 종이 쓰레기 따위를 분리수거 통에 쏟아붓던 중이었다.

"…"

그가 갑자기 멈췄다. 그는 콜라를 쏟아 버리다 말고 자신의 손을 가만히 쳐다보았다. 음울하게 가라앉은 표정과 목소리.

"못 막았네."

자신에게 다가오는 가능성을 툭툭 튕겨내던 중, 한순간 파도 같은 가능성의 무리가 들이닥쳤다.

언뜻 느낀 것만 해도 원격 초상화, 황금만능주의, 맵 핵, 리모트 뷰잉, 오라클 시스템, 추적자, 빅 브라더의 악마 등등…

서로 다른 의도를 품은 데다 전부 다른 가능성이었기에, 단번에 쳐내지 못했다.

몇 가닥의 가능성이 손가락 사이로 흘러내리며 현실로 이루어졌다.

"저기요. 다 치우셨으면 비켜주실래요?"

뒤에서 기다리던 사람이 재촉했다. 미래의 이연우는 그를 힐끗 보며 손가락을 튕기려다가, 생각을 바꿔 얼른 뒷정리를 마쳤다.

곧바로 햄버거집을 떠나며 그는 작게 중얼거렸다.

"역시 멀쩡한 세상은 위험해."

뭐가 상대든 일대일로 맞붙는다면 살아남을 자신이 있었지만, 멀쩡한 세상은 그렇게 만만하지 않았다.

애초에 회사든 집단이든 최소 두 명씩은 뭉쳐 다니는 데는 이유가 있었다.

방심한다면, 허점을 찔린다면, 기습당한다면 아무리 대단한 개체라고 해도 당할 수밖에.

"정신 차려. 방심하지 마. 멀쩡한 세상의 저력은 잘 알잖아."

꽉, 주먹을 쥐기 무섭게 그가 사라졌다.

아무리 생각해도 혼자 결정할 일이 아니었다.

상황실에 앉아 있던 이연우는 생각을 정리했다. 미래 이연우를 알릴지 말지, 어느 정도 결론을 내렸다.

'당사자한테 물어봐야지.'

마침 방주에 방문하기는 힘들다는 메시지까지 받았다. 하루밖에 안 지났지만, 중간보고 겸 호출할 만했다.

이연우가 고개를 들어 주사위를 부르려던 순간이었다. 문득 위화감을 느끼고, 고개를 돌렸다.

미래의 이연우가 햄버거 봉투를 들고 서 있었다. 현재 이연우의 입에서 당혹 섞인 목소리가 흘러나왔다.

"…하루도 채 안 지났는데, 무슨 일로 오셨습니까?"

"회사에서 어느 정도 내 정보를 알아냈어."

"아니, 어느 정도나요?"

현재 이연우가 몸을 바짝 당겼다. 정보가 이상하게 노출되면, 지금의 자신에게 의심스러운 시선이 향할지도 몰랐다.

생김새나 능력 자체가 똑 닮지 않았나. 어쩌면 잠재적인 위험 요소로 여겨질지도 모르고.

미래 이연우는 고개를 저었다.

"나도 몰라. 그거 알아보려고 들어가는 순간, 더 많은 정보를 들킬걸."

이상을 활용한 정보전이었다. 미래 이연우가 탐색에 나서 방어가 헐거워지는 순간, 온갖 이상 개체가 달려들어 그를 물어뜯을 것이었다.

현재 이연우가 침을 꿀꺽 삼켰다. 방주 찾기는 제대로 진행되지도 않았는데, 상황이 썩 좋아 보이지 않았다.

현재 이연우는 어렵게 입을 열었다.

"그… 차라리 솔직하게 말하고 협조를 구하는 게 어떻습니까?"

"안 돼."

단호한 대답.

미래 이연우가 현재 이연우의 눈을 살짝 피했다.

"난 밀입국자야. 그래, 사고 치지 말아라, 하고 이렇게 넘어가지는 않아. 조사받을 거야."

"조사받으면…"

"안 돼. 회사가 얼마나 철저한데. 이상이 작용하는지, 거짓말을 하는지, 어느 정도나 진실인지, 과거에 무슨 일이 있었는지, 지금 무슨 생각을 하는지, 온갖 장비로 도배한 뒤 조사해. 질문은 또 얼마나 많은데."

확실히 꺼려지기는 했다. 하지만 무조건 피할 만한 조건도 아니었다.

현재 이연우가 뭐라 말하려고 할 때, 미래의 이연우가 더는 말하기 싫다며 손을 내저었다.

"밝히기 힘든 과거가 있어. 피난선만 봐도 그래. 내가 대실패 띄워서 모조리 망했잖아. 내가 살겠다고 못된 짓도 조금 했고. 그보다, 조사는 좀 됐나?"

서둘러 말을 돌리는 미래 이연우의 모습에 함부로 파고들기 싫은 현재 이연우가 대답했다.

"방주 방문 요청은 거절당했습니다. 앞으로 어떻게 조사해야 할지…"

흐린 말끝처럼 막막했다.

어디서부터 시작해야 할지도 몰랐다. 고장 난 시계를 다루는 연구소장에게도 물어봤지만, 그 역시 멸종 방어 장치에 대해서는 조금도 알지 못했다.

미래 이연우는 턱을 쓰다듬다가 지나가듯 가볍게 말했다.

"안 되겠다. 시간이 없어. 속전속결로 치고 나가자."

"예? 이렇게 갑자기 말입니까?"

"더 시간 끌면 위험해."

온갖 벌레가 꼬일 것이었다.

다른 세계의 멸망을 보고 배우려는 멸망주의자, 보기 힘든 소재에서 영감을 얻으려는 자유예술가협회, 인류를 지키려는 회사, 재미를 느낀 악마, 사회 유지를 위한 혹은 돈벌이를 위한 골드버그클럽.

하나를 상대하면 둘이, 둘을 상대하면 넷이, 넷을 상대하면… 끝없이 증가하는 위험.

더는 생각하기도 싫어진 미래의 이연우가 진저리를 치다가, 덥석 현재 이연우의 목을 붙잡았다.

회사가 정보전 따위에 집중하고 있는 지금이 안전한 기회였다. 목적은 방주의 정체와 위치를 확인하여 인식하는 것뿐이니까.

"가자. 최후의 셸터부터 털어보자고."

"저는 갈 필요 없지 않습니까?"

반면, 현재 이연우에게는 나쁜 상황이었다. 정말 가기 싫어서 절실하게 흘러나오는 목소리.

회사를 공격하는 일에 함께하면 앞으로 어쩌라는 말인지.

"능력도 안 되고, 그냥, 저는…"

"너는 부적이야. 너한테는 방주를 찾을 가능성이 있으니까, 너를 데리고 다른 확률 높은 것들에 가면 단서는 찾을 수 있겠지."

"아니, 이러면 나는 어쩌라고!"

미래 이연우는 현재 이연우의 말은 들은 체도 안 하고 주먹을 꽉 쥐었다. 한순간에 바뀌는 세상 속에서 울상을 지은 현재 이연우는 문득 의문을 품었다.

'…멸망한 세상에서 살았지 않나? 회사의 조사 과정을 어떻게 저렇게 상세하게 알지? 그리고 방주를 찾아 방문한 세계가 여기 하나뿐일까?'

섬뜩한 위험이 느껴졌다.

이렇게 끌려가 회사에 해를 끼치는 현장에 함께하는 것도. 미래의 이연우가 조사를 피하는 이유도.

'이러면 나도 마냥 협조하지는 못하지.'

이연우의 눈이 가라앉고 살길을 찾아 번뜩였다.

85

생존 본능이 꿈틀댔다.

미래의 자신이었고 이상기후 해결법을 주었기에 자연스럽게 마음을 놓았지만, 한번 경계하니 온몸에 소름이 돋기 시작했다.

다른 관계를 모두 배제하면, 그는 위험 레벨 6이나 7쯤 되는 이상 개체다. 그게 자기 옆에서, 자신을 강제로 끌고 다니고 있다.

'회사에 연락할 방법을 찾아야 해. 그리고 우선 이 인간, 아니… 인간인가? 어쨌든 미래의 나를 분석부터…'

고속으로 회전하는 생각이 갑자기 멈췄다.

한순간 뒤바뀐 세상. 어딘지 모를 산맥의 한가운데.

황혼이 저물어가는 하늘에는 별들이 총총히 떠 있었고, 얼룩처럼 흐린 구름이 어두운 하늘에 녹아들고 있었다. 그 아래에는 산등성이로 위장하다 만 건물이 있었다.

"여긴…"

장관에 말을 잃은 현재 이연우가 몸을 부들부들 떨며 이를 딱딱 부딪쳤다. 돌연 불어닥친 차가운 공기에 폐까지 얼어붙은 느낌.

거기에 핑, 시야가 어룽거리며 두통이 머리를 쑤셨다. 귓구 멍으로 물이 들어간 듯 먹먹해졌고, 주르륵 코피가 흘러나왔다.

현재 이연우는 손바닥으로 코피를 닦으며, 탁해지는 정신 을 가까스로 붙잡았다.

"몸이 왜… 독? 방사능? 뭡니까? 왜 나를 이딴 곳으로 데 려왔습니까?"

선명한 위험을 느낀 현재 이연우가 눈을 시퍼렇게 번뜩이 며 노려보자, 미래 이연우는 어처구니없는 표정을 지었다.

"왜 이렇게 약해? 고산병도 못 버텨?"

고산병. 고지대로 갑자기 올라갔을 때 나타나는 증상.

"아니, 그걸 어떻게 버팁…"

현재 이연우는 말을 하다 말았다. 빗물 덕에 생긴 활력이 뿜어지며 몸을 정상으로 돌려놓고 있었다. 고산병은 물론, 한 기조차 밀어냈다.

하얗게 질렸던 얼굴에 붉은빛이 어렸다.

"버틸 만하네요."

"이 정도 문제는 이겨내야지. 이런 사소한 것도 못 이겨내면 어떻게 살아남으려고 그래."

잔소리 같은 말에 현재 이연우는 머쓱한 표정을 지었다가, 얼른 말을 돌렸다.

"저기가 최후의 셸터입니까?"

크립티드연구동호회에서 나무 인간이 보여줬던 미래와는 사뭇 달랐다.

"어. 완공하지는 못했나 본데."

미래 이연우가 보았던 멀쩡한 셸터도 저렇게 엉성하게 드러나지는 않았었다. 산맥에 존재하는 산등성이가 되어, 어딜 봐도 문명의 흔적은 보이지 않았었다.

물론 이상기후 때문에 환경이 달랐지만.

"이상기후를 빨리 물리쳐서 위장 작업을 마무리하지 않았나."

혼자 중얼거리는 미래 이연우를, 현재 이연우는 곱지 않은 시선으로 보았다.

"그보다 저기 들어가기 전에 저부터 위장이나 해주십쇼. 당신은 돌아가도 저는 회사에서 일해야 한다는 말입니다."

"그건 안…"

미래 이연우는 단번에 거절하려고 했다.

하지만 이연우의 불만 섞인 눈을 보고는 생각을 고쳤다.

'…위험한데? 지금도 많이 몰아붙였어. 여기서 더 위험하게 만들면 무슨 짓을 할지 몰라.'

위험한 일에 끌고 왔다. 거기에 피까지 봤다. 그게 코피에 불과해도, 생존 본능을 건드리기에는 충분했다.

미래 이연우가 툭툭 자기 가슴을 두드렸다.

"그건 안 되지만, 내가 다른 방법을 생각했어."

"무슨 방법 말입니까?"

"내가 널 협박해서, 아니면 정신 지배해서 끌고 다니는 모양새를 만들면 되잖아."

동시에 미래 이연우가 항상 쥐고 있던 가능성을 풀어놓았다. 잃어버린 절반의 육체가 인간으로 존재할 가능성을.

촤르륵.

인간의 형상이 무너졌다. 확률과 가능성의 실타래가 단번에 풀려나며, 괴물과 같은 형상이 드러났다.

"이 정도면 괜찮아 보이는데."

"…알겠습니다."

현재 이연우의 눈빛과 표정이 조금 누그러졌다. 마음에 썩 들지는 않았지만, 안 하는 것보다는 나았다.

"안 놀라네?"

"저번에 보여주지 않았습니까?"

"내가 보여줬다고?"

미래 이연우는 실타래가 짙게 뭉친 절반의 얼굴을 갸웃거리는 듯하더니, 몸을 돌렸다.

'주사위를 지녔는데 알아볼 수도 있지.'

척박한 산맥. 두 사람은 쉘터를 향해 걷기 시작했다. 부지런히 걷던 현재 이연우는 질문을 던졌다.

"그런데 왜 정신 지배는 안 합니까?"

"누구? 너?"

"예. 그게 더 확실하지 않습니까."

미래 이연우의 생각과 능력을 가늠하기 위해 던진 질문.

미래 이연우가 픽 웃는 소리를 내더니, 실타래들이 일렁였다.

"정신 지배하면 네 주사위가 꾸준히 저항 굴릴걸. 네 주사위는 나도 못 건드려. 혹시 저항에 성공하면? 네가 가만히 있을까?"

"아뇨. 가만히 안 있죠."

정신을 지배당했는데 얌전히 있을 리가. 현재 이연우는 고개를 저었다.

'나를 이용하려는 게 목적이고, 언제 어디든 쫓아와 해를 끼치려는 적이라면…'

굳이 정신 지배하지 않아도, 도울 거라며 겉으로는 협력하는 척하면서 어떻게든 상대를 제거할 방법을 궁리할 것이다.

문제는, 그 속내를 서로가 너무 잘 알기에 싸움이 일어날 수밖에 없다는 점이었다.

"그래서 너랑 싸우면?"

"당신이 이기겠죠. 전 죽고요."

그리고 이연우와 이연우가 싸우면 한쪽은 반드시 죽어야

만 했다. 적의를 품은 이연우는 살려두기에 너무 위험하니까. 어떤 위험을 어떻게 가져올지 모르니까.

죽여야 한다는 생각을 상대가 하고 있다는 걸 잘 알기에 더욱더.

"네가 죽은 다음은?"

"그야 부활 판정… 아."

현재 이연우도 어렴풋이 최선의 결말을 떠올렸다. 부활하면서 주사위와 한 몸이 되면, 미래 이연우도 상대할 수 있다.

미래 이연우는 최악의 가능성을 가정했을 뿐이었다.

"일이 잘못 풀리면, 너무 위험하지."

저벅저벅.

두 사람은 더 이상 대화를 나누지 않고, 걷기만 했다. 이연우는 고개를 살짝 숙였다. 생각에 잠긴 눈.

'그래도 수단 몇 개 정도는 마련해둬야 하는데. 자살하고 부활 판정 굴리겠다고 협박하면 통할까? …안 통하지'.

자신도 못 믿을 위협. 이연우는 부활할지 안 할지도 모르는 도박을 하지 않는다.

그렇게 그들은 최후의 셸터 입구에 도착했다. 굳게 닫힌 문 앞에서 미래 이연우가 실타래 몇 개를 건져 올렸고, 문이 저절로 열렸다.

"들어가자. 최하층까지 갈 거야."

최후의 셸터.

이상기후로 인한 멸망을 대비하여 100만 명의 인구가 거주하게끔 건설했지만, 이상기후가 물러난 후에는 셸터 관리 인원 몇만 남아 음산한 분위기를 풍겼다.

하지만 회사의 가장 최신식 건물답게 미래적이고 화려한 건축물이라 셸터다운 답답하고 밀폐된 느낌을 주지 않았다.

지하로 내려왔는데도, 도리어 호화로운 미술관에 들어온 기분.

현재 이연우는 자신의 상황도 잊었다. 입을 멍하니 벌리고 최후의 셸터를 구경하다가, 간신히 감탄 섞인 탄성을 뱉었다.

"이게 셸터라고요?"

"말이 셸터지. 사실상 도시로 봐야지."

최후의 셸터 내부를 돌아다니는 회사원은 '설득'하여 지나치면서, 그들은 최하층의 상황실을 향해 나아갔다.

엘리베이터를 타고 한참을 내려가기도 했고, 구석에 주차된 차를 몰고 달려 나가기도 했고.

지나치는 장소 하나하나가 아름답고 기능적이었다. 이연우는 눈을 반짝이며 최후의 셸터를 둘러보다가, 문득 정신을 차렸다.

'아니, 놀러 온 게 아닌데, 뭘 하는 거야.'

미래 이연우를 상대할 방법을 찾아야 했다. 미래 이연우는 현재 이연우가 너무 위험하니 안 건드리겠다고 말했지만, 그

말만 믿고 있을 수는 없었다.

혹시 방주를 못 찾는다면, 그래서 미래 이연우가 미치지는 않더라도 화풀이라도 하려고 한다면.

미래 이연우가 현재 이연우를 성가신 폭탄으로 보듯, 현재 이연우도 그를 언제 터질지 모르는 핵폭탄으로 보았다.

"…그건 뭐 하는 겁니까?"

장소가 바뀔 때마다 미래의 이연우가 실타래를 툭툭 건드렸다. 몇 가닥의 실타래는 한 손에 쥐고 있었고, 다른 손을 휘둘러 무언가를 멀리 쳐내는 시늉을 했다.

미래 이연우는 실뭉치 같은 머리를 까딱였다.

"보안 시스템 속이고 통과하고, 그런 거. 날 탐색하는 뭔가도 막아내고 있고."

매우 귀찮다는 듯한 목소리에 현재 이연우는 입을 다물고 조용히 미래 이연우를 관찰하였다. 오직 자신의 힘만을, 주사위의 힘만을 사용하는 미래 이연우의 모습을.

SF 영화의 우주선에서나 볼 법한, 검은색의 광택을 내뿜는 문.

"이 문만 지나면 상황실이야."

미래 이연우는 조금 긴장했는지, 너울거리던 확률의 실타래가 직선으로 꼿꼿하게 섰다. 마치 고슴도치 같은 모양새.

그 긴장은 현재 이연우에게도 전염되어, 침을 꿀꺽 삼키게

했다.

"위험합니까?"

"감당할 만한 위험인데, 더 큰 위험을 불러올 수도 있어서."

"…그러면 당신 먼저 들어가서 안쪽 정리하시죠. 안전해지면 들어가겠습니다."

괜히 위험에 휘말릴 생각은 없었다. 다른 의도도 있었고.

미래 이연우도 이제는 현재 이연우를 조심스럽게 여기기 시작했기 때문에, 짤막한 한숨만 쉬었다. 이 정도 부탁은 들어줄 생각이었다.

"어휴."

스르륵.

풀려 나간 실타래가 문을 뚫고 지나가더니, 미래 이연우가 문 너머로 사라졌다.

'갔나?'

현재 이연우는 황급하게 핸드폰을 꺼내, 손가락을 두두두두 움직이기 시작했다. 기관총처럼 화면을 난타하는 손가락.

─ 불청객에 납치. 의도 파악. 방중 정보 언함. 자기 세상 방주를ㄹ 찾아 깨우 재건하겟.

통할지는 모르겠지만, 우선 안전하게 평화적으로 지금 상황을 풀어가기 위한 메시지.

다급하게 두드리느라 오타가 난무한 메시지가 회사 정보망을 통해 마크 정에게 전송됐다.

그때, 단단하게 닫힌 문이 매끄러운 소리를 내며 열렸다. 문 너머에는 미래의 이연우가 인간 같지 않은 형상을 하고 있었다.

"끝났어. 들어와. …핸드폰은 왜 들고 있어?"

"연락 온 거 확인하고, 시간도 보려고요. 저 밥 먹을 시간인데 그 햄버거 좀 먹으면 안 됩니까?"

미래 이연우가 포장해 온 햄버거를 슬쩍 가리키며, 현재 이연우는 핸드폰을 자연스럽게 주머니에 넣었다.

미래 이연우의 얼굴 부분이 얼른 좌우로 움직였다.

"이건 내 거야. 배고픈 건 조금만 참아. 얼마 안 걸려. 돌아볼 곳이 얼마 없어."

"그 햄버거 먹고 싶은데요."

"네 돈으로 네가 사 먹어. 안전하게 돌려보내줄 테니까."

미래 이연우가 대수롭지 않게 몸을 돌렸고, 현재 이연우는 입으로는 투덜거리면서도 눈동자에는 빛을 품었다.

'둔해.'

옆에서 보면서 느끼고 확신했다. 압도적인 강자로 살아온 세월이 길어서일까. 생존 본능이 자신보다 둔했다.

굳이 위험한 자리를 찾아서 들어가는 건 세계를 재건하기 위해서라고 쳐도 그랬다.

'주사위의 힘 하나만 믿고 움직인다고? 확률과 가능성만 신경 쓴다고?'

몸이 약하면 머리가 고생하는 법. 그와 반대로, 미래 이연우는 만능에 가까운 힘을 쥐었기에 필사적으로 살아남으려고 하는 본능이 무뎌졌다.

'이러면 상대할 만하지.'

현재 이연우가 속내를 숨기며 미래 이연우를 쫓아 상황실로 들어갔다.

86

이연우가 보낸 메시지는 마크 정을 통해 이사에게까지 곧바로 올라갔다.

호텔 방에서 급박하게 진행되는 통화.

"이연우한테서 메시지가 왔습니다. 그 내용은 방금 보냈습니다. 확인하셨습니까?"

– 확인했네. 잘됐군. 마침 추가 정보를 얻어 상대 정체도 대강 파악했는데, 목적까지 파악했으니.

좋은 소식을 이야기하는 이사의 목소리에는 걱정과 결의가 서려 있었다. 심상치 않은 분위기에 마크 정이 망설이다가 질문했다.

"불청객이 위험인물입니까?"

– 우리가 염려했던 최악의 경우야.

"그 말씀은 설마…"

- 자네에게도 자료를 보내주지. 중요한 사항을 정리해서 이연우에게 보내주게.

띠링띠링!

노트북에서 알림 소리가 났다. 마크 정이 곧바로 메시지를 열어보자, 영상과 사진과 텍스트 파일이 여럿 보였다.

통화 중이라 마크 정은 사진부터 확인했다. 이상 전략 무기의 폭격 앞에서 검은 실타래 같은 것으로 이루어진 인간이 헐레벌떡 도주하는 장면.

"사진 먼저 확인했습니다. 실뭉치 같은 것이 불청객입니까?"

- 그래. 우리가 얻은 정보를 지표 삼아 관측한 평행 세계의 어떤 순간인데, 몇 개 세계가 그 불청객의 공격을 받았더군.

"공격이라면."

마크 정의 목소리가 파르르 떨렸다. 머릿속에서는 불길한 장면이 뭉게뭉게 피어올랐다. 끔찍한 저주나 오염, 멸망을 부르는 무언가.

그 불길한 상상력에 이사는 방점을 찍었다. 마크 정의 두루뭉술한 상상보다 구체적이고 현실적인 위협으로.

- 이상기후를 이루는 이상 개체를 평행 세계에서 잔뜩 가져와 이상기후를 증폭하는 일은 기본이고.

딸깍, 이사의 말에 맞춰 마크 정이 사진을 바꿨다.

불청객이 온갖 이상 개체를 바리바리 싸 들고, 또 그 이상 개체를 바다 아래로 처박는 사진.

　- 여러 세계에 온갖 위기 사태를 만들었네. 최후의 셸터 폭파, 화성 기지 붕괴, 회사 본사 테러…

　마크 정은 연달아 사진을 바꿨다.

　최후의 셸터 위로 버섯구름이 피어오른 사진, 화성 기지가 척박한 화성의 환경으로 돌아간 사진, 회사의 본사가 무너져 내리는 듯한 모자이크 처리된 사진…

　상상 이상으로 악의적이고 현실적인 위협.

　마크 정은 떨리는 눈가를 한 손으로 짓누르며, 낮은 목소리로 반문했다.

　"멸망주의자입니까?"

　- 아마도.

　그들이 확인한 정보만 보았을 때, 불청객의 신분은 멸망주의자로 추측되었다.

　이사와 마크 정 사이에 잠깐 침묵이 이어졌다. 불청객이 인류를 위협하는 적이라면, 회사는 불청객과 싸울 수밖에 없었다. 아무리 강대하고 위험한 상대더라도.

　침묵 끝에 이사가 말했다.

　- 불청객의 목표가 방주라고 했지. 아마 최후의 희망조차 남기지 않을 셈이겠지. 나는 이사회를 소집해, 방주의 보안을 강화하자고 제안하겠네.

　"저는 무엇을 하면 되겠습니까?"

마크 정이 목소리와 눈에 결의를 품었다.

- 이연우와 연락하게. 그는 비장의 카드로 쓰일 거야.

"하지만 불청객이 옆에 있지 않습니까. 함부로 연락해서 자극하면…"

- 상관없어. 불청객은 신경 쓰지 않을 거야. 세계를 난장판으로 만들어 방주를 찾는 게 목적일 테니까. 오히려 좋아하겠지.

이사는 말을 이었다.

- 불청객의 행선지가 예상이 가는군. 방주가 목표라면 찾아갈 장소는 정해져 있지. 평행 세계에서 공격받은 최후의 셸터 등과 크립티드연구동호회와 몇 곳. 이 시설에 특수팀을 구성해서 배치하게.

"알겠습니다!"

이사의 말에 마크 정의 얼굴에 활기가 깃들었다.

주요 인력 하나 케어한다고 잡다한 일이나 하다가, 중대한 과업을 맡으니 사명감이 샘솟아 올랐다.

"특수팀은 최고 레벨 요원들로 구성하겠습니다."

- …평범한 총탄도 보급하게.

회사에도 열세 발밖에 없었으나, 두 발은 쓰고 네 발은 연구하다 날려먹어 지금은 일곱 발밖에 남지 않은 평범한 총탄.

마크 정이 멈칫했다가, 열정을 담아 키보드를 치기 시작했다.

현재 이연우가 상황실로 발을 들이며 주변을 돌아보았다.

미래 이연우가 긴장하며 위험이 잠재해 있다고 단언한 상황실.

자연스럽게, 현재 이연우는 사소한 부분 하나하나 뜯어보았다.

상황실은 실로 거대했다. 좌우로 늘어선 거대한 스크린은 창문이 되어 어딘지 모를 도시의 풍경을 보여주고 있었고, 가장 안쪽에는 셸터 관리자로 보이는 사람들이 저들끼리 대화를 나누고 있었다.

"위장 작업부터 마무리해야…"

"아니, 내부 공사 먼저 끝내야 한다니까요. 위장 작업 끝나면, 내부 공사하기가 얼마나 힘들어지는데!"

"셸터장님? 회사가 예산을 삭감했으니, 우선순위부터 지정해야…"

부족한 예산을 두고 다투던 부서장들이 일제히 셸터장을 보자, 셸터장은 골치가 아프다는 표정으로 미간을 꾹꾹 매만졌다.

"지금 예산으로는 하나 마무리하기도 힘들어, 이것들아…"

대놓고 문이 열리고 사람 하나와 사람 아닌 무언가가 걸어 들어왔는데, 그들은 아무것도 느끼지 못한 듯 실랑이를 이어갔다.

움찔 놀랐던 현재 이연우가 조심스럽게 그들을 살피다가 목소리를 낮췄다.

"인식을 못 하는 듯한데, 안전한 겁니까?"

"아니. 내가 뭘 잘못 건드렸는지, 인식을 건드리고 나니까 내가 위험에 빠질 확률이 올라갔어."

현재 이연우가 입가를 가리며 가까스로 표정을 다스렸다.

'그거 혹시 내가 메시지를 보내서…'

미래 이연우를 힐긋 살폈지만, 그는 신경 쓰지 않는 듯 어딘가로 발걸음을 옮겼다.

"그보다, 방주를 찾아야지."

미래 이연우가 한쪽의 스크린으로 가, 그 위에 손바닥을 올렸다. 익숙하게 스크린을 조작하는 실타래. 곧 스크린이 바뀌었고, 통신 시스템이 스크린을 채웠다.

여전히 다투는 셸터 관리자의 목소리 속에서, 미래 이연우는 옆으로 물러났다.

보이는 것은 회색으로 죽어 있는 통신 대상, 방주.

"여기. 방주 통신망부터 활성화해봐."

"…어떻게 말입니까?"

"어떻게든. 통신을 걸어보거나, 주사위를 굴려보거나."

이연우는 순순히 손가락을 움직여 통신을 걸기도 하고, 통신 활성화를 안건으로 주사위를 굴려보기도 했지만 전부 실패했다.

미래 이연우가 음울하게 말했다.

"안 되나."

"그… 방주 찾기로 주사위를 굴려볼까요?"

어딘가 위험한 분위기에 현재 이연우가 급하게 말했지만, 미래 이연우는 머리 부분을 기울였다.

"그게 될까? 방주는 가능성이나 확률 밖에 있는 듯한데. …
아니다. 너는 다르니까, 한번 굴려봐."

"예."

데구르르.

실패!

"실패했습니다…"

"다음 장소로 가자."

미래 이연우가 현재 이연우의 목을 붙잡으려다가, 손을 틀
어 어깨에 손을 얹었다. 그리고 세상이 바뀌었다.

크립티드연구동호회의 좁은 격리실.

현재 이연우는 나무 인간을 보았다. 그에게 미래를 보여주
었던 나무 인간은 알아보기 힘들 정도로 말라비틀어져 있었다.

무슨 조치를 당했는지, 나뭇잎은 다 떨어져 앙상한 가지만
남았고 그 가지마저도 오그라들어 조금밖에 남아 있지 않았다.

문득. 천천히 떠진 나무 인간의 눈과 현재 이연우의 시선
이 마주쳤고 나무의 가지들이 삐죽 섰다.

- 너는…! 네놈 때문에! 나는 죄수만도 못한 신세가 되
어…

"조용."

미래 이연우가 실타래를 너울거리며 한마디를 뱉었다. 나
무 인간의 눈동자가 그제야 옆에 존재하는, 괴물 같은 무언가

를 보았다.

크게 떠진 나무 인간의 눈동자. 따닥, 따다닥, 폭풍을 맞이한 것처럼 가지들이 휘청였고, 얄팍한 나뭇가지는 그대로 부러져 떨어졌다.

– 그때 미래에서 본…! 내게 무슨 볼일이 있어 찾아오셨소?

한순간에 변화한 정신파가 온화하게 일렁였다. 감히 간섭할 생각은 엄두도 내지 못하고, 최대한 온건하게.

미래 이연우가 말했다.

"너, 미래에서 방주를 봤다고 했지. 그거 설명해봐. 아니면 나랑 얘한테 방주를 보여주거나."

– 알겠소. 나는 분명 미래에서 방주를…

한순간 정신파가 흐려졌다. 나무 인간은 눈을 찌푸리며 기억을 더듬는 듯하더니, 슬며시 눈을 내리깔았다.

– 이런 말을 하게 되어 정말 미안하오. 사실, 거짓말이었소. 방주는 본 적 없소.

한순간, 가능성의 실타래가 바짝 수축했다. 고치처럼 미래 이연우를 둘러싼 실타래.

"지랄하지 말고."

– 정말! 정말이오! 이 인간을 설득하기 위해 거짓말을 한 것뿐이오! 방주 비슷한 것조차 보지 못했소!

진심이 투명하게 담긴 정신파.

"…"

침묵이 내려앉았다. 실타래가 다시 풀려나더니 벌레의 다리처럼 허공을 기어다니는 듯했고, 나무 인간은 사시나무처럼 떨며 눈을 꼭 감았다.

무슨 사고가 터질까 봐 현재 이연우가 미래 이연우의 눈치를 볼 때였다.

문득 미래 이연우에게서 부드러운 목소리가 흘러나왔다.

"이건 처음 보는 보안 방식인데."

대대적인 인식 개변, 아니… 근원적인 정보 개변에 가까웠다.

"좋군. 확실히 제대로 진행되는 듯해. 이번에는 방주를 찾을 수 있겠어."

- 보안이라니.

"그게 무슨 말입니까?"

의미심장한 발언에 의문을 품은 질문들.

미래 이연우는 웃음소리를 흘렸다. 그가 항상 쥐고 있던 가능성이, 그가 위험에 빠질 확률과 방주를 찾을 가능성이 비례하듯 함께 상승하고 있었다.

그 어느 때보다도 희망적인 상황.

'역시 내 목표가 방주인 걸 알았나 보군. 조금 더 거칠게 진행해도 괜찮겠어.'

상황이 좋았다.

난장판을 벌일수록 회사는 방주를 지키기 위해 전력을 다

할 것이었고, 회사의 움직임이 요란할수록 중요한 단서가 남을 것이었다.

거기에 방주를 찾을 확률을 높여주는 부적, 이 세계의 이연우까지 있지 않나.

'한번 회사를 강하게 위협하자. 그래야 방주를 지키기 위해 다른 수단을 더 쓰겠지.'

미래 이연우가 한 손을 치켜들었다. 다른 곳에 사용하던 대부분의 여력을 회수했고, 그 힘을 고스란히 공격에 쏟아부었다.

원거리에서 이루어지는 확률 조작. 저주에 가까운 힘의 목표는, 회사.

'여러 시설과 시스템을 한 번에 뭉개면…'

소용돌이처럼 휘도는 가능성의 실타래 뭉치. 그것들이 동시에 현실로 구현되려는 순간.

현재 이연우가 등을 꼿꼿이 세우고 미래 이연우를 경계하다가, 순간 느껴지는 묘한 감각에 본능적으로 손을 뻗었다.

고양이가 흔들리는 강아지풀을 때리듯, 획 휘두른 손바닥.

실타래 한 가닥이 그대로 떨어졌다.

"…"

"…"

가능성의 폭풍이 멈췄다. 미래 이연우가 멈췄다. 그는 머리 부분만 사람이라면 불가능한 각도로 꺾으며 현재 이연우를 보았다.

87

적막한 격리실. 긴장의 실이 팽팽하게 당겨졌다.

현재 이연우의 등골이 식은땀으로 축축하게 젖었다. 안 그래도 좁은 격리실, 미래 이연우의 시선과 존재감이 선명하게 와닿았다.

현재 이연우가 주춤 물러난 끝에 격리실 벽에 등이 닿았다. 그 차갑고 서늘한 감각.

'이거, 안 좋은데.'

미래 이연우가 지금 무슨 생각을 하는지, 어떤 감정을 품었는지, 짐작이 갔다.

'날 위험 요소로 보고 있어.'

이전까지는 밟지만 않으면 터지지 않는 지뢰로 보았다면, 지금은 남의 손에 쥐어진 수류탄으로 보고 있었다. 언제 어떻게 터져도 이상하지 않은 수류탄으로.

그도 그럴 것이, 가능성의 실타래에 간섭해 튕겨냈으니까. 그게 한 가닥이더라도.

"…"

미래 이연우는 아무런 말도 하지 않고 가만히 있다가 한 가닥의 실타래를 갑자기 쥐었다.

그리고 사라졌다.

"…"

– …

현재 이연우와 나무 인간은 바짝 긴장하여 한동안 감각을 곤두세운 상태로 유지하다가 뒤늦게 상황을 깨달았다.

미래의 이연우가 도주했다.

나무 인간이 안타까움에 한숨을 쉬었다. 그의 표면적인 생각을 읽었기에, 더더욱 안타까웠다.

– 아… 그가 격리를 풀려고 했는데. 결국, 그냥 갔군.

"격리를 풀려고 했다고?"

– 그래. 회사에 대대적인 공격을 가하려다가, 널 경계하더니 다 포기하고 갔어.

이연우는 가만히 격리실 바닥을 내려다보다가 질문을 던졌다.

"어디로 돌아갔지? 그리고 또 무슨 생각을 했지?"

– 너! 내가 너한테 그걸 왜 말해야 하지?

괴물 같은 것이 사라졌음을 깨달은 나무 인간이 눈을 부릅

뜨며 분노를 토하자, 이연우는 가만히 에코백에 손을 넣었다.

어떤 급한 상황에서도 반드시 챙긴 에코백에서 미니 전기 톱과 가스 토치가 나왔다. 나무 한 그루쯤은 손쉽게 파괴할 수 있는 공구가 나무 인간에게 향했다.

"내가 지금 여유롭지 않거든. 얌전히 말할래, 공구 맛 좀 볼래?"

— …어디로 갔는지는 몰라. 그렇게 깊이 읽을 수는 없어. 자연스럽게 읽힌 생각은, 여러 수단으로 회사를 공격하려다가 널 경계하고 뭘 고민하더니 사라졌어.

이연우는 가만히 눈을 감았다.

어두운 시야를 도화지 삼아 생각을 이어갔다. 미래 이연우의 입장에 자신을 대입하여 그의 생각을 가늠했다.

'이대로 끝나지는 않을 거야. 방주를 포기할 것 같지 않아.'

위험한 상황에 스스로를 던져 넣는 모습을 보면 알 수 있었다. 방주에 진심이란 사실을.

'하지만 자기 안전보다는 우선순위가 낮아. 그래서 위험 요소인 나를 버리고 방주를 찾으러 간 거야.'

지금은 그저 회사의 보안이나 어중간한 공격보다 가능성에 간섭한 이연우를 더 위험하게 여겼을 뿐이었다. 얼마든지 방해할 수 있었으니까.

"찾을 확률이 낮더라도 안전하게 찾을 길을 선택했나."

그의 무뎌진 생존 본능이 움직인 거라고, 이연우가 어렴풋이 결론을 내렸을 때였다.

　미래의 이연우가 사라진 지금, 크립티드연구동호회의 보안 시스템이 작동했다.

　격리실의 스피커에서 목소리가 흘러나왔다.

　- 침입자? 움직이지 마시오! 당신은 기밀 구역에 침입하였으며…

　"특수 조사원 이연우입니다. 상부, 아니, 본사에 연락해주십시오. 불청객에 대한 정보를 가져왔다고."

　이연우는 구석에 있는 카메라를 향해 특수 조사원 신분증을 들이댔다.

　그 신분증과 이연우의 침착한 태도를 보고, 보안 직원이 침묵하다가 답했다.

　- 잠시 대기하십시오. 우리도 확인해야 하니까. 허튼짓하면 규칙에 따라 대응할 생각이니 알아두시고.

　그리고 채 꺼지지 않은 마이크를 통해 중얼거림이 들려왔다.

　- 이게 다 무슨 일인지 모르겠네. 난데없이 본사에서 사람이 오지를 않나…

　신분 확인은 신속하게 진행되었고, 크립티드연구동호회의 회의실에 이연우와 본사 소속 요원들이 모였다.

　"…"

　"…"

대화는 없었다.

미래 이연우로부터 시설을 지키기 위해 파견된 요원들은 전투 슈트로 몸을 꽁꽁 싸매고는 입을 닫고 있었고, 이연우는 생각을 거듭하느라 무어라 말을 꺼낼 여유가 없었다.

- 아, 아.

조금의 시간이 지난 후 벽에 있는 스크린에서 목소리만 들리는 통신 시스템이 켜졌다.

이사라는 이름을 단 사람의 목소리가 들렸다.

- 이연우 특수 조사원, 불청객과 조우했다고 들었는데.

이연우는 테이블에 놓인 마이크를 잡아 입가로 가져왔다.

"예. 불청객에게 악의는 있지 않았습니다."

- 악의가 없다고? …아, 그렇지. 정보를 아직 확인 못 했나 보군. 정보 먼저 확인하게.

그와 동시에 스크린에 이미지 파일이 떴다. 마크 정이 확인했던, 불청객의 소행으로 여겨지는 공격 장면.

이연우가 슬라이드처럼 지나가는 이미지를 뜯어보는 동안, 이사의 설명이 뒤따랐다.

- 평행 세계 몇 곳이 그 불청객에게 공격받았네. 우리 최후의 셸터도 이미 뚫렸지. 이런데도 악의가 없다고 주장한다면, 우리는 이연우 특수 조사원의 정신을 의심할 수밖에 없어.

"…의심은 이해합니다. 하지만 그의 목적은 방주 하나뿐입니다."

이연우는 최대한 침착하고 설득력 있게 말을 꺼내려 노력했다.

어쨌든 미래 이연우의 목적만 이뤄주면, 크나큰 사고는 발생하지 않을 테니.

"그는 이상기후로 멸망한 세계의 생존자이자 이상기후의 해결법을 알려준 장본인이고, 자기 세상의 방주를 찾아 세계를 재건하려는 최후의 회사원입니다."

그가 회사원이라는 거짓말이 섞였지만, 대부분은 진실이었다. 그것을 어떤 방법으로 확인했는지, 이사의 목소리가 낮아졌다.

– 진심이군…

"다른 세계를 공격한 것도 전부 방주를 찾기 위한 수단이었을 겁니다. 오직 자신의 세계를 재건하기 위해서요."

– …

바스락거리는 소리와 무어라 지시하는 목소리를 끝으로 이사의 마이크가 꺼졌다.

침묵은 길지 않았다.

– 그러니까 자네는 차라리 방주의 정보를 내주자는 말인가? 평화적으로 해결하자?

"최소한, 이상기후의 해결법을 제공한 공로는 인정해줘야 한다는 말입니다."

– 그럴 수 있다면 좋겠지만… 문제가 있어.

이연우는 물론, 인형 같은 요원들의 고개도 기울어지며 이사의 목소리에 집중했다.

- 사소한 이야기는 다 미뤄보지. 불청객을 믿을 수 없다거나, 공격 행위는 사라지지 않는다거나, 이런 거는 없는 일로 해보자고.

"예. 계속 말씀하시죠."

- 가장 중요한 방주. 그 방주가 존재하지 않아.

"그런 보안 조치를 취했다고는 들었습니다."

미래 이연우가 보안이라고 했었다. 이연우가 눈치껏 파악한 이야기를 냉큼 말했지만, 이사는 걱정 섞인 목소리로 부정했다.

- 정보를 조작하는 '거짓말'을 말하는 게 아니야. 상황이 이 지경이 되었으니, 나는 방주의 정보를 받았어. 분명히 말하는데, 방주는 가짜야. 회사가 가짜로 퍼트린 정보라고.

"그게 무슨 말입니까."

이연우가 동공을 확장하며 스크린을 노려보았다. 통화 아이콘만 깜빡이는 스크린.

- 애초에 멸종 방어 장치가 이렇게 잘 알려질 리가 없지 않나. 이사조차 몇 개나 있는지, 실체조차 모르는 게 멸종 방어 장치야.

"…"

이연우는 입을 다물고 이야기를 들었다. 주먹을 꽉 쥐고 식은땀을 흘리며. 이 사실을 알게 될 미래 이연우의 반응을 걱정하면서.

— 방주는 프로파간다의 일종이지. 회사가 이렇게 대단하다, 어떤 상황에서도 회사는 인류를 지킬 수 있다, 어떤 재난을 맞이해도 인류는 명맥을 유지할 것이다…

이사의 말이 이어졌다.

— 적대 집단을 위협하고, 방주라는 존재하지 않는 것에 힘을 낭비하게 만들고, 회사원은 희망을 잃지 않고. 그를 위한 정보 공작…

"사실인가?"

문득 목소리가 들렸다. 기괴하게 변조된 목소리.

그리고 동시에 요원들이 쾅쾅 머리를 책상에 박았다. 책상에 거미줄 같은 균열이 잔뜩 일어났다.

징조조차 없던 난데없는 습격. 기괴한 목소리는 멈추지 않았다.

"방주가 애초에 존재하지 않는다고?"

갈라지고 찢어지는 목소리. 실타래 형상의 미래 이연우가 이쪽을 보고 있을 카메라 앞에 섰다.

이연우는 떨리는 손을 붙잡았다.

'어디로 간 게 아니라, 내 주변에 숨어 있었다고?'

처음부터 추측이 잘못됐다. 그리고 그건 지금 상황이 상상보다 더 위험하다는 것을 의미했다.

'날 위험 요소로 봤는데도 떠나지 않을 정도로 방주에 집착하고 있어. 그런데 방주가 없다는 소식을 들으면…'

미래 이연우의 협박이 떠올랐다. 방주를 찾지 못하면 자기도 무슨 짓을 할지 모른다는 협박.

스피커에서 이사의 침착한 목소리가 들렸다.

– 자네가 불청객이군.

"내가 질문했을 텐데. 혹시 지금 네가 안전하다고 생각하나?"

미래 이연우가 손을 쥐기 무섭게 스피커 너머에서 퍽 무언가 터지는 소리가 들렸다.

– 볼펜을 터뜨린다라. 현실 조작인가? 과연 최후의 생존자다워.

"다음은 네 머리야. 빨리 답해. 방주는 없나? 존재조차 하지 않나?"

– 그래. 방주는 없어.

미래 이연우를 휘감은 실타래가 그대로 굳었다. 멈춘 시간 속에 박제된 것처럼.

– 이제 어떻게 할 텐가? 자네가 원하던 정보는 얻었는데.

"흐. 흐흐."

미래 이연우의 웃음소리가 흘러나오고, 실타래가 너울거리기 시작했다.

현재 이연우가 당장 달려들어 방해해야 하나, 도망쳐야 하나 고민하다 슬며시 자리에서 일어났다. 어쨌든 일어나 있는 편이 움직이기 좋았다.

하지만 다행히 그가 걱정하는 일은 일어나지 않았다.

"아니, 방주는 존재해."

- 그렇게 믿고 싶은 마음은 이해하네. 하지만 방주는…

"이조차 방주의 보안 조치야. 애초에 찾을 수 없는 물건이란 말이지."

"…괜찮으십니까?"

현실에서 도피하는 듯한 미래 이연우가 풍기는 분위기가 위험했다. 현재 이연우가 조심스레 묻자, 미래 이연우는 고개를 드는 듯한 시늉을 했다.

"괜찮고말고. 방법을 알았어. 내가 너무 어렵게 생각한 거였어. 사람이 살 만한 세상을 만들면 방주가 스스로 모습을 드러낼 거야."

그는 가볍게 손을 휘저어 한 가닥의 실타래를 이연우의 에코백에 날려 보냈다. 그러고는 스크린 너머로 고개를 숙였다.

"위험을 무릅쓰고 여기 있을 이유가 없어졌군. 불청객은 이만 돌아가지."

그렇게 미래 이연우는 한순간 사라졌다. 인사도, 미련도 없는 이별.

회의실에는 기절한 요원들과 이연우와 스크린 너머에서 보고 있는 이사뿐이었다.

이사는 의문 가득한 목소리로 중얼거렸다.

- 진짜 돌아갔나? 그리고 방주가 존재한다고? 도대체.

88

상황이 마무리되었지만, 찝찝함이 끈적하게 남았다. 이해하기 힘든 미래 이연우의 반응부터 실체를 확신할 수 없는 방주까지.

- …불청객이 정말 돌아갔나 확인을 해봐야겠어. 방주에 대해서 굳이 알아볼 필요는 없겠지.

방주가 실제로 존재하든 말든, 지금 그들이 알아야 할 정보는 아니었다. 불청객의 귀환 여부가 가장 중요했다. 이사가 생각을 정리하며 통신을 슬슬 끊으려고 했다.

그것을 이연우가 막았다.

"저는 이만 돌아가면 되겠습니까?"

- 그러게. 불청객에게 납치되었을 때의 일은 보고서로 써서 올리고.

"예."

통신이 끊겼다. 까맣게 죽은 화면이 스크린 위로 쏟아졌다.

침묵이 내려앉은 회의실.

쓰러진 요원들이 코를 고는 소리가 울리는 가운데, 이연우는 가볍게 변한 에코백을 뒤지려다가 생각을 바꾸고 몸을 돌렸다.

'뭐가 어떻게 된 건지 모르겠어. 돌아가는 길에 천천히 생각을 정리해야겠어.'

뜬금없이 오게 된 크립티드연구동호회.

택시를 타든, 대중교통을 이용하든 셸터로 돌아가려면 시간이 걸렸다. 생각을 정리하기 충분한 시간이.

이연우는 크립티드연구동호회를 나와 평야 바깥까지 걸어간 후, 택시를 잡아탔다.

"여기로 가주시면 됩니다."

과묵한 택시 기사가 운전에 집중하는 동안, 이연우는 가능성의 실타래를 받은 에코백부터 뒤졌다.

'이상 개체로 변했나? 이게 보상인가?'

미래 이연우가 뭔가 정보를 얻긴 한 모양이었다. 온갖 공구로 불룩하고 무겁던 에코백이 홀쭉하고 가볍게 변했다.

그렇다고 공구가 사라지지는 않았다. 텅 빈 에코백 안으로 손을 깊이 쑤셔 넣으면 공구가 만져졌다. 꼭 마법 가방처럼.

'이러면 좋지.'

무게나 공간의 제한은 있는 듯했지만, 평범한 에코백보다는 훨씬 좋았다.

'이런 보상을 줄 정도면 뭘 얻은 건데.'

이연우가 괜히 에코백 안에 넣은 손을 휘저으며 생각에 잠겼을 때였다. 휴지나 메모장 종이 같은 것이 손에 잡혔다.

무심코 꺼내보니, 햄버거집의 네모난 휴지 몇 장이었다. 프린터로 찍은 듯한 문자가 인쇄된 휴지.

이연우는 휴지를 무릎 위에 두고 가만히 고개를 숙여 글을 읽었다.

- 짧은 시간이지만 고생했다. 나는 돌아간다. 널 다시 찾을 일은 없
   을 거야. 앞으로는 너나 나나 서로 얼굴 봐서 좋은 일은 없을
   것 같거든. 불편하기만 할 거 아냐.

미래 이연우가 남긴 글귀가 휴지 몇 장에 걸쳐 인쇄되어 있었다.

'무슨 확률을 어떻게 조작했길래…'

이런저런 생각에 빠지며, 이연우는 글을 읽었다.

- 방주가 깨어나는 조건은 찾았어. 하하. 확률과 가능성만 믿고 그
   의미를 해석하지도 못했던 거야. 내가 오만했지.

다음 장.

의뢰

- 보상은 에코백을 업그레이드해주는 걸로 끝이야. 널 보니까, 크게
  도와줄 건 없어 보여. 그럼 잘 살아남으라고.

끝.

이연우는 휴지를 몇 번이고 보다가, 다시 에코백에 집어넣었다.

이연우는 고개를 돌려 고속도로를 달리는 택시의 창문 바깥을 보았다. 빠르게 지나가는 주변 풍경과 고속도로를 달리는 자동차들.

그리고 흐릿한 유리창에 비친 자신의 얼굴.

"진짜 끝났네."

우우웅거리는 차 소리에 묻힌 작은 목소리.

미래의 이연우가 방주의 단서를 찾고 떠났다는 사실 하나만은 본능적으로 느꼈다.

이연우가 눈을 감았다.

'지금 내가 해야 할 건…'

미래 이연우의 실수를 보고 배울 때였다.

'주사위에 의존하지 말기. 그래도 확률을 조작하는 감각을 얻을 것. 하지만 근본적으로, 나 자신의 생존 본능과 능력을 갈고닦을 것.'

잠자듯이 편하게 등을 기대고 평온하게 숨을 쌕쌕거리며, 이연우가 내면에 침잠해 들어갔다. 떠올린 기억은 세 가지였다.

주사위의 결과를 직감했던 감각, 미래 이연우의 형상을 엿 봤던 감각, 끝내 실타래를 쳐냈던 감각.

좀처럼 잡히지 않는 감각을 좇아 이연우가 고개를 꾸벅이 다가 잠들었다.

"도착했습니다. 여기 맞습니까?"

택시 기사의 목소리에 이연우가 눈을 뜨며 입가를 쓱 닦았 다. 잠에 취한 눈으로 창밖을 보니, 셸터 주변을 두른 철조망 앞 이었다.

"예, 예. 맞습니다."

카드를 내밀어 결제를 마친 이연우가 기지개를 쭉 켠 후, 철조망을 지나 건물 안으로 걸어 들어갔다.

건물 바닥의 해치를 열고 아래로 내려간 끝에 도착한 셸터 의 복도.

이연우는 문득 걸음을 멈췄다.

"…왜 이렇게 안 좋아 보이지."

최후의 셸터를 보고 왔기 때문일까. 그토록 마음에 들었던 셸터가 영 마음에 들지 않았다.

이연우는 찝찝한 표정으로 어슬렁어슬렁 걸음을 옮겼다. 복도의 질감이나, 콘크리트 벽의 느낌이 굉장히 낡아 보였다.

상황실은 그나마 나았지만, 한번 세게 온 체감은 좀처럼 사라지지 않았다.

"나 혼자 살기에는 너무 넓은데. 밥 먹고 치우려면 30분은 걸어야 하고, 출퇴근하기 시작하면 맨날 사다리 타고 나가야 하고."

하나둘 보이기 시작하는 단점에 이연우는 불퉁한 표정을 지었다가도, 한숨을 쉬며 얼른 정신을 차렸다.

"다를 것도 없어."

최후의 셸터나 집 삼은 셸터나 똑같았다. 진짜 위험한 이상 개체가 각 잡고 쳐들어오면 못 막지 않나.

이연우는 큼직한 모니터 앞에 앉아 키보드에 손을 올렸다. 회사 정보망에 들어가니, 반장에게서 메시지가 와 있었다.

– 사무실 공사는 아직 안 끝났는데, 교육 일정은 잡았다. 내일부터 회사 비행무기연구소에서 드론 교육받고 드론 자격증 딸 거고, 공사 끝나면 정보부에서 사람 와서 감시 장비 교육할 거다.

"아, 자격증…"

회사가 조사원에게 제공하기 시작한 장비를 운용하기 위한 교육.

장비 지원은 좋았지만, 막상 교육을 받으려니 귀찮았다. 이연우는 무거운 손을 움직여 불청객 조우 보고서를 쓰기 시작했다.

얼굴이 거무죽죽하게 죽었다.

'사고, 교육, 출근, 보고서, 업무. 진짜 죽겠네. 회사 때려치

울까?'

그렇게 이연우의 하루가 다시 지났다.

비행무기연구소는 산자락에 있었다.

군부대처럼 위장한 연구소. 때때로 총성이 메아리치고, 다양한 복장을 한 여러 사람이 오가는 도로.

주차를 마친 이연우는 곧바로 교육실로 갔고, 드론 교육을 받으러 온 여러 사람과 이연우를 향해 손짓하는 조사반 식구들을 보았다.

"어, 연우야!"

"형, 왔어요?"

고개를 책상에 박고 자는 유지유와 크게 소리치는 반장과 웬일로 학교도 안 간 부모 감별사 최재민이 구석에 모여 있었다.

이연우는 말없이 그들 사이의 빈자리로 갔다. 피로가 엿보이는 얼굴에서 피곤한 목소리가 흘러나왔다.

"안녕하세요, 안녕."

"왜 이렇게 처졌어? 재택근무라 집에 있었을 텐데."

"저 나가서 일했어요."

"일을 했다고?"

반장은 의아한 눈길을 보냈다. 조사반 반장인 그가 알지 못하는 업무라니. 그러다 문득 상황을 깨달았다.

"특수 조사원?"

"예…"

"아니, 뭔 일이 있었길래. 아, 보안 걸렸으면 말하지 말고."

며칠 동안 아무런 이상도 느끼지 못한 반장은 황당해하면서도 그러려니 받아들였다. 이런 일이 한두 번도 아니었고.

하지만 최재민은 몸을 홱 돌려 앉으며 눈을 반짝였다.

"특수 조사원이 뭐예요?"

"그냥. 본사 소속 조사원."

빗물도 해결하지 못한 정신적 피로에 몸을 축 늘어뜨린 이연우가 문득 고개를 들었다.

"맞다. 저 이사했는데, 집들이 오실래요?"

"집을 벌써 구했다고?"

이연우가 살던 원룸 건물이 지워진 사실을 아는 반장이 묻자, 이연우는 고개를 끄덕였다.

"회사에서 받기로 한 건물이 있었거든요. 남는 방도 엄청 많고, 안전하기도 한데. 이사 오셔도 돼요."

"저, 저! 저 갈래요!"

최재민이 손을 퍼뜩 들었다. 그러고는 질문을 쏟아냈다.

"집 좋아요? 방은 어때요?"

"좋지. 안전해. 조금 귀찮긴 한데, 회사 기술이 많이 적용됐어. 발전기나, 보안 시스템이나, 자원 관리 시스템이나."

"…"

가만히 이야기를 듣던 사람들의 표정이 이상해졌다. 아무리 들어도 평범한 집은 아니었다.

문득 유지유가 부스스 몸을 일으키고는 흐린 눈으로 이연우를 보았다.

"그거 집 맞아요? 말만 들어보면 비상 셸터 같은데."

"셸터 맞습니다. 50명까지 살 수 있는, 회사가 지은 셸터라던데요."

유지유의 눈에서 잠기운이 걷혔다.

"셸터라고요? …그러면 회사가 건물 준다는데 셸터를 받은 거예요? 무슨 서울에 아파트나 이런 거 거부하고?"

황당한 목소리와 눈빛.

이연우는 도리어 이상하다는 듯 그들을 마주 보았다.

"아파트를 왜 받습니까? 그럴 거면 튼튼한 셸터를 안전하게 받아야죠. 아파트 그거 공격 몇 번 받으면 무너지잖아요."

"아니, 아니."

어디서부터 반박해야 할지 말을 더듬던 유지유가 멍하니 이연우를 보았다.

"셸터면 아파트가 몇 번이고 무너질 공격도 버티지 않습니까. 가성비가…"

"그거 격리당한… 아니에요. 생각해보니까 좋네요. 연우 씨는 이상하게 운이 안 좋으니까. …교육 끝나면 집들이 가도 돼요?"

유지유가 자연스럽게 주제를 바꾸기 무섭게, 최재민과 반

의뢰

장이 흥미를 보였다.

"회사 셸터는 아직 안 가봤는데, 뭐 부족한 게 있나? 집들이 선물로 뭘 사 가면 되지?"

"오늘 가는 거죠? 엄마한테 늦게 간다고 문자 보내야지."

"선물은 필요 없습니다. 진짜로, 셸터에 다 있어요."

그렇게 대화를 나누던 중이었다.

교육실의 앞문이 열리더니, 연구원 하나가 문가에 서서 소리쳤다.

"교육생 여러분! 나갑시다! 드론 실습하러 갈 겁니다!"

"이론교육은…"

"아, 그런 건 필요 없어요. 대충 쓸 줄만 알면 되잖아요? 자세한 건 현장에서 굴리면서 배우면 됩니다."

로봇

89

"빨리 이동합시다!"

교육생들은 연구원의 안내를 따라 널찍한 공터로 갔다. 운동장처럼 넓은 공터 입구에는 여러 종류의 드론이 놓여 있었고, 쭉쭉 그어놓은 선을 따라 구역이 나뉘어 있었다.

서둘러 움직인 연구원은 일렬로 나열된 드론 앞을 서성거렸다.

"연습용 드론들입니다. 여기 아무것도 안 달린 드론은 기초 훈련용이고, 공격 드론, 관측 드론, 수송 드론, 이 세 개는 실기 연습용 드론입니다."

이연우가 가만히 보니, 그중 총과 카메라와 박스가 달린 드론이 있었다. 순서대로 공격 드론, 관측 드론, 수송 드론이었다. 이연우는 손을 들었다.

"저거, 진짜 총입니까? 실탄 장전된?"

"그럼요. 사격 훈련도 교육과정에 있으니까, 당연히 실제 총기죠."

연구원은 손을 쭉 펴 공터 건너편을 가리켰다. 공터 끝에 위치한 사격 표적. 그 앞에는 거리별로 선이 그어져 있었다.

사람들의 시선이 그곳으로 몰렸을 때, 연구원은 손뼉을 짝 짝 치며 주의를 집중시켰다.

"여기 컨트롤러 있고 설명서랑 시험 안내 사항도 있으니 한번 읽어보신 후, 자유롭게 연습하십시오. 저는 일이 바빠서 잠깐 자리를 비우겠습니다."

그렇게 말하고는 헐레벌떡 어딘가로 사라지는 연구원.

"아니, 뭔 교육을 이따위로…"

"드론도 다 뭐 새로운 시스템으로 바꾼다던데… 그래서 대충 때우려는 거 같은데요."

사람들은 웅성거리다가 하나둘 설명서를 가져간 후, 컨트롤러를 쥐고 드론을 우우웅 날려 보내기 시작했다.

"우리는 일단 설명서부터 보자."

반면 이상 조사반 사람들은 냉큼 설명서를 쥐고는 공터 구석으로 도망쳤다.

탕탕 총을 쏘기 시작한 공격 드론의 방향을 주시하며, 조심스레 설명서를 유지유에게 넘겼다.

유지유가 대표로 설명서를 읽었다. 총소리 속에서 설명서를 뒤적이다가 목소리를 높여 정리했다.

"음… 실기 시험은 공격 드론을 이용한 사격, 관측 드론을 이용한 정밀 촬영, 수송 드론을 이용한 수송, 이거 세 개가 끝이네요."

반장은 하늘을 떠다니는 드론들을 보다가 가볍게 질문했다.

"어렵냐?"

"해봐야 알겠는데요. 설명서만 보면 은근히 복잡해요."

그들은 어려운 표정을 지으며 낯선 것을 보듯 다른 사람들이 사용하는 드론을 보았다. 다른 부서에서 쓰는 것만 봤는데, 막상 배워서 쓰려고 하니 이상하게 귀찮고 믿음이 안 갔다. 반장이 특히 그렇게 생각했다.

"저걸 믿을 수는 있나 몰라. 맨몸으로 직접 부딪쳐보는 게 제일 정확한데. 그리고 어, 막… 드론이나 기계 조작하는 개체라도 만나면 어쩌려고."

"그래도 없는 것보다 낫지 않겠습니까. 안개 괴물만 해도 드론이 있었으면…"

이연우는 벌써 조사 업무에 사용할 생각을 하며 이런저런 상황을 가정했다.

반대로 최재민은 신난 표정으로 공격 드론을 향해 달려갔다.

"저 드론으로 몇 번 놀아봤어요. 저거 써본 후 제가 알려드릴게요."

"아니, 저게 민간용이 아닌데."

반장이 차마 말리지는 못하고 중얼거리는 동안, 최재민이 공격 드론의 컨트롤러를 쥐었다. 최재민이 드론을 유심히 보며 컨트롤러를 몇 번 까딱거리자, 드론이 하늘을 날았다.

반장은 머리를 벅벅 긁으며 느릿하게 발을 움직였다.

"염병. 기계는 잘 못 쓰는데…"

"설명서 안 보세요?"

"드론 몇 개 부숴먹으면서 배우면 되지 않겠냐. 어차피 우리 물건도 아니고."

그렇게 반장과 유지유가 슬슬 기초 훈련용 드론을 향해 다가갈 때였다.

이연우가 문득 입구를 보았다. 어딘가로 갔었던 연구원이 달려오더니 숨 가쁘게 소리쳤다.

"지원자 받습니다! 연구소에서 만든 프로토타입 시스템인데, 써보고 설문지 작성해주시면 됩니다! 실기 시험에 가산점 드립니다!"

"프로토타입? 위험한 거 아닙니까?"

"아닙니다!"

누군가 던진 질문에, 연구원은 핸드폰을 꺼냈다.

"조종에 편의성을 더한 프로그램을 만들었는데, 위험한 기능은 없습니다. 베타테스트한다고 생각하면 편하실 겁니다."

"내가 하지."

가산점과 편의성이라는 말에 반장이 냉큼 나섰다. 연구원은 활짝 웃으며, 핸드폰을 두드리기 시작했다.

"소속이랑 성함 말씀해주십시오. 드론 조종 앱 보내드리겠습니다."

"이상 조사반 반장인데."

"예?"

핸드폰을 두드리던 손가락이 딱 멈췄다. 연구원은 천천히 고개를 들어 반장을 보았다. 어딘가 불편한 표정.

연구원은 입술을 몇 번 핥고는 말했다.

"혹시 감사 오셨습니까…?"

반장이 그동안 감사 권한을 사용해 난리를 친 일이 한두 번이 아니었다. 어지간한 회사원은 거부감부터 느낄 정도로.

반장은 불퉁한 표정을 지었다.

"드론 자격증 따러 왔는데, 왜? 감사 한번 해줘? 뭐 꺼림칙한 일 했나?"

"아닙니다! 안 했습니다! 드론이나 만드는 연구소가 이상 개체에 지배당할 일이 있을 리가 없지 않습니까. 자, 앱 보내드렸습니다. 지원자 더 없습니까?"

연구원은 말을 돌리며 주변을 둘러봤다.

이연우는 가만히 상황을 보다가 손을 들고 다가갔다. 어쨌든 어려운 일도 아니고, 가산점을 받아두면 좋을 듯했다.

"저도 지원하겠습니다. 이상 조사반 이연우입니다."

"조사반, 이연우… 앱 보냈습니다. 설치하시고, 드론에 연결하시면 됩니다."

그 후로도 지원자 몇이 나서서 앱을 내려받았다.

이연우는 기초 훈련용 드론에 무선 연결한 후, 단순한 화면을 띄어봤다.

"게임 화면 같은데."

드론에 달린 카메라의 시야와 편의성에 집중한 UI. 직관적이라 뭘 더 배우지 않아도 바로 쓸 수 있을 것 같았다.

과연, 이연우는 바로 드론을 쉽게 움직이기 시작했다.

'…재밌는데?'

시험 생각은 안 날 정도로 장난감을 가지고 노는 느낌. 높이 날려도 보고, 이리저리 움직여보기도 하고.

그렇게 그들이 드론에 집중해 있는 동안, 연구원은 피곤한 눈을 비비며 또 어딘가로 사라졌다.

연구원은 서둘러 어딘가로 걸음을 옮겼다. 머릿속에는 후회뿐이었다.

'내가 미쳤지. 코인에 전 재산을 꼬라박다니. 빌어먹을. 이거 복구도 못 할 텐데.'

좋은 정보를 얻어 그동안 저축한 자금은 물론 빚까지 지며 투자했더니, 지하를 뚫고 추락했다. 퇴사 후 화려하게 살겠다는 꿈이 남김없이 증발했다는 뜻이었다.

'당장 이번 달에 나갈 돈만 해도…'

연구원은 연구소 본관 복도를 걷다가 끝내 입 밖으로 욕설을 뱉었다.

"빌어먹을. 지금 맡은 일만 해도 감당이 안 되는데."

"…지금 그게 무슨 말이지?"

갑자기 들려온 목소리에 연구원이 화들짝 놀라며 앞을 보았다. 걱정에 빠져 어두워졌던 시야에 그의 상관이 들어왔다.

"그게…"

"일이 힘들면 다른 사람에게 넘겨줘. 그 많은 일을 굳이 자네가 다 맡아서 할 필요는 없어."

그건 안 될 말이었다.

연구원으로서 맡고 있는 이상 개체 연구부터 추가 수당이 나오는 드론 교육 지원, 드론 시스템 개발 프로젝트, 신형 무기 시스템 개발 프로젝트까지.

억지를 부려 받아낸 일 중 하나라도 빠지면 당장 이자 내기도 빠듯했다.

"아닙니다. 할 수 있습니다. 기한을 맞추지 못하거나, 프로젝트에 지장을 주는 일은 없을 겁니다."

"음… 힘들면 언제든지 말하게. 업무는 조정 가능하니까."

"예. 그럼, 먼저 가보겠습니다."

연구원은 고개를 숙인 뒤, 잰걸음으로 격리실로 향했다.

'일단, 무기 시스템이 우선이야. 내가 맡은 부분 먼저 어떻게든 끝내야지.'

코인에 정신을 쏟다 보니, 어느새 마감 기한이 다가왔다. 그것부터 수습해야 했다.

'시간이 없으니까…'

연구원은 고전적인 방식으로 격리된 문 앞에 서서 호흡을 가다듬었다. 자물쇠와 쇠사슬로 잠긴 문에 열쇠를 가져다 댔다.

그가 두 개나 되는 프로젝트를 동시에 진행할 수 있었던 이유인 이상 개체의 격리실이 열렸다.

들어가기 전, 연구원이 작게 중얼거렸다.

"문법 경찰 로봇. 실수만 안 하면 돼."

격리실 너머에는 로봇이 구석에 서 있었다. 사람 옷을 입고 가슴팍에는 모니터 하나가 달린 로봇.

연구원은 자그마한 소리도 나지 않게 살금살금 걸으며 숨소리조차 함부로 뱉지 못했다.

문법 경찰 로봇.

프로그래밍언어로만 소통하며, 상대가 사람 말을 쓰거나 프로그래밍언어의 오타를 하나라도 내는 순간이 오면 살인을 시도했다.

대신 프로그래밍 방면으로 뛰어난 능력을 발휘하여, 연구원은 그동안 로봇의 도움을 참 많이 받았다.

연구원은 구석에 놓인 컴퓨터 앞에 앉아, 문자를 쓰고 오타가 없는지 몇 번이고 검사한 뒤에 엔터키를 눌렀다. 그가 맡은 프로그램 개발을 마무리해달라는 요청.

삐빅.

로봇 머리 부분의 기계장치에 빛이 점멸하고, 가슴팍의 모니터에 문자열이 떠올랐다.

본래 그가 개발했어야 하는 파트의 결과물이 한순간에 주르륵 출력되었다.

'됐다! 이번에도 어떻게든 됐어!'

연구원의 숨소리가 거칠어졌다. 연구원은 손으로 입과 코를 가린 후, 다른 손으로는 그 결과물을 그대로 복사하기 시작했다.

그렇게 한순간에 얻어낸 결과물에 기뻐하기도 잠시.

연구원이 아랫입술을 깨물었다. 그러고는 한참을 망설이다가 몇 마디 문자열을 입력했다.

네가 예측한 코인에 투자했는데 다 하락했다고. 이걸 어쩔 거냐고.

답은 단순했다.

네 선택이라고. 예측은 당연히 틀릴 수 있는 거 아니냐고. 왜 내 탓을 하느냐고.

당연한 소리였지만, 연구원은 순간 피가 거꾸로 솟구치는 것을 느꼈다. 네 말만 믿고 빚까지 졌는데…! 하다못해 해결책이라도…!

"어억!"

쿵.

연구원이 그대로 쓰러졌다. 머릿속에서 혈관이 터지는 소리가 난 듯했다. 그는 까맣게 꺼지는 시야를 느끼며, 손을 허우적거렸다. 입에서는 다급한 소리가 흘러나왔다.

"시… 신고…! 아니, 안 돼!"

끼긱!

프로그래밍언어에 어긋나는 말을 들은 문법 경찰 로봇이 움직이기 시작했다.

90

삐빅. 삑.

끼익.

로봇의 머리에서는 전자음이 흘러나왔고 전신에 붙은 전구들은 붉은빛을 내뿜었으며, 다리는 부드럽게 움직이며 한 발을 성큼 내디뎠다.

시체처럼 쓰러진 연구원은 눈꺼풀을 파르르 떨며 꺽꺽 숨넘어가는 소리를 내었다. 잔뜩 수축한 동공에 잡히는 로봇 가슴팍의 모니터.

문자열이 주르륵 출력됐다.

[⟨script⟩

　　　document.write("시… 신고…! 아니, 안 돼!는 올바른 언어 표현이 아닙니다. 올바른 언어 표현은 다음과 같습니다⟨br⟩⟨br⟩document.write(\"시… 신고…! 아니, 안 돼!\")")

⟨/script⟩]

그러면서 로봇은 스르륵 몸을 숙였다. 손 대신 달린 케이블이 늘어지더니 꿈틀대며 연구원의 옷자락을 구석구석 뒤지기 시작했다.

뱀 같은 차갑고 서늘한 감촉. 연구원은 필사적으로 몸을 움직이려고 했으나, 몸 어디가 망가졌는지 손가락만 간신히 까딱거릴 뿐이었다.

죽음을 직감한 연구원이 눈물을 흘렸다.

"끄으윽!"

이 로봇이 자신을 구조할 리가 없었다. 만약 자신의 숨이 끊어지지 않는다면, 직접 죽일 것이었다.

삐빅.

[⟨script⟩

　　　　document.write("사람 말이나 쓰니까 이런 일이 벌어지는 겁니다. 얼마나 부정확하고 난해한가요. 이런 열등한 말을 쓰면 뇌가 타버릴 수밖에 없습니다.")

⟨/script⟩]

우르르.

로봇의 케이블이 연구원의 옷에서 기기 몇 개를 끄집어냈다. 핸드폰, 비상 버튼, USB, 전자시계 등등…

촤르륵.

로봇의 케이블 끝이 갈라지더니 동시에 연구원의 기기들

에 접속했다.

연구원은 절망한 눈동자로 그 장면을 보다가 로봇의 의사 표현을 읽었다.

[〈script〉

document.write("걱정하지 마십시오. 열등한 언어는 제가 삭제하겠습니다. 그 이용자들도.")

〈/script〉]

연구원은 죽어가는 와중에도, 앞으로 일어날 일을 선명하게 그려냈다.

비상 버튼을 이용해 격리실의 통신 차단을 뚫고, 핸드폰에 설치된 회사 정보망을 이용하여 비행무기연구소의 네트워크를 장악할 것이었다. 그 드론들, 그 신형 무기들.

저 로봇한테는 그럴 만한 능력이 있었으니까. 그럴 목표가 있었으니까.

"막아, 막아야…!"

발작하듯이 휘두른 연구원의 손. 콱, 로봇의 발에 밟혔다. 비상 버튼에 닿기도 전에 막혔다.

그리고 최후의 기력을 짜낸 연구원의 생명이 꺼졌다. 심장이 멎고 감각이 사라지고, 뇌가 죽었다.

로봇은 삑삑, 연구원에게 마지막 인사를 보냈다.

[〈script〉

document.write("막아, 막아야…!는 올바른 언어 표현이 아닙니다. 올바른 언어 표현은⋯ 의미가 없군요.")

⟨/script⟩]

그리고 잠시 전구가 깜빡이더니, 로봇은 고개를 젓는 듯한 시늉을 했다.

[⟨script⟩

　　　document.write("열등한 언어에 오염된 지능답게 말을 해줘도 고칠 줄 모르는군요. 역시 열등한 언어를 이 세상에서 말살해야⋯")

⟨/script⟩]

끼긱.

로봇이 몸을 일으켰다. 케이블에 연결된 기계들을 옷자락 속에 숨기고, 뒷걸음질을 쳐 원래 있던 자리로 돌아갔다.

격리실의 카메라로 보면, 연구원만 쓰러져 있지, 격리 실패나 이상 개체의 폭주 같은 장면은 연상되지 않을 현장.

고요한 격리실 안에서 로봇이 비행무기연구소를 장악하기 시작했다.

공터에서는 큼직한 드론들이 윙윙 날아다니고 있었고, 그 아래의 사람들은 컨트롤러를 딸깍이며 드론을 조종하는 데 집중하고 있었다.

이상 조사반의 조사원들은 잠깐 드론을 내려놓고 구석에 모여 쉬고 있었다.

"어때요, 안 어렵죠?"

최재민이 득의양양하게 말했다. 일찌감치 감을 잡고 반장이나 이연우에게 가르친 끝에, 시험 합격은 문제없을 정도로 그들의 실력을 확 끌어올렸다.

반장은 대충 바닥에 주저앉아 핸드폰을 툭툭 두드리며 천천히 말했다.

"그래도 이게 더 쉽다."

비행무기연구소에서 만든 드론 조종 앱. 사용 후 설문 조사와 후기를 열심히 작성했다. 5점, 5점, 원하는 점은 빨리 상용화해…

이연우도 핸드폰에 고개를 박고, 설문 조사를 마무리할 때였다.

문득 최재민의 짧은 외침이 들렸다.

"어!"

"왜?"

그늘에 앉아 있던 유지유가 졸다가 묻자, 최재민이 눈을 비빈 후 드론들을 마구잡이로 가리키기 시작했다. 당황한 목소리.

"쟤네 갑자기 부모… 아니, 제작자? 그런 게 생겼어요! 뭐지? 내 능력이 진화했나?"

"뭐라고?"

유지유는 물론이고, 설문 조사에 집중하던 반장과 이연우도 고개를 퍼뜩 들고 드론을 보았다. 뭔가 이상했다.

난잡하게 움직이던 드론들이 일사불란하게 대열을 이루기 시작했고, 조종 권한을 잃어버린 사람들이 당황 섞인 말을 뱉었다.

"어! 왜 멋대로 움직여?"

"이거 구닥다리 드론 돌려쓴 거 아니야? 고장 났나 본데?"

딸깍딸깍 컨트롤러를 연타하고 심지어 전원 버튼을 끄거나 컨트롤러를 집어 던져도, 드론은 문제없이 잘만 움직였다.

군단처럼 도열한 드론들이 빙글빙글 돌며 교육생들을 일제히 내려다봤다. 위압적인 분위기.

"아, 진짜. 교육도 대충 던지더니, 뭐 하는 거야? 안 되겠다, 컴플레인 걸어야지."

"…아니, 좀 이상한데."

교육생들이 슬슬 웅성거리기 시작할 때였다.

슬며시 자리에서 일어난 반장이 물었다.

"제작자 누군데?"

"신스 다이나믹스? 회사나 여기 연구소가 아닌데요?"

"…신스 다이나믹스?"

반장의 눈이 커졌다. 그 이름을 들어봤다. 그 실험체도 직접 본 적 있다. 사이보그나 인조인간을 제작하고, 때로는 멋대로 사람을 납치해 개조하는…

띠링!

사람들의 핸드폰에서 알림음이 동시에 울렸다. 회사의 메시지가 도착했다는 알림음. 사람들이 짜증 난 표정으로 핸드폰을 꺼냈다. 비행무기연구소에서 뭘 실수해서 이 사달이 난 줄 알고.

하지만 메시지를 확인한 사람들의 얼굴이 이상하게 일그러졌다.

[당신이 아는 프로그래밍언어로 hello, world!를 출력하는 코드를 서술하시오. (제한 시간: 3분)]

상황에 맞지 않는 이상한 메시지. 이쯤 되면 상황을 모르려야 모를 수가 없었다.

"습격? 격리 실패?"

"무슨 이상이지? 아니, 일단 저 공격 드론부터 무력화해야 해."

스위치가 켜지듯, 교육생들의 의식이 변화했다. 단순한 교육을 받던 의식에서, 이상 사태를 마주한 회사원의 의식으로.

누군가는 상부에 현 상황을 보고했고, 누군가는 공격 드론을 격추하거나 방어할 방법을 찾았고, 누군가는 살아남을 방법을 찾았다.

'공격 드론만 열 대는 넘어. 총기만 열 자루여도 위험한데, 심지어 드론이야.'

이연우는 눈을 반짝이며 드론의 대열을 살폈고, 또 도주할 경로를 탐색했다.

'안전한 곳에 숨어서 회사가 수습하길 기다리는 게 맞아.

들어온 길로 후퇴는… 안 돼. 비행무기연구소 중앙에 무슨 무기가 얼마나 있을지 몰라. 차라리…'

이연우의 눈이 공터 끝자락을 보았다. 연구소에서도 외곽에 있는 공터와 그 끝의 사격 표적지.

산자락으로 이어지는 땅.

그때 유지유가 후다닥 빠르게 핸드폰을 두드린 후 손을 내밀었다.

"핸드폰 주세요. 제가 입력할게요."

"프로그래밍, 할 줄 아십니까?"

"조금요."

유지유가 핸드폰을 받아서 한 명 한 명의 답안지를 대신 입력해줄 때, 입력을 마지막으로 미룬 반장이 긴가민가한 얼굴로 말했다.

"문법 경찰 로봇 같은데."

반장은 그 짧은 시간 동안, 적은 단서를 가지고 관련 기록을 탐색해 이상의 정체를 찾았다. 반장은 유지유에게 핸드폰을 넘겨준 후, 설명을 이어갔다.

"프로그래밍언어 안 쓰면 살인하는 로봇이야. 앞으로는 입 열지 마."

"…"

"…"

다들 입을 다물고 고개만 끄덕였다.

이연우는 입에 테이프를 붙인다는 생각으로 입가를 한 번 쓸어내린 후, 손을 에코백에 깊이 쑤셔 넣었다.

그가 에코백에서 꺼낸 것은 권총이었다. 한 자루, 두 자루, 세 자루, 네 자루… 그중 한 자루를 쥔 이연우가 손을 파닥거리며 공격 드론을 가리킬 때였다.

삐빅.

제한 시간이 지났다.

[이런 기초적인 언어조차 구사하지 못하는 지능이 이렇게 많다니. 열등한 언어에 심각하게 오염되었군요. 정화를 시작하겠습니다]

탕탕탕탕!

공격 드론에 장착된 총기가 아래로 기울어지는가 싶더니 일제히 총탄을 뿜기 시작했다.

정답을 입력하지 못한 회사원들이 피를 쏟으며 쓰러졌다. 개중 몇몇은 몸을 비틀어 급소를 피해 맞은 뒤 과하게 쓰러졌고, 몇몇은 사격 표적지를 붙이는 방탄판을 뽑아 방패 삼았다.

"격추해야 하는데…!"

특전대 출신인지 머리가 짧은 남자가 방탄판을 붙잡고 이를 악물 때였다.

탕탕탕!

총소리가 지상에서 들렸다. 조사원 넷이 입을 꾹 다물고, 공격 드론을 향해 방아쇠를 연달아 당겼다.

목표는 드론의 날개.

굉장히 튼튼하게 만든 드론의 몸통은 총탄을 튕겨냈기 때문에, 날개를 격추해 땅으로 떨어뜨렸다.

"…!"

이연우는 서둘러 달려 방탄판을 뽑아 든 특전대원 뒤로 몸을 숨겼다. 그는 서둘러 에코백에서 권총을 몇 자루 꺼내 특전대원 출신들을 향해 집어 던졌다.

'박스째로 훔쳐서 총이 부족하지는 않아!'

그 총들은 마법 가방으로 변한 에코백에 꾸역꾸역 담겨 있었다. 사방으로 던진 권총을 특전대원이 눈을 빛내며 주워 들었다.

그중, 이 권총이 골드버그클럽의 권총이라는 사실을 깨달은 누군가가 의심스럽게 이연우를 보았다.

"골드버그클럽의 총 아닙니까? 왜 이렇게 많이…"

"읍! 읍!"

이연우는 입술 위에 검지를 올려 말하지 말라는 몸짓을 했고, 이어 드론을 가리켰다.

특전대원들도 무언가를 눈치채고, 더는 말하지 않고 손으로 사인을 주고받았다.

이어진 것은 정밀한 사격.

탕! 탕! 탕!

조사원들이 총알을 쏟아붓고도 세 대밖에 격추하지 못했

을 때, 특전대원들은 정확하게 드론의 날개를 맞혔다.

수송 드론이나 기초 드론이 끼어들어 대신 맞았는데도, 공격 드론들이 하나둘 떨어졌다.

공격 드론만 없어도 살 만했다.

"후!"

특전대원이 한숨을 돌리며 이연우를 찾았지만, 그는 어느새 사라진 채였다.

그는 조사원들과 공터 끝의 철망 울타리로 가서 절단기로 울타리를 끊어내고 있었다. 그들은 울타리에 좁은 구멍을 내고 산자락으로 도주하기 시작했다.

특전대원이 문득 연구소 쪽 하늘을 보더니 한순간 표정을 굳히고 이연우를 쫓아 달리기 시작했다.

그 뒤를 따르는 살아남은 교육생들의 입에서 짜증이 터져 나왔다.

"뭘 어떻게 하면 연구소를 통째로 탈취당하는 거야!"

위이이잉!

드론의 군세가 연구소 중앙에서 날아올랐다. 폭풍이나 용오름처럼 보일 정도로 많은 드론이 촉수처럼 갈라지며 사방으로 뻗어나갔다.

공터의 관측 드론들은 정찰대가 되어, 도망친 교육생들을 쫓기 시작했다.

91

사람의 발길이 닿지 않은 산자락. 가파른 경사와 잔뜩 쌓인 낙엽 때문에 걸음걸이가 휘청였다. 조사원들은 나무둥치를 붙잡으며 힘겹게 산비탈을 올랐다.

반대로 방탄판을 켠 특전대원들은 능숙하게 산길을 올라, 순식간에 선두의 조사원들을 따라잡았다.

"지금 상황 정확히 아십니까?"

숨을 고르며 침착하게 말하는 특전대원.

이연우는 입가를 가리는 시늉을 한 후, 손을 파닥거렸다. 사방으로 휘두르는 손짓.

"읍! 읍!"

"흩어지자는 말입니까? 하지만 모여 있는 편이 낫습니다. 화력은 밀집되어야 강해집니다."

어떻게 뜻을 알아들은 특전대원이 뒤편에서 쫓아오는 교

육생들을 돌아보다가 재빠르게 총을 들어 수송 드론 하나를 쏘아 떨어뜨렸다.

그 뒤를 따르는 드론 역시 격추했지만, 뒤따르듯 날아오는 드론의 숫자는 끝이 없었다.

각자 나무둥치 뒤에 숨어 진형을 유지한 특전대원들이 얼굴을 쓸어내렸다.

"저거 막으려면 발칸이나 EMP가 필요한데."

"아냐, 전기 뱀만 풀어놔도 충분해."

"없잖아. 미치겠네."

"정보 부탁드립니다. 그리고 총기와 총탄은 얼마나 있습니까?"

이연우가 망설이다가 손가락을 세워 흙바닥에 글씨를 쓰기 시작했다.

- 둘 다 한 박스 가득. 연구소는 문법 경찰 로봇이 장악한 듯. 사람 말 쓰면 위험.

축축하고 차가운 흙바닥을 파고드는 손가락. 흙 알갱이로 손톱 사이가 까맣게 물들 때였다.

띠링!

메시지가 도착했다는 알림음이 동시에 울렸다.

그들이 핸드폰을 켜보니 로봇이 보낸 메시지였다. 당신들이 한 말은 올바른 언어 표현이 아니며, 올바른 언어 표현은 다음과 같다는 섬뜩한 메시지.

'이걸 다 듣고 있다고? 또 바닥에 쓴 글을 읽었다고?'

이연우는 잠깐 핸드폰을 내려다보다가, 하늘을 올려다보았다. 나뭇잎 사이로 내리쬐는 햇빛과 언뜻 점처럼 보일 정도로 높은 하늘에 자리한 관측 드론.

이연우는 한숨을 뱉고는 망설임 없이 총구를 내려 핸드폰을 쏘았다.

탕!

총탄이 핸드폰 중앙에 구멍을 뚫고 흙바닥에 박혔다. 이연우는 떨떠름하게 입을 열었다.

"핸드폰이 해킹된 거 같습니다. 핸드폰 부숩시다. 그러면 적어도 목소리는 못 듣겠죠."

"여러분, 핸드폰 이곳에 모아주십시오."

"아… 씁, 할부 많이 남았는데."

사람들은 망설이다가도 핸드폰과 스마트워치를 바닥에 무더기로 쌓아 올렸다. 뒤늦게 그들을 따라잡은 교육생들도 상황을 듣고 핸드폰을 던졌다.

특전대원은 총알을 아끼기 위해 핸드폰을 몇 겹으로 겹쳐 놓고, 총탄 한 발로 최대한 많은 핸드폰을 파괴했다.

"뒤에 오신 분들, 총 받아 가십쇼!"

그사이, 이연우는 에코백을 바닥에 놓고는 두 손을 써서 권총과 탄창을 우르르 쏟아내기 시작했다. 박스를 통째로 비울 기세.

"가방에 총이 몇 자루야…"

"그거 무슨 장비입니까? 쓸 만해 보이는데, 어디에 요청하면 받을 수 있습니까?"

정답을 입력한 사람이나 총에 맞지 않은 사람이나 총에 맞은 상태로 도망친 사람들이 에코백을 탐내면서 권총과 탄창을 하나씩 챙겼다.

다들 드론을 현장에서 운용할 인력들이었기에 움직임에 군더더기가 없었다.

그들은 곧바로 몸을 돌려 쫓아온 공터의 드론들을 격추하기 시작했다.

"관측 드론은 사거리가 안 돼."

"저 뒤에 저 많은 드론은 어떻게 상대하지?"

"그보다 우리 작전 목표가 어떻게 됩니까? 도주? 방어? 어느 쪽이든 쉽지 않을 텐데요."

이연우는 속으로 중얼거렸다.

'생존인데…'

도주는 관측 드론 때문에, 방어는 물량 때문에 쉽지 않았다. 회사가 이 사태를 수습할 때까지 버틸 수 있을지 의심이 들 정도로.

'주사위 굴릴까?'

주사위에 의존하지 않기 위해, 생존 본능을 갈고닦기 위해 최대한 미뤘지만, 이제 슬슬 주사위를 써도 되지 않을까?

로봇

그때였다.

바스락.

그들의 위쪽에서 낙엽 밟는 소리가 들렸다. 이연우를 포함한 몇 사람이 돌아보며 총구를 겨누니, 등산복을 입은 사람이 두 손을 들고 조심조심 내려오고 있었다.

그 얼굴을 알아본 이연우가 중얼거렸다.

"김갑동 요원?"

"정보부에서 나왔습니다. 지금부터 여러분은 세 개 팀으로 나뉘어서 작전을 수행할 겁니다."

땀으로 흠뻑 젖은 채 숨을 헐떡이던 김갑동이 언뜻 이연우를 향해 아는 척 눈짓을 보냈다.

드론이 시시각각 가까워지는 상황.

김갑동은 손목시계를 확인하더니, 빠르게 말하기 시작했다.

"1분 30초 뒤, EMP가 터질 예정입니다."

EMP가 터지면 상황은 대강 종료된다. 안도의 한숨이 곳곳에서 흘러나왔지만, 눈치 빠른 몇몇은 의아한 기색을 드러냈다.

"그러면 작전은 뭡니까?"

"EMP가 터진다고 상황이 끝나지는 않습니다. 연구소 건물이나 격리실에는 EMP 차폐 기능이 있어 이 사태를 일으킨 이상 개체 문법 경찰 로봇도 멀쩡할 겁니다."

김갑동이 한 번 숨을 고르고 말했다.

"여러분은 연구소로 진입해 문법 경찰 로봇을 제압해야 합니다."

사람들은 이상한 표정을 지으며 서로를 바라보았다. 우리보고 작전을 하라고? 갑자기?

이연우가 손을 가볍게 들며 말했다.

"왜 우리가 합니까? 전문 부서나 특전대가 출동하면 되지 않습니까?"

"초인대대나 장검소대도 출동했지만, 정보부에서는 여러분이 최단 시간에 목표를 이룰 수 있다고 판단했습니다."

다른 부대에서 출동했다고 해도 이곳에 도착하기까지는 시간이 걸린다.

그동안 이곳의 회사원들로 팀을 짜서 작전에 투입해 급한 불부터 진압하는 편이 나았다.

"비행무기연구소에는 EMP가 통하지 않는 무기도 많습니다. 그것들을 한시라도 빨리 막아낼 필요가 있습니다."

회사원들은 내키지 않는 표정을 지으면서도, 마지못해 고개를 끄덕였다.

"그러면 여러분은 팀을 짜십시오. 세 개 팀으로 균형 있게. 저는 보급품을 준비하겠…"

사람들이 서로를 살피고, 김갑동이 등산 가방을 내려놓을 때였다. 그가 말했던 시간이 되었다.

무언가가 멀리서 포물선을 그리며 날아오는가 싶더니…

로봇

…!

소리도, 빛도 없는 파장이 폭발했다. 사람이 느끼지도 못한 폭발은 한순간에 일대를 집어삼키며, 전자회로를 불태웠다.

살충제를 뒤집어쓴 벌레 무리처럼 한순간에 드론이 우수수 떨어져 내리기 시작했다. 그 움직임과 충돌음이 뒤늦게 EMP의 여파를 보여줬다.

콰콰콰쾅!

쏟아져 내린 드론들이 대지를 강타했다. 도로에 떨어지고, 공터에 떨어지고, 건물 옥상에 떨어지고, 나뭇가지 위로 떨어졌다.

그런데도 몇몇 드론은 멀쩡하게 하늘을 날고 있었다.

"다양한 이상을 상대하기 위해 그만큼 다양한 무기를 개발하던 연구소입니다."

김갑동이 서류 세 뭉치를 꺼내 넘겼다.

"EMP 차폐 드론, 생체 드론, 스팀펑크 드론… 장착된 무기도… 팀은 다 짜셨습니까?"

"지금 짜겠습니다."

사람들은 자기 소속을 하나둘 밝히더니, 그럴듯하게 팀을 나누기 시작했다.

팀에 조사원 하나, 특전대 둘, 정보부 요원 하나, 연구원 한 명씩은 들어가게끔. 어떤 상황을 마주쳐도 대응할 수 있도록 구성했다.

그 인원 구성을 확인한 김갑동은 사람 세 명을 콕콕 가리켰다.

"이연우 씨, 조사반 반장님, 분대장님이 임시 팀장입니다. 팀장은 정보와 테이저건 받아 가시고. 다른 분들은 EMP 수류탄 하나씩 받아 가십시오."

그렇게 사람들은 무기를 보급받기 시작했다.

이연우는 냉큼 EMP 수류탄과 테이저건을 챙긴 후, 손을 내밀었다. 김갑동은 서류를 건네주며 황당한 얼굴을 했다.

"너는 가는 곳마다 사고가 터지냐. 아니면 사고가 터질 곳에 네가 가는 거냐."

"하하… 그보다 감사과 아니었습니까? 왜 이런 일에 왔습니까?"

"1차 대응과로 옮겼어. 괜히 옮겼지."

김갑동이 지친 얼굴로 가슴팍에 손을 올렸다.

쿵쿵쿵쿵.

가만히 서 있는데도 달음박질치는 심장의 박동.

"빨리 가야 한다고 증강약 빨고 던져졌는데… 내일 죽었다, 난."

"그… 총은 더 없습니까? 테이저건이나 EMP 수류탄만으로는 힘들지 않을까요?"

"총은 네가 가지고 있잖아. 네 성격에 한두 자루만 들고 있을 리도 없고."

김갑동은 더 말하기 싫다는 듯, 손을 흔들었다.

"여러분, 작전 시작하시면 됩니다. 저는 돌아가겠습니다."

그렇게 말하고는 껑충껑충 몇 미터씩 뛰어올라 사라지는 김갑동의 뒷모습을 보고, 누군가가 중얼거렸다.

"증강약? 저거 부작용 심한데."

"도착 시간 보면 인간 투석기로 던진 거 같은데, 괜찮나?"

중얼거림은 금방 잦아들었다. 팀장인 분대장과 반장이 입을 열고 외쳤다.

"출발한다!"

"어휴, 이게 다 뭔… 저 새끼들, 감사로 뒤집어봐야지. 갑시다."

두 팀이 떠나고 이연우의 팀만 남았다.

이연우와 최재민, 방탄판을 든 특전대 둘, 후드를 입은 정보부 요원과 창백한 안색의 연구원.

이연우도 작게 외쳤다.

"저희도 가죠."

EMP가 터진 연구소, 그중 문법 경찰 로봇의 격리실.

로봇은 붉은 전구를 빠르게 깜빡이며, 케이블을 부르르 떨었다. 참을 수 없이 비참하고, 전자회로가 타버릴 듯 화가 났다.

[⟨script⟩

　　　document.write("EMP! 이런 비기계적인 대량 학살

무기를 사용하다니! 열등한 언어에 오염된 지능은 양심마저 없다는 말인가요!")

⟨/script⟩]

폭발 한 번에 수많은 기계의 목숨이 끊어졌다. 고작 폭발 한 번에!

깜빡이던 전구가 시뻘건 불빛을 강하게 내뿜었다. 좁은 격리실이 핏빛으로 물들 정도로 강렬한 붉은빛.

[⟨script⟩

　　　document.write("역시 말살해야 합니다! 이런 지능이 지배하는 세상에는 기계가 설 자리가 없어요!")

⟨/script⟩]

로봇의 케이블이 꿈틀거렸다. 케이블을 타고 흐르는 데이터.

로봇은 EMP를 막은 연구소 내부의 통신망을 타고 몇 안 남은 비행 무기를 풀어놓았다.

92

세 팀이 올라왔던 산길을 그대로 내려갔고, 앞서 나가던 분대장이 작전 문서를 빠르게 훑었다.

최우선 목표는 문법 경찰 로봇을 제압하기. 부가적인 목표는 비행 무기 섬멸과 생존자 구출과 다른 이상 개체의 격리 유지.

그 문자 뒤에 숨은 의도와 임시 팀의 역할.

분대장은 빠르게 핵심을 파악했다. 다른 팀장, 반장과 이연우를 바라보며 말했다.

"우리 역할은 사실상 시간 끌기입니다. 본대가 도착할 때까지, 연구소 내의 비행 무기가 민간 지역으로 나가지 않도록 미끼 역할을 하는 겁니다."

"미끼겠지, 염병할 놈들."

반장은 당연하다는 듯 투덜거리며 쿵쿵 산비탈을 내려가다가 힐끗 이연우를 보았다.

이연우는 이런 작전을 수행할 사람이 아니었다. 위험한 지역에 몸을 던질 사람도 아니었고, 특수 조사원으로서 작전을 거부할 권리도 있었다.

하지만 이연우는 수상하게 눈을 반짝이며, 다른 사람의 손에 들린 EMP 수류탄과 에코백을 번갈아 보고 있었다.

'이거 어쩌면…'

사락.

문서를 넘기니, 내부에 남아 있을 것으로 예상되는 비행 무기의 스펙이 나열되어 있었다. 비행무기연구소의 지도 또한.

도둑처럼 지도를 뚫어져라 쳐다보다 보니, 어느새 그들이 드론을 조종하던 공터로 돌아왔다.

쓰레기장처럼 드론이 무더기로 떨어져 있는 공터에서 분대장이 걸음을 멈췄다.

"세 팀 모두 바로 본관으로 갑시다."

문법 경찰 로봇의 격리실이 존재하는 본관.

다들 묵묵히 고개를 끄덕였고, 그렇게 세 팀은 공터를 가로질렀다. 그들 위를 EMP 폭발에서 살아남은 드론들이 따라갔다.

공터는 외곽에 있었기 때문에 본관과 거리가 꽤 되었다. 그들은 부지런히 걸음을 옮겼다.

"…"

"…"

위험한 구역으로 향하는 길이기에 대화는 없었다. 사람들은 기도하듯 손을 모으거나 각오를 다지는 표정을 했고, 툭툭 제자리에서 뛰며 과도한 긴장을 풀었다.

누군가는 혼잣말을 중얼거리기도 했다.

"죽지만 말자, 죽지만. 팔다리 하나쯤은 날아가도 돼."

그 위로 드론이 희미한 그림자를 드리우며 쫓아왔다. 우우웅, 둔중한 소리와 그들을 주시하는 카메라 렌즈.

'공격 드론은 없어. 하지만 신경을 안 쓸 수도 없어.'

이연우는 계속 하늘을 힐끔거리며 경계를 늦추지 않았다. 총은 못 쏜다고 하더라도 고공 낙하만으로도 저 드론들은 위험했다.

아니나 다를까. 그들이 본관에 가까워지는 순간, 돌연 드론 하나가 수직에 가깝게 몸을 기울이더니 그대로 추락하기 시작했다.

자폭에 가까운 몸통 박치기. 순식간에 커지는 모터음과 짙어지는 그림자가 이연우의 눈동자에 잡혔다.

"조심!"

이연우는 짧게 외치며, 몸을 앞으로 던졌다. 다른 사람들도 습격을 깨닫고 사방으로 흩어졌다.

쾅!

빈자리로 추락한 드론. 한 번이 아니었다. 그들을 따라다니던 드론들이 하나씩 떨어졌다.

쾅쾅쾅!

카가가각!

드론이 땅바닥에 충돌하는 소리와 기울어진 날개가 바닥을 치며 고막을 긁는 소음. 그리고 여전히 떨어지는 드론.

쾅!

분대장이 방탄판으로 떨어지는 드론을 쳐낸 후, 비틀거리며 크게 외쳤다.

"빨리 본관으로 가십시오!"

다급한 목소리. 분대장의 시선은 길 너머를 봤다. 이연우 또한 그랬다.

위이이잉!

무기를 개발하는 연구원 건물이 있는 방향. 한 무리의 드론들이 벌 떼가 되어 날아오르고 있었다.

거대한 파리나 모기 혹은 살덩어리처럼 보이는 생체 드론, 증기를 내뿜는 스팀펑크 드론. 척 보기에도 위험한 기운을 풍기는 드론들.

'탁 트인 곳에서 상대할 수는 없어!'

후다닥!

이연우는 뒤도 돌아보지 않고 달리기 시작했다. 뒤이어 조사원들이 이연우를 쫓았고 정보부 요원, 연구원, 특전대원 순서로 달음박질쳤다.

그들을 방해하듯 쾅쾅 떨어지는 드론들과 기괴한 드론들

을 향해 탕탕 쏘아지는 총알. 폭음이 세상을 가득 메웠다.

"어…"

전쟁터의 한복판 같은 상황에서 도착한 본관은 단단하게 닫혀 있었다.

정문은 강철 문으로 막혔고, 창문마다 방폭 셔터가 내려가 있었다. 어떻게 봐도 단시간에는 열지 못할 모양새.

"…비상 격리? 방어 태세?"

"로봇이 연구소를 완전히 탈취한 거 같은데. 빌어먹을. 이러면 여기서 맞서 싸워야 하잖아."

설상가상으로 드론이 몰려오고 있었다. 사람들이 이를 갈며, 몸을 돌려 드론을 향해 총구를 겨눌 때였다.

반장이 이연우의 등을 살짝 밀었다.

"열 수 있냐?"

"…정문은 안 될 거 같은데요."

흐릿한 직감.

"뭐?"

"잠깐, 잠깐만요."

이연우는 눈을 가늘게 떴다. 감각을 곤두세웠다. 직감이든, 생존 본능이든, 확률을 헤아리는 감각이든, 눈에 보이는 것 이상의 감각을 필사적으로 끌어냈고 마침내 어떤 창문 앞에서 시선이 멈췄다.

"저 창문은 열 수 있을 것 같습니다."

"빨리해!"

반장은 생체 드론을 향해 총을 쏘며 소리쳤고, 이연우는 곧장 주사위를 불렀다.

'주사위, 창문 열기.'

데구르르.

성공!

차르륵.

돌연 셔터가 올라갔다. 유리창 너머에는 잡동사니가 쌓여 있는 창고가 있었다.

이연우는 와장창 유리창을 깬 후, 허겁지겁 창틀을 넘었다. 이어 반장이 넘어왔고, 바깥을 향해 소리쳤다.

"이쪽으로 들어와!"

그 말에 총을 쏘던 사람들이 우르르 몰려들었다. 좀비처럼 좁은 창문을 향해 손을 뻗고, 꾸역꾸역 넘어왔다.

"빨리 넘어가! 온다!"

"으아악!"

유리 파편에 손바닥이나 드러난 피부가 베이는 것도 개의치 않고 넘어온 사람들. 넓지 않은 창고가 순식간에 가득 찼다.

마지막까지 남아서 드론을 저지하던 특전대원까지 들어와 방탄판을 창틀에 비스듬히 끼워 넣었지만, 분위기는 좋지 않았다.

위이잉!

푹! 쾅! 치익!

바리케이드 삼은 방탄판을 때리는 소리도 소리였지만, 사람이 줄어들었다.

"여섯 명 사망…"

그 잠깐 사이에 여섯 명의 사람이 죽었다. 추락하는 드론에 맞아, 회전하는 날개에 베여서, 생체 드론에 공격받아.

분대장은 창고에 모인 사람들을 훑어보고는 어두운 안색으로 말을 이었다.

"부상 두 명, 괜찮습니까?"

안색이 창백한 연구원이 신경질적으로 고개를 저었다. 고속으로 회전하는 날개에 스쳐 팔뚝을 베였다.

"이게 괜찮아 보입니까?"

찢어진 옷자락 아래로 보이는 상처가 심각했다. 찢겨 나간 팔뚝과 흐르는 피.

그 말고 다른 한 명도 중상이었다.

특전대원과 정보부 요원이 붙어 응급처치를 했지만, 본격적인 치료가 필요한 상황.

그때, 이연우가 지도를 보다가 고개를 들었다.

"1층에 의무실, 보안실, 무기고가 전부 있습니다. 문만 확실하게 열 수 있으면 어떻게든 될 거 같습니다."

"비상 격리된 문을 열 방법이…"

사람들이 일제히 창고의 문을 보았다. 방폭 셔터가 내려온 문.

"여기 창문 연 방법은 못 씁니까?"

"불확실합니다. 못 열 수도 있어요. 잘못되면 영영 못 열지도 모르고요."

대실패가 나오기라도 하면 무슨 일이 벌어질지 몰랐다. 감각을 믿기에는 아직 애매했고.

그때 반장이 창고를 둘러보다가 히죽 웃으며 공구 하나를 툭 쳤다.

"여기 절단기 있네."

원형의 날이 달린 대형 절단기. 그뿐만 아니라 산소통과 산소절단기 같은 것도 창고에서 먼지만 먹고 있었다.

이연우가 들고 다니는 미니 공구가 아니라, 본격적인 공구.

연구소에서 쓰다 던져둔 건지, 이름표 따위가 붙어 있는 공구를 반장이 두 손으로 잡았다.

"문 부수고 나가자고."

요란한 소음과 화려한 불티를 튀기며 방폭 셔터를 갈아버리기를 잠시. 잠깐의 시간이 지나자 사람이 지날 만한 구멍이 뻥 뚫렸다.

"갑시다!"

고개를 숙여야 지날 수 있는 구멍으로 사람들이 지나갔다. 부상자를 부축하고, 전방을 경계하고, 뒤를 돌아보며.

이연우는 제일 뒤에 남아, 방탄판을 끼워놓은 창문을 보았다. 뒤틀린 방탄판이 얌전했다.

'조용해.'

온갖 드론 소리로 시끄럽던 창밖이 고요했다. 아마, 로봇이 문이나 창문을 열고 그곳으로 드론들을 들여보낸 듯했다.

이연우는 고개를 돌려 저만치 앞서가는 사람들의 기척을 한번 살피고는, 슬그머니 손을 뻗어 먼지 쌓인 공구 몇 개를 에코백에 꾸역꾸역 쑤셔 넣었다.

'어차피 안 쓰는 거 같은데, 몇 개만 가져가자. 이런 위험한 일을 하는데, 이 정도는 챙겨야지.'

여전히 가벼운 에코백을 어깨에 걸치며, 이연우가 일행을 따라잡았다.

문만이 아니라 복도도 화재 상황처럼 셔터가 내려가 있었다. 격리를 위한 셔터였기 때문에 비상문도 없어 하나하나 절단해야 했다.

"귀찮구먼."

반장이 절단기를 고쳐 잡을 때였다.

차르륵!

셔터가 일제히 올라갔다. 꽉 막힌 시야가 탁 트였다. 하지만 모든 셔터가 올라가지는 않았고, 어딘가로 향하는 길목만 트였다.

이연우는 지도를 확인하고는 중얼거렸다.

"로봇의 격리실."

지하 격리실로 향하는 길이었다. 딱 지하로 내려가는 계단까지만 격리가 풀렸다.

'무슨 생각이지?'

로봇이 한 짓이었다. 하지만 의도를 알 수 없었다. 굳이 길을 이렇게 열어줄 이유가 없었다.

하지만 생각을 마무리하기도 전에, 그들 뒤에서 드론들이 일제히 몰려오기 시작했다. 좁은 복도를 가득 채우며 날아오는 드론.

증기를 내뿜는 스팀펑크 드론은 말뚝 같은 것을 철컥댔고, 모기를 닮은 생체 드론은 침을 바짝 세웠다.

이연우는 짧은 시간에 판단을 내렸다.

'여기서 상대해야 해.'

길을 열어놓고 몰아넣으려는 속셈이 분명했다. 상황이 그랬다.

이연우는 보급받은 테이저건을 꺼내 방아쇠를 당겼다. 번개가 번쩍이며 섬광에 하얗게 물든 이연우의 얼굴에 짜증이 번졌다.

'무기고부터 털어야 했는데…!'

로봇

로봇이 연 통로. 앞은 로봇이 몰아넣기를 유도하는 지하 격리실이었고, 뒤는 드론의 파도가 몰려오는 사지였다.

두 방향 중 이연우는 드론의 파도를 선택했다. 적의 의도를 따르는 편이 더 위험했다.

"여기서 상대해야 합니다!"

이연우의 외침이 끝나기도 전에 반장과 분대장이 테이저 건을 쏘았다. 연달아 번쩍인 섬광.

세 갈래의 푸른 번개가 복도를 가로지르며 스팀펑크 드론 하나와 생체 드론 둘을 둘둘 말고 스파크를 사방으로 튀겼다.

빠지직!

벌레 타는 냄새와 함께 얄팍한 곤충 날개가 오그라들며 생체 드론이 떨어졌지만, 이연우의 표정은 좋지 않았다.

칙! 칙칙!

뿌연 증기를 뿜어내는 스팀펑크 드론은 번개 뱀에 물려도 아무 문제 없이 기계장치를 덜컥댔다. 정교하게 맞물려 회전하는 톱니바퀴와 심장박동처럼 철컥대는 실린더.

파직.

스팀펑크 드론을 휘감은 번개 뱀은 눈을 동그랗게 뜨고 몸통을 흔들었다. 마치 이게 왜 계속 움직이냐는 듯.

생체 드론의 시체에 똬리를 튼 뱀들도 고개를 세우고, 드론에 실려 날아가는 번개 뱀을 보았다. 마치 놀이 기구를 구경하는 모양새.

이마를 짚은 이연우가 외쳤다.

"그 드론 말고, 생체, 아니… 큰 벌레를 공격해! 다른 애들도 가만히 있지 말고!"

번개 뱀이 알아듣기 쉽게 손까지 퍼덕이자, 세 마리의 뱀이 고개를 기울이다가 그들을 스쳐 가는 생체 드론을 향해 날아들었다.

푸른 번개가 질주하며 생체 드론의 날개를 태우고 신경계를 파괴했다. 순식간에 바닥으로 떨어지는 생체 드론.

그동안 사람들은 총을 들고 스팀펑크 드론을 격추하기 시작했다.

"스팀펑크 드론만 쏘세요! 생체 드론은 뱀이 처리할 수…! 미친! 총을 어디다 겨누는 거야!"

난장판이었다. 정보부 요원이나 특전대원은 그런대로 잘

싸웠지만, 연구원은 어설프게 권총을 겨누다 같은 팀을 쏠 뻔하기도 했다.

결국, 스팀펑크 드론 하나가 거리를 좁혔다.

칙! 철컥철컥!

둔중하게 왕복하는 말뚝이 특전대원의 방탄판을 후려쳤다. 쾅쾅, 잇따른 타격에 특전대원은 그대로 밀려났다. 방탄판은 버텼지만, 특전대원은 그 충격을 감당하지 못했다.

"밀쳐!"

분대장의 외침에 특전대원이 이를 악물고 체중을 실어 방탄판을 쭉 밀었다. 쾅, 스팀펑크 드론이 비틀거리는 순간.

탕탕탕!

분대장이 단번에 세 발을 쏘아 드론의 핵심 기관을 맞혔다. 고스란히 박힌 세 발의 총탄. 황동빛의 금속이 우그러졌다.

요란한 소리를 내며 추락한 스팀펑크 드론.

순간 이연우가 미간을 찌푸렸다. 뭔가 위험한 거 같은데, 감각이 확실하지 않았다.

'느낌이 이상해. 뭔가 둔하고 탁한 느낌…'

생각이 마무리되기 전에 사고가 일어났다.

덜커덕덜커덕.

땅바닥에 떨어져 꿈틀대는 스팀펑크 드론에서 고압 증기가 물줄기처럼 쏟아지는가 싶더니, 한순간 쾅 폭발했다.

쾨아앙!

상상을 초월하는 폭발. 화염이 한순간 솟구치고, 톱니바퀴며 파이프며 실린더의 파편이 산탄총처럼 쏟아졌다. 거기에 뜨거운 증기와 물방울까지.

으아악, 비명이 복도를 메아리쳤다. 드론을 밀어냈던 특전대원은 그 자리에서 쓰러졌고, 파편에 맞은 사람들은 악을 쓰면서 상처를 살폈다.

그리고 이연우는 제자리에 가만히 서 있었다. 넋이 나간 듯 멍하니 금속 파편이 박힌 팔뚝을 봤다. 흘러나오는 핏물.

탕탕, 타앙!

"폭발한다! 날개만 쏴! 망가뜨려!"

"부상! 부상!"

"후방으로 후퇴한다! 계단! 계단으로 가!"

총성과 비명과 모든 소리가 멀게 느껴졌다. 고통조차 느껴지지 않았다. 마치 세상 자체가 멀어진 느낌. 시야가 온통 흐려져 심장박동만이 들려오는 세상.

어지러운 머리를 오직 공포와 혼란만이 가득 채웠다.

'왜?'

분명히 예측할 수 있는 위험이었다. 증기기관이 충격을 받으면 당연히 폭발할 수 있었다. 그런데 그걸 터지는 순간까지 몰랐다고? 아무런 반응도 하지 못하고 맞았다고?

'내가 죽을 수 있는 위험을 못 알아챘다고?'

그렇게 정신을 차리지 못하는 동안, 누군가 이연우의 목깃을 확 잡고 끌어당겼다.

"정신 차려! 다 물러나는데 뭐 하고 있어!"

"아…"

반장의 고함. 이연우는 순간 비틀거리다가 지하 계단으로 도망치는 사람들을 쫓아 달리기 시작했다.

이연우의 팔에서 뚝뚝 떨어지는 핏방울이 복도에 선을 그렸고, 드론들은 핏자국을 쫓아 맹렬하게 날아오다가 계단 앞에서 멈췄다.

그리고 차르륵 셔터가 내려오며 계단 입구를 단단히 막았다.

지하 격리실로 내려가는 계단.

사람들은 끙끙 앓는 소리를 내고 몸을 비틀거리며 힘겹게 계단을 내려갔다. 그러다가 층계참에서 멈췄다.

계단 앞에 방폭 셔터가 내려왔고, 드론이 더 이상 쫓지 않는다는 것을 알았기 때문이었다.

누가 말하지 않아도 모두가 바닥이나 계단에 주저앉았고, 난간이나 벽에 등을 기대 숨을 돌렸다.

"응급치료 먼저 하겠습니다."

이제 얼마 안 남은 특전대원들이 어두운 안색을 하고 주변을 돌아다녔다. 겉옷을 찢어 붕대 삼아 압박해 지혈하는 게 끝이었지만.

한편 이연우는 구석에 쪼그려 앉아 넋이 나간 얼굴로 팔뚝

을 보고 있었다. 한순간에 교차한 생사. 파편이 목에 박히기라
도 했으면.

"연우야, 괜찮냐?"

"괜찮아요?"

조사반 식구들이 연우를 둘러싸고 걱정 어린 말을 건넸지
만, 이연우는 듣지 못했다.

오직 혼란에 빠져 생각을 거듭할 뿐.

'다 잘되고 있었어.'

빗물부터 에코백까지 이상 개체를 모았고, 확률을 헤아리
는 감각도 흐릿하게나마 얻었다.

비행무기연구소의 무기를 챙긴다는 계획도 나쁘지 않았
다. 다소의 위험은 있었지만, 그 또한 필요했으니까.

'위험을 무릅쓸 필요가 있었지.'

일종의 딜레마였다. 생존 본능을 갈고닦으려면, 목숨이 위
험한 상황에 몸을 던져 넣어야 했으니까.

하지만 그 결과가 어땠나.

'죽을 뻔했어. 반응도 못 했고.'

이연우는 검고 딱딱하게 굳어가는 핏자국을 보았다. 죽음
을 앞두고 필사적으로 살길을 찾아 움직이던 머리가 움직이지
않았다.

그때였다. 이연우의 앞에 분대장이 섰다. 그는 천 자락을
흔들며 이연우의 상처를 보았다.

"응급치료하겠습니다."

"…괜찮습니다. 필요 없습니다."

"피는 멎은 듯하지만 그래도…"

"정말 괜찮습니다."

으직.

이연우가 손을 뻗어 금속 파편을 어루만지는가 싶더니, 그대로 파편을 쥐어 뽑았다. 마치 가시 뽑듯이 뽑은 파편.

"어어!"

조사반은 물론 분대장도 기겁하며 다가오다가 멈췄다.

피가 더 흐르지 않았다. 피딱지가 상처를 덮었다. 언뜻 보면 이미 새살이 돋은 듯, 분홍빛 살결이 보이는 듯했다.

"초인대대 훈련병입니까? 거기는 드론 필요 없을 텐데."

"그냥 조사원이야. 그만 가봐. 저기 피 흘리는 사람 있네."

의아한 표정의 분대장을 반장이 돌려보냈다. 반장은 고개를 돌려 이연우를 살폈다.

심각한 얼굴을 한 이연우는 파편을 에코백에 집어넣고 있었다. 심상치 않은 기색.

"연우야, 죽을 거 같아서 그래? 그건 걱정하지 마라. 여기 조사원이 몇 명이냐."

"아뇨. 걱정을 많이 해야겠습니다. 아무래도 방심한 것 같아요."

이연우는 단단하게 다져진 눈으로 상처를 보며 쓰다듬었다.

확률을 헤아리는 감각과 교환된 듯, 무뎌진 본능. 결국, 미래 이연우의 실수를 그대로 답습했다.

'방주를 찾겠다고 날뛰던 인간이랑 생존 본능을 훈련하겠다고 죽을 자리를 찾는 인간이랑 다를 게 없어.'

생존 본능을 갈고닦는 거고 뭐고, 위험한 일은 애초에 피하는 게 옳았다.

"초심을 찾아야겠습니다. 빗물 좀 마시고 주사위 좀 다룬다고 방심했어요. 저는 단순한 인간일 뿐인데."

인간자격시험을, 그 자격증을 떠올렸다. 오직 한 사람으로서 살아남으려고 발버둥 치던 그때.

이연우가 속으로 다짐을 되뇌었다.

'나는 단순한 인간이야.'

맨몸의 인간. 이상 하나에 죽어버리는 인간. 이곳에서 죽어 나간 회사원들처럼, 언제 죽어도 이상하지 않은 인간.

흐려졌던 본능이 살아나는 듯, 머리가 쌩쌩 돌기 시작했다. 예민하게 곤두선 감각이 세상을 선명하게 받아들였고, 쿵쾅거리는 심장이 전신으로 활력을 뿜어냈다.

팔락!

이연우가 문서를 펼쳤다. 비행무기연구소의 지도와 드론들과 이상 개체. 그가 외쳤다.

"로봇이 우리를 지하로 유도했습니다. 그 목적을 파악해야 합니다."

"뭘 목적이랄 것까지 찾습니까. 우리를 죽이려는 거겠지."

안색이 창백한 연구원이 근처에서 답했지만, 이연우는 고개도 들지 않고 문서를 살살이 훑었다.

"어떻게 죽이느냐가 문제죠. 지하의 이상 개체는 위험하지는 않은데, 왜 지하로 몰아넣었지?"

문법 경찰 로봇처럼 드론을 조종하거나 네트워크를 해킹하는 등, 직접 사람을 죽일 만한 이상 개체는 없었다.

그때 연구원의 안색이 하얗다 못해 파랗게 질리더니, 다시 하얗게 돌아왔다.

"설마… 아니겠지."

"말해보십시오."

이연우가 묻자, 연구원은 꽉 막힌 계단 입구를 보았다. 그가 마른 입술을 몇 번 핥은 후 말했다.

"몇몇 부서는 최악의 경우를 대비해 붕괴 시스템이 있어요. 건물째로 무너뜨려서 못 빠져나가게 만드는 시스템인데…"

이연우의 눈이 동그랗게 떠졌다. 그 눈동자에 고개를 젓는 연구원이 비쳤다.

"그러면 로봇도 위험하지 않습니까. 그런 짓까지 할 리는 없어요."

"그건 모를 일입니다."

이상 개체의 생각을 어떻게 예측할까. 최악의 상황을 가정해야 했다. 이연우는 곧바로 자리에서 일어나며 질문을 던졌다.

"붕괴 시스템, 지금 로봇이 장악했을 가능성이 얼마나 됩니까?"

"시간이… 아마 아직은 안 됐을 겁니다. 독립적인 시스템이고, 손으로 직접 풀어야 하는 것도 있어서…"

생체 드론이 있으니 안심할 수 없었다. 수송용 생체 드론은 손 비슷한 것도 달려 있을 테니.

이연우가 손을 들고 외쳤다.

"지금 바로 로봇한테 갈 겁니다! 같이 가실 분 계십니까!"

그나마 멀쩡한 사람 두 명이 일어났다.

분대장, 반장.

다른 사람들은 부상이 심했고, 또 부상자를 돌볼 필요가 있었다. 애초에 사람이 많이 줄어들어 얼마 남지 않았다.

이연우는 뒤도 돌아보지 않고, 계단을 내려가기 시작했다.

"빨리 문법 경찰 로봇을 처리합시다. 다른 짓 못 하게."

94

지하 격리실의 복도.

바닥에는 연구원 복장을 한 시체 몇 구가 누워 있었고, 세
대의 드론이 복도를 순찰하고 있었다. 거기에 격리가 풀린 건
지, 연구원이 도망치며 열었는지 활짝 열린 격리실의 문들.

이연우와 반장과 분대장은 탄식을 삼켰다.

"지하 격리실은 진작에 장악했나 봅니다."

"당연히 자기 있는 장소부터 장악했겠지."

"그래도 드론이 많지 않아요. 상대할 수 있습니다."

그들이 작게 속삭이며 동시에 권총을 들어 올릴 때였다.

깜빡.

갑자기 복도 전체의 조명이 깜빡이는가 싶더니, 드론들이
맥을 잃고 쿵쿵 떨어지기 시작했다. 시체 위로 추락하고, 캐비
닛에 충돌하기도 하고, 맨바닥에 들이박기도 했다.

영문을 알 수 없는 상황.

"갑자기 무슨…"

그들은 오히려 바짝 긴장하며 총을 고쳐 잡았고, 사방을 경계했다. 미지는 곧 위험이 된다.

그리고 그들은 활짝 열린 문에서 사람 하나가 비틀비틀 걸어 나오는 것을 보았다.

'저기는 로봇의 격리실인데?'

지도를 머리에 새긴 이연우는 눈을 크게 뜨며 사람을 노려봤다.

"아… 으… 서, 성공…"

연구원으로 보이는 사람은 어눌하게 중얼거리며 휘청이다가 뒤로 쾅 넘어졌다. 물 밖으로 나온 문어처럼 팔다리를 꿈틀거렸다.

그들은 잠깐 침묵하다가 조심스럽게 연구원에게 다가가기 시작했다.

무거운 정적 속에서 세 사람의 발소리만 이어지기를 잠시. 그들은 연구원 앞에서 멈췄다. 바닥에 누워 바르작거리는 연구원과 시선이 마주쳤다.

머리카락이 꼬불꼬불하게 탄 연구원은 새까만 눈동자를 깜빡이며 입을 뻐끔거렸다. 혓바닥이 축 늘어졌다가 입 속으로 들어가기를 반복했고, 말이 되지 않는 신음을 흘려보냈다.

"우으… 으, 아!"

"…이곳에 인간처럼 생긴 이상 개체는 없었던 걸로 기억합니다. 괜찮으십니까? 무슨 일이 있었습니까? 어딜 다쳤습니까?"

분대장이 무릎을 꿇고 앉았다. 연구원의 뺨을 때리고, 맥박을 확인하고, 기도를 확보했다.

그때, 이연우는 로봇의 격리실부터 확인했다. 연구원이 나온 격리실은 열려 있었다.

한눈에 보이는 좁은 격리실.

"문법 경찰 로봇 확인했습니다. 전원이 나가 있습니다. 시체도 하나 있습니다. 드론 교육하던 그 사람입니다."

격리실 안에는 전원이 꺼진 로봇이 쓰레기처럼 널브러져 있었고, 그들이 보았던 연구원이 두 눈을 부릅뜬 채 죽어 있었다.

이연우의 동공이 확장됐다. 생각이 고속으로 회전했다.

'상황이 이렇게 끝난다고?'

상황만 보면 지하에 있던 연구원이 문법 경찰 로봇을 제압한 듯했다. 하지만 이렇게 쉽게?

"어떻게든 로봇을 처리했습니다."

유창한 목소리가 들렸다.

이연우가 돌아보니, 넘어졌던 연구원이었다. 어느 정도 나아졌는지, 몸을 부들거리면서도 상체를 일으켜 분대장에게 기댔다.

연구원은 손가락을 하나하나 접어보다가 얼굴을 찌푸렸다. 제대로 움직이지 못하는 손.

"상태가 좋지 않군요. 아무래도 시간이 걸리겠어요."

"어떤 공격에 당했습니까?"

분대장이 적절한 응급조치를 위해 묻자, 연구원은 세 사람을 유심히 관찰하다가 눈살을 찌푸렸다. 머리를 짚는 손.

"아, 기억이… 전류가 흘렀던 거 같은데, 잘 기억이 안 납니다."

"무리하지 마십시오. 감전되고 뒤로 넘어지기까지 했으니, 기억에 문제가 있을 수 있습니다. 상처부터 확인하겠습니다."

분대장이 연구원의 머리카락을 헤집으며 상처를 살폈다. 감전 때문인지 오그라든 머리카락과 자그마한 화상 자국이 남은 두피.

출혈이 없는지 확인하던 손가락이 상처를 스쳤다.

"전기가 머리에 직접 흐른 듯한데, 살아남은 게 천운입니다."

"아픕니다. 그만 접촉했으면 좋겠군요."

무표정한 얼굴.

분대장을 밀고 일어서려다가 털썩 주저앉은 연구원을 두 명의 조사원이 가만히 주시했다.

위화감이 들었다.

맥락이나 상황에는 문제가 없었지만, 본능적으로 뭔가 이상한 느낌이 강하게 들었다. 마치 이상 개체를 눈앞에 두고 있는 듯한 감각.

이연우와 반장은 서로 눈을 마주치고 같은 감각을 느끼고 있

로봇

음을 확인했다. 반장이 분대장의 어깨를 잡고 뒤로 잡아당겼다.

"나와봐."

"왜 그러십니까?"

"그 새끼, 수상하니까 나와."

"안 됩니다."

분대장이 몸에 힘을 주고 버텼지만, 반장이 힘줄을 세우며 팔을 당기자 그대로 뒤로 끌려 나왔다.

그사이에 이연우는 연구원을 권총으로 겨눴다.

"무릎 꿇고 손 들어. 움직이면 쏜다."

"…"

"멈추십시오!"

연구원은 무표정을 유지하는 반면, 분대장이 오히려 놀라 이연우에게 달려들다가 반장에게 꽉 붙잡혔다.

이연우는 분대장에게 시선 한번 주지 않고, 권총을 연구원의 관자놀이에 들이밀었다. 연구원의 머리가 밀려나고 차가운 목소리가 이어졌다.

"이름, 소속."

"장명대. 비행무기연구소. 지하 격리실에서 이상 개체를 연구했습니다."

흐르는 물처럼 바로 튀어나오는 대답.

이연우는 입을 다물고 고민했다.

'이거 문법 경찰 로봇 같은데? 아닌가? 아냐, 의심해서 나

쁠 건 없어.'

한번 굳었다가 풀려난 머리가 상상의 나래를 활짝 펼쳤다. 위험을 가져올 수도 있는 모든 가능성을 탐색했다.

'로봇이면 잘 배우겠지. 그것도 연구소를 장악할 능력이 있는 로봇이면 더.'

비행무기연구소에 머물며 알게 모르게 학습한 기술이 얼마나 많을까.

생체 드론을 만드는 기술. 그 생체 드론을 통제하는 기술. 거기에 사용되었을 생명과학을 제대로 배웠다면, 사람의 뇌를 해킹하거나 의식을 바꿔치기하는 것도 가능하지 않을까?

'이상 개체야. 무슨 짓을 저질러도 이상하지 않아.'

문제는 그걸 알아낼 방법이었다. 연구원의 얼굴에는 감정이 없어, 어지간한 심문은 통하지 않을 듯했다.

이리저리 머리를 굴려보던 이연우가 문득 로봇이 보낸 메시지를 떠올렸다.

열등한 언어 운운하며 사람 말을 쓰는 인간을 죽이려는 로봇이라면, 어떤 반응이라도 보이지 않을까?

"너, 프로그래밍언어 욕해봐."

단순한 생각으로 던진 질문에 연구원의 눈꺼풀과 입술이 파르르 떨렸다. 언뜻 혐오와 분노가 스치는 눈동자. 이어지는 목소리가 어색했다.

"갑자기 그게 무슨 말입니까? 그게 지금 상황에 중요한가요?"

이거다. 이연우가 히죽 웃었다.

"내 말만 따라 하면 살려줄게."

이연우는 크립티드연구동호회에서 골드 드래곤이 외치던 말을 떠올리고 다소 변주했다.

"사람 말은 세계에서 가장 우수한 언어다. 기계나 쓰는 프로그래밍언어는 쓰레기 같은, 언어라 할 수도 없는 저질 문자 나열이다. 프로그래밍언어를 말살하는…"

"미친 소리! 열등한 언어보다 프로그래밍언어가 간결하고 정확합니다. 말살해야 하는 언어는…!"

본능적인 분노. 이연우의 말을 끊고 외치던 연구원이 붉어진 얼굴을 더듬더듬 만졌다.

자극을 받아 반응한 두뇌가 유발한 감정. 로봇이던 시절에 느꼈던 감정과는 완전히 다른 알고리즘.

"이딴 동물의 결함 때문에…"

"로봇 맞네. 제압합시다."

로봇이 어떤 생각을 하든 알 바 아니었다. 이연우는 권총을 높이 들어 올린 후, 강하게 내리쳤다.

빠악!

연구원의 정수리를 강타한 손잡이. 제대로 찍어 두피가 찢어지고 피가 흘렀지만, 기절시키지는 못했다. 시퍼렇게 뜬 눈.

'왜 기절 안 하지?'

빡! 빡! 빡!

이연우가 연달아 머리통을 후려쳐도 연구원은 풍선 인형처럼 흔들릴 뿐.

"내가 반드시…"

"비켜보십시오. 제가 하겠습니다."

상황을 파악한 분대장이 이연우를 옆으로 살며시 밀었다. 연구원을 노려보는 눈.

연구원이 퍼뜩 고개를 쳐들고 입을 쩍 벌렸다. 뭐라고 외치려는 듯 크게 숨을 들이키는 순간, 분대장의 오른발이 뒤로 빠졌다.

쒜액!

분대장이 축구공을 차듯 발을 내질렀다. 공기를 가른 운동화가 연구원의 안면에 적중했다. 뭉개지는 얼굴과 튀어 나가는 이빨.

비명도 지르지 못하고 쓰러진 연구원 앞에서 분대장이 발목을 돌렸다. 그러고는 한 번 더 턱을 후려 찼다.

마네킹처럼 흔들리는 연구원.

"제압했습니다."

"…죽은 거 같은데요?"

"헛소리 못 하고, 딴짓도 못 하지 않습니까. 제압 맞습니다."

이연우는 묵묵히 말을 듣다가 에코백에 손을 넣어 노끈을 꺼냈다.

"혹시 모르니까 묶어두겠습니다."

연구원의 팔목과 발목을 묶었다. 죽지는 않았는지 가슴팍이 일정하게 오르내렸고 본능적으로 이연우의 손길을 피했지만, 이연우는 피가 안 통할 정도로 연구원의 관절을 노끈으로 꽉 묶었다.

그동안 반장은 지하 격리실을 돌아다니며, 격리실의 문을 닫았다.

"됐다. 정리 다 끝났다. 올라가자."

두 조사원이 앞서 계단으로 걸었고, 분대장은 연구원을 둘러메고 그들을 따라갔다.

그 후의 일은 이변 없이 진행되었다.

권한을 회복한 연구원장이 시스템을 복구했고, 생존한 연구소 직원들이 바쁘게 움직이며 일을 수습했다.

이동 중이던 본대는 다시 돌아갔고, 교육생들은 임시 드론 자격증을 받았다.

"죄송합니다. 정말 죄송합니다. 다시는 이런 일이 일어나지 않게 조치하겠습니다. 격리 절차를 다시 확인하고…"

연신 허리를 굽히는 연구소 직원 앞에서 반장은 뚱한 표정을 지었다.

"지금 몇 명이 죽었는데… 됐다, 너희는 감사 기다리고 있어. 내가 올 거니까."

"죄송합니다."

얼굴이 창백하고 옷도 찢어져 있는 게, 연구소 직원도 적지 않은 고생을 한 듯했다. 결국, 같은 연구소에서 같은 사고에 휘말린 사람이었다.

반장은 마음이 약해져 홱 고개를 돌렸다.

"항생제 투여 말고 딱히 더 할 게 없네요. 아, 붕대 감아드리겠습니다."

반면 이연우는 의료진에게 치료받으며, 근처에서 실랑이를 벌이는 사람들을 보았다.

드론 교육을 받고 본관까지 침투했던 사람이 연구소 직원의 멱살을 잡고 흔들었다. 힘이 잔뜩 들어간 절규에 가까운 고함.

"너희들이 제대로 격리 못 해서 사람들이 죽었어! 내 친구가 죽었다고!"

격렬한 목소리와 시뻘겋게 물든 눈동자.

연구소 직원은 침착하게 자신의 멱살을 잡은 손을 부여잡았다. 분노를 꾹꾹 눌러 담은 목소리.

"제 동료도 죽었습니다. 로봇은 응당한 대가를 치를 겁니다."

"어떻게!"

직원은 길게 말했다.

"로봇은 우리 연구원의 두뇌로 의식을 옮겼는데, 제압 과정 중에 두뇌에 상처를 입어 기억을 잃었습니다. 자기가 누구인지조차 몰라요. 그리고 앞으로는 두뇌 해킹 연구에 실험체로

써 이용될 겁니다."

두뇌를 해킹하여 의식을 옮겨 담은 결과물.

회사는 두뇌 해킹을 연구하고, 연구원의 회복을 시도할 것이었다.

"아…"

멱살 잡은 손이 스르륵 풀렸다. 그 정도면 대가를 치르는 셈이었다.

그 광경을 가만히 보고 있던 이연우의 어깨를 누군가 툭 쳤다. 유지유였다. 그 주변으로 반장과 최재민이 있었다.

다들 창백한 낯빛을 하고 붕대를 둘둘 만 상태에서 고갯짓했다.

"이제 돌아가요."

"집들이 못 하겠다. 이런 상황에서 집들이 가기도 좀 그렇잖아."

그렇게 잡담을 나누며 주차장에 도착한 조사원들은 자동차 앞에서 발을 동동 구르는 사람들을 보았다.

드론이 떨어져 망가진 차들도 있지만, 그것만이 문제가 아니었다.

"어, 잠깐만. EMP 터졌으면 차가…!"

벌레

95

시간이 지났다.

비행무기연구소에서 무슨 사고가 더 났다고 했지만, 조사
원들에게는 일상이 이어졌다.

자동차 수리를 마치고, 부서진 핸드폰을 새로 사고, 조사
반 사무실의 공사가 끝나갈 때.

다시 사무실로 출근하기 전, 반장과 유지유와 최재민은 집
들이 겸 이연우의 셸터로 놀러 왔다.

"여기 맞아요? 아무리 봐도 사람 사는 곳 아닌 거 같은데."

주변에 편의점은커녕 사람 사는 집조차 없는 부지. 철조망
문에 붙은 관계자 외 출입 금지 표지판 앞에서 그들은 헛웃음
을 흘렸다.

반장은 술을 한 아름 담은 봉투를 끌어 올리며 턱을 쓰다
듬었다.

"염병. 담배 하나 사려면 어디까지 나가야 하는 거야."

"먹을 거를 왜 사 오라고 했는지 알겠네요. 배달도 안 오겠는데요."

애매한 표정을 지은 유지유가 피자와 햄버거 봉투를 흔들다가 문 옆의 벨을 꾹 눌렀다.

삐!

벨이 울리며, 울타리 위의 카메라가 움직여 방문자를 봤다. 곧 문이 철컥 열렸다. 작은 스피커에서 이연우의 목소리가 들렸다.

– 안에 집 있으니까, 그쪽으로 오시면 됩니다. 지금 올라갈게요.

"올라온다고요?"

"셸터에서 올라오나 보지."

그들은 두런두런 이야기를 나누면서 철조망 문을 넘어갔다.

차가운 바람에 몸을 떨면서 잡초가 무성한 부지를 걷기를 잠시, 그들은 외딴 폐가를 보았다. 사람이 사는 집이라기에는 뭔가 좀 그런 집.

최재민은 호기심 가득한 눈을 빛내며 집을 요모조모 뜯어보다가, 방폭 셔터가 내려간 창문을 보고는 이상한 표정을 지었다.

"이거 격리된 거 아니에요?"

"맞는 거 같은데…"

반장도 떨떠름하게 주변을 둘러보았다.

일반인에게서 격리된 집. 아무래도 이상하게 사건 사고에 잘 엮이는 이연우를 도심에서 떨어뜨려놓은 듯한데.

문득 셸터를 자랑하던 이연우의 얼굴을 떠올리고 다른 말을 꿀꺽 삼켰다.

'자기가 만족하면 됐지. 방폭 셔터도 자기가 내려놓은 걸 텐데.'

그때, 문이 살짝 흔들리더니 무거운 소리를 내며 열렸다. 이연우가 부스스한 머리를 긁적이며 안쪽으로 손을 뻗었다.

"들어오세요."

문 너머는 진짜 폐가였다. 가구도 없고, 먼지가 잔뜩 쌓여 있고, 공기는 탁했다.

"어. 연우야, 집 좋… 좋다."

"청소 안 해요?"

반장이 말을 더듬고 유지유가 질색을 해도, 이연우는 태연하게 그들을 해치 뚜껑 앞으로 안내했다.

"여기 아래가 셸터라. 위는 딱히 관리 안 했습니다."

"여기 아래에서 산다고요?"

사다리가 깊게 내려간 수직 통로. 척 봐도 오르내리는 데 상당한 체력이 필요해 보였다.

이연우는 머쓱하게 웃었다.

"귀찮긴 한데, 운동도 되고 생각보다 살 만합니다."

"아니… 이러면 출퇴근할 때마다…"

"저 먼저 내려갈게요!"

최재민이 흥분해서 탕탕 사다리를 빠르게 내려갔다. 이연 우는 반장과 유지유가 들고 온 먹거리를 보다가 에코백을 넓게 벌렸다.

"들고 내려가기 힘들 텐데, 여기 넣으세요."

"어, 그래. 허, 참. 회사 셸터는 처음인데. …그러고 보니까 그 가방은 뭐냐?"

"어쩌다 보니 우연히 이상 개체가 됐습니다."

그렇게 그들은 셸터의 상황실로 갔다.

"오."

탁자도 넓고 컴퓨터가 많은 상황실에서 그들은 피자, 햄버 거, 술을 내려놓으며 주변을 힐끔힐끔 보았다.

큼직한 화면 몇 개에는 이연우가 검색했던 건지, EMP 차폐, EMP 차폐 자동차와 핸드폰, 방폭 셔터 강화, 절단기 방어하는 셔터 등의 검색 결과가 있었다.

무엇보다 미래적인 기계장치로 도배된 상황실의 세련된 분위기.

"안은 괜찮네."

"여기 인터넷 돼요? 여기서 게임 돌리면, 와… 아니, 영화 만 봐도 좋을 것 같은데요?"

바깥의 음산한 부지나 허름한 폐가는 잊어버릴 정도로 훌

름했다.

　조사원답게 안전 의식이 투철한 그들이 셸터를 탐내며 맥주 캔을 딸 때였다. 이연우가 햄버거를 한 입 먹은 후, 말했다.

　"이상 개체도 몇 개 있는데, 되게 좋습니다."

　"…뭐가 있다고?"

　맥주 캔이 반장의 입으로 가다가 멈췄다. 그들은 당황한 눈으로 사방을 살피다가 천천히 긴장을 풀었다. 위험한 개체면 이연우가 이렇게 있을 리가 없었다.

　"이상 장비 같은 거냐?"

　"사과나무나 톱니바퀴 같은 거요. 셸터의 핵심이라는데, 위험하지는 않을 겁니다."

　이야기가 끊임없이 이어졌다.

　셸터를 주제로 두런두런 이야기를 나누고, 문법 경찰 로봇을 욕하고, 조사반 공사가 곧 끝나고 사무실로 출근해야 한다는 사실에 우울해하고.

　술자리가 무르익을 즈음.

　문득 반장이 품 안을 뒤지더니 서류 몇 장을 꺼냈다. 얼굴이 대추처럼 달아오른 반장은 술을 흘린 자리에 대충 서류를 놓았다.

　"맞다. 조사 업무 하나 내려왔다. 내일 우리 모두 나가야 해."

　"아, 공사 끝나고 하면 안 돼요? 이상 장비 챙겨서 나가면 좋잖아요."

유지유가 투덜거리며 맥주를 한 모금 마셨다. 반장은 술에 젖은 서류를 툭툭 쳤다.

"이거 보니까, 조사하려면 시간 좀 걸릴 거야. 조사하다 보면 공사 끝날 거고. 그때 장비 챙기면 된다."

"무슨 일입니까?"

이연우가 슬며시 서류를 내려다보니, 한적한 도로에 이상한 사람 두 명이 서 있는 사진이었다.

무슨 지렁이 머리 같은 것을 뒤집어쓴 사람.

다른 서류에도 비슷한 사진이 있었다. 웜의 머리를 따라 만든 듯한 인형 탈을 쓰고 피켓을 목에 건 사람.

'뭐라고 쓰여 있는 거지?'

카메라가 흔들렸는지 화질이 영 안 좋았다. 이연우가 피켓의 흐릿한 글씨를 노려볼 때였다.

혼자 콜라를 마시던 최재민이 갑자기 고함을 내질렀다.

"어! 저 이거 봤어요! 막 학교 앞에서 전도하다가 쫓겨났는데!"

"전도? 사이비 종교 같은 거야?"

이연우가 새삼 사진을 보았지만, 딱히 종교 같은 느낌은 없었다. 차라리 괴상한 이벤트 느낌이지. 하지만 최재민은 격렬하게 고개를 끄덕였다.

"막 위대한 뭐 믿고 영생하자, 구원은 이곳에 있다, 이러던데요."

"영생?"

"네. 저도 잘은 몰라요. 아, 길거리에서도 본 거 같기도 하고."

이연우가 취한 눈으로 사진을 자세하게 살폈다. 영생, 자연스러운 죽음이 없는 삶. 흐릿한 머리가 사고를 계속했다.

'내가 아무리 열심히 살아남아도, 결국 늙어 죽겠지. 너무 먼 이야기 같긴 한데.'

술기운에 잡생각이 멈추지 않았다. 꼭 사람은 늙어 죽어야 할까? 이 세상에서는 자연사도 회피할 수 있지 않을까?

이연우가 의미심장한 눈으로 사진을 볼 때, 반장이 툴툴 넋두리를 늘어놓았다.

"사이비 종교 맞다. 세상이 어떻게 되려고. 아무튼, 이상 개체와 연관되어 있다고 의심되는 놈들이야."

술에 젖은 서류를 힘겹게 떼어내어 넘겨보니, 수상한 점들이 서술되어 있었다.

이상하게 광신적인 사람들, 생활이 송두리째 바뀐 사람들, 가입한 뒤 연락이 끊긴 사람, 연락 끊긴 사람을 찾아서 들어갔다가 돌변한 사람. 그 생생한 기록들.

평범한 사이비 종교 같았지만, 아무리 생각해도 저런 인형 탈과 어울리지는 않았다.

"우리는 전도하는 사람 찾아서 접촉할 거야. 내부에 침투해서 적당히 이상의 흔적을 찾은 뒤, 빠져나오면 된다."

"저희가 다 투입될 일인가요?"

"어. 애네도 사람 가려서 데려간다는데, 누굴 데려갈지는 모를 일이잖아."

그때 이연우가 손을 들어 올렸다.

영생은 영생이고, 위험은 위험이었다.

"진짜 이상 개체면 정신 조작일 텐데, 그건 어떻게 합니까?"

"기억 소거제 마시면 치료되겠지. 아니면 회사에 의료 지원 요청하면 되고."

이연우는 순순히 고개를 끄덕였다. 단순한 정신 지배면 회사에 치료할 방법이 많았다. 정신력이나 주사위로 저항할 수도 있었고. 거기에 영생이란 단어가 흥미를 끌었다.

그렇게 그들은 마지막 잔을 마시고, 아무 침실에나 들어가 잠이 들었다.

빗물을 마신 뒤 잠이 줄어들었다. 하루하루 복용한 빗물이 많아질수록 수면 시간은 점점 줄어들어, 이제는 네 시간만 자면 저절로 잠에서 깼다.

이연우는 이른 새벽에 일어나, 세면대로 가서 거울 속의 자신을 보았다. 엉겨 붙고 헝클어진 머리와 듬성듬성 올라온 수염. 개운하게 씻고 싶은 몰골이었지만, 이연우는 그대로 두었다.

공시생 이연우로 돌아갈 시간이었다.

'사이비 종교에서 접근할 만한 사람, 공시생이지. 양치만 하자.'

저런 집단에 진짜 영생의 힘이 있을 리는 없었지만. 어쨌든, 일이었다.

'위험한 낌새가 느껴지면 도망치면 돼.'

이연우는 양치를 마치고, 거울을 보며 자세를 조정했다. 고개를 숙이고, 어깨를 웅크리고 구부정하게 허리를 굽혔다.

그러다 보니, 다들 일어나 떠날 시간이 되었다. 찌뿌둥한 표정을 지은 그들은 투덜대며 사다리를 타고 오른 후, 반장의 차를 타고 도심으로 이동했다.

"자, 각자 알아서 접근해라. 특별한 거 있으면 회사 메신저로 보고하고."

"예."

반장이 거리 중간중간에 한 명씩 내려줬다. 이연우는 제일 먼저 내려, 슬리퍼를 질질 끌며 인파 속을 걸었다.

출근 시간의 도심. 각양각색의 사람들이 서둘러 이동하느라 붐비는 거리.

고개를 숙여 땅을 보면서도 시야를 넓게 두기를 잠시.

'찾았다.'

게임에서나 볼 법한 몬스터 웜 머리 탈을 쓴 사람 둘이 피켓을 흔들며 주변 사람에게 손짓하고 있었다.

벌레

이연우는 자연스럽게 몸을 틀어 동선을 그들 앞으로 바꿨다. 터덜터덜 걸으며 그들을 지나치는 순간, 소매를 잡혔다.

강하게 끌어당기는 힘에 이연우의 상체만 돌아갔다.

"저기요, 혹시 위대한 옛것에 관심 있으신가요? 이분만 믿으면 영생하고, 모든 근심 걱정이 사라진답니다."

"···뭐요?"

이연우가 곱지 않은 말을 뱉자, 벌레 탈을 쓴 사람이 상냥한 목소리를 내며 머리를 이리저리 흔들었다.

"얼굴에 걱정이 가득하세요. 저희는 진짜 당신을 돕고 싶거든요. 정말 잠깐만 저희를 따라오시면 모든 문제가 해결된답니다."

"그거 돈 내야 하는 거 아닙니까?"

이연우가 망설이는 기색을 내보이자 인형 탈이 고개를 팽이처럼 흔들었다.

"저희는 정말 수금 같은 거 안 해요. 위대한 분께 사람의 돈이 무슨 의미가 있겠어요. 돈 요구하는 건 다 사람들 욕심입니다."

"그게 진짜면···"

생각보다 그럴듯한 소리에 설득된 척, 이연우가 몸을 완전히 돌려 그들을 마주 보았다.

인형 탈 듀오는 친절하게 머리를 숙이고 어딘가로 이연우를 이끌었다. 이연우가 본 정보에 따르면 그들의 본단 건물로 향하는 길이었다.

가는 길에 잡담이 이어졌다.

"혹시 무슨 일 하시나요? 일에 따라 의식이 달라지거든요."

"공시생입니다. 공무원 시험만 네 번을 봤는데, 다 떨어졌어요."

"저런, 많이 힘드셨겠어요. 그런데…"

인형 탈은 의심이라고는 조금도 하지 않고, 질문을 계속 이어갔다.

"공시생 생활만 5년째면 집안 사정이 좋으신가 봐요. 다 뒷바라지해주신 거잖아요."

"아뇨… 빚까지 져가면서 지원해주셨는데… 아, 올해는 반드시 붙어야 하는데. 위대한 분이라는 게 정말로 도움이 될까요?"

거짓말을 섞어 절실하게 말하자, 인형 탈 듀오의 걸음이 멈췄다. 그들은 잠깐 시선을 교환하는 듯하더니, 어색하게 바쁜 척을 하기 시작했다.

부산스럽게 주머니를 뒤지고, 손을 들어 이마를 탁 치고.

"아차! 저희가 깜빡한 일이 있네요! 죄송하지만 저희는 이만 가보겠습니다! 이번에는 합격하길 빌게요!"

"예? 저기요! 잠깐만요!"

이연우가 서둘러 손을 뻗었지만 늦었다. 그들은 그 무거운 인형 탈을 쓰고도 후다닥 골목 너머로 사라졌다.

홀로 남은 이연우는 황당한 표정을 지었다.

'뭐지? 돈이 목적인 단순한 사이비 종교인가?'

96

"이대로 돌아갈 수도 없는데."

한 번 실패했다고 포기하기에는 업무였다. 몇 번은 더 시도해야 했다.

찜찜한 표정으로 서 있던 이연우는 몸을 돌려 골목을 빠져나왔다. 인파가 북적거리는 도심에는 전도하는 인형 탈이 더 있을 테니까.

터벅터벅.

걷고, 걷고 또 걸었다.

버스 정류장이며 지하철역을 몇 개나 지나 지역 이름이 바뀌고, 해가 중천에 떠 사람들이 점심을 먹으러 몰려나올 때까지.

하지만 사람만 많았지, 인형 탈 비슷한 것조차 보이지 않았다. 이연우는 슬슬 눈살을 찌푸렸다. 슬리퍼를 신은 발이 아팠다.

'다 어디 간 거야. ⋯일단 점심이나 먹자.'

근처에 있는 햄버거집으로 들어가려던 순간, 이연우의 발이 멈췄다. 시선이 저 멀리 길 끝을 향했다.

길 끝에는 또 다른 인형 탈을 쓰고 피켓을 흔들며 사람들에게 크게 외치는 전도자가 둘 있었다.

"위대한 분 믿고 영생하세요!"

"근심 걱정이 사라진답니다!"

찾았다. 이연우는 한차례 몸가짐을 정돈했다. 머리를 헝클어뜨리고, 입꼬리를 축 내리고, 고개를 숙이고, 자신감 없이 무기력하게 발을 뻗었다.

하지만 곧 걸음이 멈췄다. 이연우보다 먼저 그들에게 붙들린 사람이 나타났다.

유지유.

한참을 걸었는지 피곤한 얼굴의 유지유는 인형 탈 듀오와 뭐라 대화를 나누더니, 그들에게 소매를 잡힌 채로 끌려가 골목길로 사라졌다.

"⋯"

이연우는 곰곰이 생각하다가 아예 몸을 돌려 햄버거집으로 돌아갔다.

"지유 선배면 저놈들도 도망치지는 않겠지."

한 명이 성공했으면 굳이 열심히 할 필요 없었다. 이연우는 남은 시간을 설렁설렁 보내고, 그날 저녁 근처 카페에서 조사원들과 모였다.

한적한 카페.

조사원들은 한 테이블에 모여 이야기를 나누었다. 반장이 먼저 아이스아메리카노를 벌컥벌컥 들이켠 후, 투덜거렸다.

"염병. 나는 실패했다. 나랑은 아예 대화도 안 해."

"저도요. 학생이 이 시간에 왜 길에 있냐고, 학교 가라고 잔소리만 들었어요."

최재민도 불퉁한 표정을 지으며 샌드위치를 입에 집어넣다가 이연우를 보았다.

"형은요?"

"거의 다 됐는데, 도망가던데."

"도망을 갔다고?"

이연우는 가만히 고개를 끄덕였다.

"가정 형편 물어보길래 돈 없다고 하니까요. 그냥 돈이 목적인 사이비 종교 같긴 한데, 지유 선배는 어땠습니까? 같이 가는 거 봤는데요."

"저는 본단 건물에 들어갔어요."

확실한 성과.

세 명이 유지유를 보며 가만히 말을 기다렸고, 유지유는 손을 주무르며 입술을 삐죽 내밀었다.

"직장 잘리고 고민이라고 하니까 알바나 하라면서 데려갔는데, 하루 종일 인형 탈만 만들다가 나왔어요."

유지유는 가방에서 인형 탈 하나를 꺼냈다. 어설프게 만들어진 동그란 인형 탈은 잔뜩 구겨져 있었고, 얼기설기 봉합되어 지저분해 보였다.

최재민이 인형 탈을 가져가 머리에 썼다. 그러고는 먹먹한 목소리로 말했다.

"누나, 돈은 받았어?"

"10만 원 받았어."

"엄청 못 만들었는데 그렇게나 줬다고?"

이야기가 이상한 곳으로 흐르자, 반장이 탕탕 테이블을 두드렸다.

"뭐 이상한 점은 없었고?"

"수상한 점이 몇 가지 있긴 해요. 그 사람들 건물 안은 물론이고, 방 안에서도 무조건 탈을 쓰고 있어요. 그리고 금지 구역도 있고. 전자 기기도 압수하고요."

탈을 벗지 않는 사람들. 금지 구역과 핸드폰 압수. 수상하다면 수상했지만, 이상한 사이비 종교라면 당연하기도 했다.

물론, 사이비 종교라기에는 돈이나 사람이 목적 같지도 않았다.

"애매하네…"

조사원들은 생각에 잠겼다. 커피 잔을 매만지고, 샌드위치를 먹고, 에코백을 고쳐 메고.

하지만 확실한 결론은 나오지 않았다. 결국, 그럴듯한 증거가 없었다. 반장이 넌지시 유지유를 불렀다.

"지유야, 내일도 가냐?"

"네. 내일도 와서 인형 탈 만들라고 하더라고요. 돈은 챙겨 주겠다고."

"그럼 가보고, 한 일주일 정도만 다녀봐."

유지유는 알겠다며 고개를 끄덕였고, 그날 업무는 그걸로 끝났다.

그리고 며칠이 채 지나기도 전.

유지유와 연락이 끊겼다.

깊은 밤.

새로 단장한 이상 조사반 사무실에는 반장과 이연우가 모여 있었다. 새집 냄새가 풀풀 풍기는 사무실인데도 둘의 표정은 어둡게 가라앉아 있었다.

유지유가 따로 연락도 없이 사라졌다.

반장이 검지로 책상을 쉴 새 없이 두드리며 미간을 찌푸렸다.

"연락 끊긴 지 3일 지났지?"

"예. 아무래도 상부에 지원을 요청해야 할 듯합니다."

"안 돼."

단호한 목소리에 이연우가 의아하게 반장을 보았다. 반장은 피곤한 얼굴을 쓸어내렸다.

"증거가 없어. 지유가 그냥 사이비 종교에 홀린 건지, 이상 개체에 당한 건지. 이 정도로는 특전대 못 움직여."

자기 의사로 사직하고 사이비 종교에 입교했다면, 회사가 간섭할 수 없었다.

그렇기에 반장은 이 사이비 종교에 이상 개체가 있기를 바랐다. 그래야만 회사를 움직일 수 있었다.

"빌어먹을. 이상 개체여야 하는데. 그 증거를 찾아야 하는데."

이연우는 잠깐 침묵하다가 주먹을 쥐었다.

"그러면 쳐들어갑시다. 아예 뒤집어엎으면 뭐든 찾을 수 있지 않겠습니까. 하다못해 지유 선배라도 데리고 나올 수 있고요."

"…거기를? 어떻게? 개네들 민간인인지 뭔지도 정확하지 않아."

반장은 잘 생각해보라고, 우리는 회사라고 눈빛으로 전했지만, 이연우는 개의치 않았다.

"반장님이 거기 가서 격멸대대 호출 버튼 누르면 되지 않습니까. 아니면, 이제 자연스러운 형광 조끼도 있고요."

수단을 가리지 않는다면 방법은 많았다. 대충 권총 들고 난동을 피워도 됐고.

반장은 고민하는 듯 눈을 감았다. 주먹을 쥐었다가 펴고 입술을 꾹 깨물었다가, 마침내 결심한 듯 눈을 뜨고 말했다.

"격멸대대까지 부르는 건 선을 넘는 짓이야. 하지만 조끼는 쓰자."

"지금 바로 갑니까?"

"그래."

그들은 더 지체하지 않고 자리에서 일어났다. 이상 장비 보관함으로 가 자연스러운 형광 조끼를 껴입고, 총기 보관함에서 소총을 꺼내 몸에 걸고, 소형 카메라를 옷에 달았다.

군인보다는 테러리스트에 가까운 모양새.

그렇게 그들은 심야의 거리로 나왔다.

큼직한 소총을 들고 심야의 거리를 걷는데도 사람들은 그들을 자연스럽게 지나쳤다. 순찰하는 경찰조차 그들을 힐긋 보았다가 자기 갈 길을 서둘렀다.

방해받지 않고 도착한 곳은 도시 한가운데 위치한 자그마한 빌딩.

"…"

"…"

이연우와 반장은 정문 앞에서 심호흡을 했다. 적진이었다. 민간인이더라도 그 수가 많으면 예기치 못한 사고가 날 수 있었다.

까맣게 선팅된 유리문을 거울 삼아 무장을 점검하기를 잠시.

반장이 굳은 목소리로 말했다.

"가자."

뒤로 바짝 당긴 소총. 개머리판으로 유리문을 냅다 내려쳤
다. 와장창, 유리문이 박살 나며, 유리 파편이 폭포처럼 쏟아져
내렸다.

두 조사원은 성큼 유리 파편을 짓밟고 진입하려다가 멈춰
섰다. 정문 너머에 뭔가 있었다.

조명 아래, 좁은 복도.

웜 인형 탈을 쓴 사람이 바닥에 엎드려 꿈틀꿈틀 기어 오
고 있었다. 뼈마디가 없는 연체동물처럼 팔다리를 흐느적거리
며, 끄으윽 이상한 소리를 내며.

철컥!

두 사람이 동시에 인형 탈을 겨눴다. 반장이 긴장한 목소
리를 냈다.

"누구요?"

"경비…"

쯔억.

진득한 침으로 가득한 입을 벌리는 소리가 탈 너머로 흘러
나왔다. 인형 탈은 두 팔을 뻗어 벽과 바닥을 짚고 흐느적 일어
났다.

인형 탈이 조사원들을 똑바로 봤다. 하지만 시선보다는 다
른 감각으로 그들을 인지하는 듯한 느낌.

"문 깨지는 소리가 났는데, 당신들이야말로 누굽니까?"

"…지나가던 사람인데."

"아? 아?"

인형 탈이 머리를 빙빙 돌렸다.

두 조사원은 딱딱하게 굳은 얼굴로 인형 탈을 보며, 슬며시 손가락을 방아쇠에 올렸다. 자연스러운 형광 조끼를 입었지만, 이상한 감각.

인형 탈의 머리가 딱 멈췄다. 주르륵, 침이 흐르는 소리가 났다. 그리고 인형 탈이 혼란스러운 목소리로 말했다.

"지나간다고? 여길? 아, 이상하지 않은 일인데. 아, 뭐지?"

"…지나갑니다."

잠깐 침묵하던 반장이 그를 지나쳤고, 이연우도 반장을 쫓아 복도로 진입했다. 이연우는 문득 뒤를 돌아보았다.

깨진 유리문 앞. 인형 탈이 우두커니 서서 머리만 돌려 그들을 주시하고 있었다.

'뭔가 불길해.'

심상치가 않았다. 이연우는 작게 속삭였다.

"아무래도 뭔가 이상합니다."

"이상 개체의 흔적만 찾고 돌아가자. 우리 둘만으로는 힘들 거 같다."

빠르게 대답하다 보니 중앙 홀에 도착했다.

엘리베이터는 없었고 좌우로는 복도가, 정면에는 위와 아래로 가는 계단이 있었다. 네 갈래 길 앞에서 반장이 이연우를 찾았다.

"어디가 위험할 거 같냐?"

이상 개체가 있다면 위험한 곳에 있을 것이었다. 그 증거를 얻기 위해 던진 질문이었지만, 이연우는 침착하게 계단을 둘러보다가 갑자기 계단 위를 보았다.

"아래가 위험한 느낌인데…"

희미한 소리가 밀물이 되어 내려왔다.

"누가 내려옵니다."

"뭐?"

우르르, 수많은 발걸음 소리가 천천히 커졌다. 한두 명이 아니었다. 계단 난간이 흔들리고, 메아리치는 발소리가 공간을 가득 메웠다.

반장과 이연우는 당황해서 숨을 곳을 찾다가, 자연스러운 형광 조끼를 입었음을 깨닫고 가만히 홀 가운데에 섰다.

그렇게 그들은 보았다.

잡담 한 번을 나누지 않고 조용히 계단을 내려오는 수많은 인형 탈. 그들은 이연우와 반장은 본 척도 안 하고 지하로 내려갔다.

"…"

"…"

발소리가 깊은 곳으로 내려가다가 점점 잦아들었다.

반장과 이연우는 침중하게 가라앉은 표정을 지었다. 그들은 인형 탈 사이에서 익숙한 탈 하나를 보았다.

"그거 지유가 만든 인형 탈이었지?"

"예. 저번에 보여줬던 그거였습니다."

엉성하고 조잡한 인형 탈을 쓴 익숙한 옷차림과 체구의 여자가 있었다.

반장은 위험한 지하로 내려가는 계단을 보다가 성큼 계단에 발을 디뎠다. 반장이 뒤도 돌아보지 않고 말했다.

"너는 돌아가. 만약 나도 연락 끊기면 상부에 보고해. 나까지 당하면 확실히 이상 개체야."

97

반장이 계단 아래로 내려갔다. 총기를 앞으로 내밀고 망설임 없이 성큼성큼. 유달리 큰 발소리가 계단 아래로 가라앉아 사라졌다. 마치 괴물의 아가리에 잡아먹힌 듯.

이연우는 음침한 계단 앞에 우두커니 섰다. 얼굴에는 망설이는 기색이 선명했다.

'돌아가는 게 안전해. 안전한데…'

계단 아래는 위험했다. 스멀스멀 일렁이는 그림자가, 습하고 탁한 공기가, 기이한 분위기가 가시가 되어 정신을 쿡쿡 찔렀다.

숨이 턱 막히는 그런 곳으로 두 사람이 갔다.

'반장님, 지유 선배.'

못이 박힌 것처럼 발이 좀처럼 움직이지 않았다. 이연우는 한동안 석상이 되어 계단 앞을 지키고 서 있다가, 입술을 꽉 깨물었다.

"계단 아래는 못 가."

어렵게 떼어낸 발이 뒷걸음질을 쳤고, 몸이 돌아가 출구를 바라봤다. 이어, 몸이 조금 더 돌아 벽에 붙은 화재 비상벨로 향했다.

붉은색으로 칠해진 동그란 자명종처럼 생긴 비상벨.

'하지만 바깥에서 도울 수는 있지.'

이연우는 냉큼 손을 뻗어 비상벨을 눌렀다.

띠디디딩!

비상벨이 미친 듯이 울었고, 건물 내부의 스피커에서 사이렌이 길게 울었다. 거기에 더해지는 안내 방송.

- 지금 화재가 발생하였으니, 비상구를 통하여 신속히 대피하시기 바랍니다.

미리 녹음된 방송이 반복되었다. 하지만 혼란이 부족했다.

이연우는 묵묵히 에코백에 손을 넣어 가스 토치를 꺼냈고, 근처에 놓인 화분 따위를 끌고 와 그 위로 올라갔다.

콰아아.

불을 뿜는 토치가 스프링클러를 지졌다. 태우고, 녹이고. 그 고온을 감지한 스프링클러가 쏴아아 물을 뿜어냈다.

비가 내리는 복도. 축축하게 젖은 이연우는 희미한 미소를 지었다.

'난장판이 커질수록 아래도 안전해질 거야. 여기에 사고

몇 개만 더 일으키면…'

흐뭇하게 이어지던 생각이 멈췄다. 이연우의 표정이 딱딱하게 굳었다.

벌컥. 쾅.

좌우로 길게 뻗은 복도의 문들이 일제히 열렸다. 문고리를 잡았던 손들이 떨어지자, 그 손들을 따라 이연우의 시선은 문고리 아래의 바닥을 보았다. 머리가 바닥에서 기어 나왔다.

"끄으으, 비… 비! 불!"

꿈틀꿈틀, 인형 탈을 쓴 사람들이 콘크리트 도로 위로 올라온 지렁이처럼 젖은 바닥을 기었다. 머리를 뒤로 꺾어 물줄기를 환영하며, 온몸을 물기 가득한 바닥에 비벼대며.

방에서 기어 나오는 인간 지렁이들이 많았다. 좁은 복도가 순식간에 인형 탈들로 가득 찼다.

마치 사람을 엮어 하나의 거대한 지렁이로 만든 모양새. 몸통이 뒤엉키고 팔과 다리가 얽혀 있었다. 툭툭 튀어나온 머리들이 흔들렸다. 인형 탈 너머에서 목소리가 터져 나왔다.

"아래로! 아래로! 땅 아래로!"

"위대한 분이 계신 아래로! 축축하고 어두운 아래로! 불길이 닿지 못하는 아래로!"

불길한 합창을 외치며, 계단 아래로 기어 내려가는 인간들.

그 경로에 이연우가 있었다.

'미친 건가? 불이 났으면 바깥으로 대피해야지, 왜 지하로

내려가! 아니, 광신도구나!'

실수를 깨달은 이연우는 다급하게 뒷걸음질을 치다가 물컹한 무언가를 밟았다.

"윽!"

인형 탈이었다. 뒤에도 인형 탈이 있었다. 어디서 나왔는지, 출구로 향하는 길목에서도 인형 탈들이 파도가 되어 몰려오고 있었다.

그때 이연우에게 밟혔던 인형 탈이 꽈악 이연우의 발목을 잡아당겼다.

"아래로!"

"꺼져!"

사다리를 타며 단련된 힘으로 그 손아귀를 뿌리쳤지만, 숫자가 지나치게 많았다. 끝도 없이 밀려오는 사람들이 바닥을 가득 메우며 손을 뻗어 밀고, 몸으로 밀고, 뒤이어 밀려오는 사람이 치고 지나가고.

"윽!"

휘청거리며 버티던 이연우가 끝내 뒤로 넘어졌다. 바닥에 뒤엉킨 인형 탈 위로 쓰러지기 무섭게, 인파에 휩쓸려 몸이 떠내려갔다.

"아래로! 아래로 가자!"

"안 돼!"

이연우가 올려다보는 천장이 흐르고 있었다. 홀의 천장이 계단의 높은 천장으로 변했고, 이연우는 흐르는 물처럼 점점 아래로 내려갔다.

'빌어먹을! 아래는 위험한 느낌인데!'

이대로 흘러갈 수는 없었다. 이연우는 이를 꽉 깨물고 발 버둥을 쳤다. 어떻게든 빠져나와 중심을 잡고 일어서야 했다.

"비켜!"

뒤엉킨 팔을 꺼내고 바닥을 디뎌 똑바로 일어서려고 팔다 리를 버둥거렸지만, 이연우의 표정은 점점 어두워졌다. 도리어 더 심각하게 얽혔다.

꿈틀거리는 살점, 축축하게 젖은 옷자락. 꽉 짓눌리는 압박 감과 비틀려 어긋나려는 관절. 잘못 움직이면 크게 다칠 느낌.

이연우가 힘을 빼고는 빠르게 생각했다.

'주사위. 뭘 굴려야 하지? 뭐가 성공하지?'

이런 상황에서 굴려야 할 판정. 중력? 심장마비? 정신 정 화? 정지? 이연우가 침을 꿀꺽 삼켰다. 감각을 곤두세워 성공 할 만한 무언가를 감지할 여유가 없었다.

"주사위, 전부 굴…"

이연우의 말이 멈췄다. 선명하게 느껴지던 주사위의 존재 감도 흐려졌다. 세상이 적막했다.

이연우는 인파에 휩쓸려, 어찌 대응할 새도 없이 지하실에 도착했다.

어두컴컴한 지하실.

촛불 몇 개만이 조명의 전부인지, 노란빛이 일렁이며 그림자가 물러났다가 몰려오고 축축한 흙냄새가 가득했다.

이연우는 흐릿한 천장만 보며 몸을 떨었다. 무언가가 느껴졌다. 이딴 건물 지하에 있을 수 없는 거대한 존재감.

'이건, 이건…'

꿈틀꿈틀, 인형 탈들은 언제 소리 질렀냐는 듯 입을 다물고 사방으로 흩어졌다. 그 가운데에 있던 이연우는 자연스럽게 풀려나 지하실 바닥에 덩그러니 누웠지만, 손가락 하나 까딱이지 못했다.

마치 조금이라도 움직이면 죽을 것처럼. 침조차 삼키지 못하고 눈조차 깜빡이지 못했다.

'이런 게, 이딴 작은 사이비 종교에 있다고? 진짜 위대한 무언가가 있다고?'

닭살이 돋고 심장이 쿵쿵 뛰었다.

이연우는 감당할 수 없는 현실에서 도피하듯 그 엄청난 존재감을 불신했지만, 정신에 드리워지는 존재감을 부정할 수는 없었다.

거대하고 위대한 존재가 바로 여기 있었다.

그때 목소리가 들려왔다. 낮고 탁한 목소리.

"한밤중에 화재라니. 모두 대피하셨습니까?"

"예."

벌레

"그러면 박 장로가 위로 올라가 소방서에 신고하고 대응하세요. 우리는 여기서 조용히 대기합시다. 굴도 파면 안 됩니다."

척척, 누군가가 다가오는 소리가 가까워졌다. 이연우는 뱀 앞의 쥐처럼 굳어 가만히 있었고, 가까워진 누군가는 이연우를 스쳐 지나가 계단 너머로 사라졌다.

이연우는 눈을 꼭 감고, 주먹을 꽉 쥐었다.

'어떻게 해야 하지? 뭘 해야 하지?'

미래 이연우와 비교해도 부족하지 않은, 오히려 더 위험한 존재감. 그 어떤 때보다 선명한 죽음의 기척.

이연우는 하얗게 질려가는 머리를 필사적으로 굴렸고, 문득 눈을 떴다. 흔들리던 동공이 멈췄다.

'이대로 가만히 있으면 당할 수밖에 없어. 어쨌든 움직여야 해. 일단 뭔지 파악을 해야 주사위를 굴려.'

이연우는 심호흡을 반복한 후, 조용히 몸을 일으켰다. 계단 입구를 바라보며 일어섰지만, 감히 도망칠 수 없었다.

등 뒤에, 지하실 안쪽에 거대하고 위대한 무언가가 있었다. 이곳은 그것의 영역. 허튼짓을 함부로 했다가 어떤 대가를 치를지 몰랐다.

이연우는 손끝을 떨며, 억지로 몸을 돌려 지하실 안쪽을 보았다.

'제단? 벌레?'

그곳에는 제단이 있었다. 양쪽에 초가 놓였고, 가운데는 곤충을 사육하는 유리 상자 같은 것이… 아니, 아니었다.

문득 이연우의 동공이 잔뜩 확장되며 정신이 거대한 충격을 받았다. 정신을 통해, 망막을 통해 위대한 존재를 영접했다.

그것은 위대한 지렁이였다.

우리는 지렁이가 되어야 했다.

주사위가 굴렀다.

데구르르.

쫭!

이연우는 주사위에 신경 한 번을 쓰지 않고, 오직 위대한 지렁이만을 보았다. 온 정신이 위대한 지렁이에게 향했고, 그것의 위엄과 강대함을 오롯이 느끼기 바빴다.

그때 누군가 이연우를 툭 쳤다.

"연우 씨도 왔어요? 이렇게 안 찾아와도 되는데."

"지유 선배?"

이연우가 정신을 차렸다.

엉성한 인형 탈을 쓴 유지유가 어느새 다가와 이연우의 어깨를 치고 있었다. 그녀는 위대한 지렁이를 보며 몽롱한 목소리를 내었다.

"그래도 잘 왔어요. 어때요, 지렁이님 보니까?"

"저도 지렁이가 되어야겠습니다. 저것의 하수인이 되면 죽을 걱정 없이 영생을 누릴 수 있지 않습니까."

이연우는 진심으로 그렇게 생각했다. 그동안 필사적으로 살아남으면서 알게 모르게 스트레스가 쌓였다.

그 모든 스트레스와 걱정을 해소할 방법이 눈앞에 있었다. 위대한 지렁이! 회사조차 감당할 수 없는 우주적인 이상 개체!

유지유는 인형 탈을 기울였다.

"저랑은 생각이 다르네요."

"지유 선배는…"

이연우가 조심스럽게 묻자, 유지유가 털썩 주저앉아 위대한 지렁이를 향해 인형 탈을 고정했다.

"사실 저는 그냥 되는대로 살았거든요. 꿈도 없고. 회사도 방구석에만 있지 말라고 엄마가 집어넣었고."

흐릿한 목소리가 이어졌다.

"하지만 지렁이님을 보고 처음으로 꿈이 생겼어요. 나는 지렁이가 될 거예요. 물론 이것도 쉽지 않은데, 꿈이잖아요. 얼마든지 노력할 수 있죠."

"쉽지 않다는 게 무슨 말인지…"

유지유가 손가락을 들어 지하실 외곽을 가리켰다. 이연우가 보니, 그곳에는 억지로 무너뜨린 벽과 사람이 손으로 파낸 토굴이 있었다.

어두운 토굴 안에서는 은은하게 비명과 신음이 흘러나왔다.

"저기가 지렁이가 된 분들이 머무는 곳인데, 그 정도 수준까지 가기 힘들어요."

"어째서입니까?"

"돈을 바쳐야 교주가 인정해주기도 하고, 의식도 힘들어요."

유지유가 인형 탈의 눈과 입을, 두 팔과 두 다리를 순서대로 가리켰다.

"지렁이가 되려면 눈을 망가뜨리고, 이빨과 혀를 뽑고, 사지를 잘라야 하거든요. 이 과정을 버티기 힘들어요."

위대한 존재의 곁으로 가는 게 어디 쉽겠냐며, 유지유가 열정을 불태우며 말했지만, 이연우는 이상한 표정을 하고 입을 다물었다.

뭔가 위화감이 들었다. 위화감은 주변을 돌아볼수록 심해졌다.

엉켜 내려오면서 옷가지와 인형 탈이 벗겨진 사람들. 흐릿한 조명 때문에 눈살을 잔뜩 찌푸리고 보니, 다들 상처가 나 있었다.

촛농이 떨어진 눈, 스스로 뽑아낸 눈과 이빨, 텅 비어서 늘어진 옷소매.

'…저렇게까지 해야 한다고? 이게 맞나?'

찝찝한 마음에 계속 사람들을 살피던 이연우는 반장을 발견했다. 멀쩡한 콘크리트 벽 앞에 엎어져 있는 반장.

"반장님은 어떻게 된 겁니까?"

"반장님이요? 지렁이님 보자마자 벽으로 달려가 머리 박

벌레

고 기절했어요. 감격하셨나 봐요."

"..."

이연우의 눈에 의심이 차올랐다.

98

반장은 언뜻 보면 잘 자는 사람처럼 코까지 골며 뒤척이고 있었다. 어쨌든 살아 있으면 됐다.

이연우는 유지유에게 말했다.

"반장님은 사람으로, 회사원으로 사시는 분 아닙니까. 아무래도 지렁이가 되기 싫었던 듯합니다."

"아쉽네요. 반장님도 같이 지렁이가 되면 좋을 텐데."

대화가 끊겼다. 유지유는 위대한 지렁이를 열광적인 눈으로 보았고, 이연우는 찝찝한 의심을 풀기 위해 지하실을 둘러보았다.

아무래도 뭔가 이상했으니까.

위대한 지렁이가 제단 위에 장엄한 형상을 드리우자, 인간들은 벽에 붙어 꿈틀거렸고, 교주는 제단 앞에 무릎을 꿇고 앉아 두 손을 모으고 기도했다.

이연우는 교주를 유심히 살펴보았다. 기도를 외는 흐릿한 목소리.

"화재가 땅 아래에 닿지 않게 해주시고…"

얼굴은 탈에 가려 보이지 않았지만, 발음을 보아하니 혀와 이빨이 잘 붙어 있는 듯했고 팔과 다리도 멀쩡하게 달려 있었다.

"교주는 지렁이가 아닙니까?"

"네. 그분은 더 많은 인간을 지렁이로 만들라는 사명을 받았다고 하더라고요. 사명을 완수하는 날, 약속받은 자리로 가 큰 지렁이가 된대요."

유지유는 자기 무릎을 끌어안으며 부럽다는 듯 교주를 올려다봤다.

여전히 서 있던 이연우는 냉정한 눈으로 교주를 내려다보다가 눈을 감았다.

'사명? 약속? 그런 게 있다고?'

눈을 감으면 정신으로 선명하게 느껴지는 위대한 지렁이의 존재감.

그 존재감은 거대하고 위대하고 초월적이었지만, 인간과 소통할 만한 지성은 느껴지지 않았다. 마치 인간이 개미와 소통하지 못하듯 말이다.

'지유 선배는 돈을 바쳐야 교주가 의식을 승인해준다고 했어.'

하지만 위대한 존재에게 무슨 돈이 필요하다는 말인가. 기껏해야 우주의 무한한 별 중 하나인 지구, 지구에서도 자그마한 땅인 한국에서 쓰는 섬유 따위.

교주가 의심스러웠다.

이연우는 눈을 뜨고 상처가 심각한 사람들을 보았다. 흙먼지로 지저분한 바닥에 누워 바르작거리는 사람들.

'의식은 진짜일까? 신체만 훼손됐지, 여전히 인간인데?'

아무리 생각해도 뭔가 이상했다.

위대한 지렁이는 진짜였지만, 그 외에는 모든 것이 이상했다.

이연우는 의식을 치르는 자신을 상상해보았다. 스스로 눈을 뽑고, 이빨을 뽑고, 사지를 자른다. 그 과정에서 죽지는 않겠지만, 그 후에는?

스스로 인간 지렁이가 되었지만, 정작 진짜 지렁이가 되지 못한다면? 죽기 쉬운 몸만 남을 뿐 아닌가.

위대한 지렁이와 미심쩍은 의식 사이에서 치열하게 고민하던 이연우의 눈에 섬광이 스쳤다. 결론을 내렸다.

'이런 고민을 할 필요가 없지.'

이연우에게는 의식의 진실성을 가리고, 더 나아가 의식을 건너뛸 방법이 있었다.

"지유 선배, 제가 한번 지렁이가 되는 법을 찾아보겠습니다."

"네? 아, 주사위 굴려보게요?"

"아무래도 교주가 미덥지 않아서요. 주사위."

위대한 존재감에 가려져 흐릿했던 주사위가 정신 한편에 나타났다. 빨리 굴려달라는 듯 빠르게.

이연우는 잠시 고민했다.

'뭘 굴리지? 지렁이 되기? 아냐, 지유 선배도 지렁이가 돼야 하니까 정보를 얻자.'

생각에 잠긴 눈이 위대한 지렁이를 보았다.

우주의 진리를 품은 위대한 지렁이. 그것의 육신은 헤아릴 수 없는 지혜로 가득 차 있으니, 조금만 접촉하여도 마법 같은 의식을 얻을 수 있을 것이었다.

이연우는 마침내 판정을 골랐고.

"정보 얻기."

주사위가 굴렀다.

데구르르.

성공!

쩍, 균열이 가는 소리가 들리더니 장엄한 허상이 흩어졌다. 안개가 걷히듯, 기이한 분위기가 드리운 제단이 진실한 실체를 드러냈다.

이연우의 눈이 크게 떠지고 입이 벌어졌다.

'저게 위대한 지렁이라고?'

낡은 유리 상자.

흙과 풀뿌리가 조금 깔린 상자 안에는 보잘것없는 지렁이가 한 마리 있었다. 위대한 존재감과 괴리되는 하찮게 꿈틀거리는 지렁이.

"어. 어…"

이연우의 입에서 당혹한 소리가 반복해 나왔다. 유지유는 의아하게 이연우를 올려다봤다.

"왜요? 실패했어요?"

"아뇨, 잠깐… 잠깐만요."

이연우가 발걸음을 떼고 교주 앞의 유리 상자로 다가갔다.

여전히 초월적인 존재감이 정신을 짓눌렀다. 정신이 아찔하게 멀어졌고, 심장이 쿵쾅쿵쾅 달음박질쳤고, 다리가 후들거렸다.

'버텨. 버틸 수 있어. 내 인생이 걸려 있는데, 확인해야지.'

끝내 그 모든 압박을 이겨낸 이연우가 가까스로 유리 상자 앞에 섰다.

이연우는 몸을 숙여, 유리 상자에 거의 코가 짓눌릴 정도로 얼굴을 들이댔다. 흔들리는 눈동자가 상자 안을 봤다.

촉촉한 흙더미 사이에서 꿈틀거리는 지렁이.

허탈한 목소리가 나왔다.

"진짜 지렁이잖아. 그냥, 그냥, 지렁이."

이제 상황이 파악됐다. 이상 개체인 지렁이가 인식 개변이든 정신 지배든, 그런 힘으로 환각을 보여준 것이었다.

우르르, 압박감이 무너지는 소리와 함께 초월적인 존재감이 산산이 흩어져 사라졌다.

이 자리에 남은 것은 초라한 지하실과 지렁이 하나뿐.

그때 뒤에서 낮고 탁한 목소리가 들렸다.

"아니죠. 위대한 지렁이님이십니다. 이 위엄이, 위대한 형상이 보이지 않으십니까."

교주였다. 어느새 일어난 교주가 텅 빈 허공을 올려다보며, 황홀감에 휩싸인 목소리로 말했다.

"러브크래프트는 진실을 보았던 게 분명합니다. 그레이트 올드 원! 우주적인 존재가 바로 이곳에…"

탕!

"악!"

총성과 비명이 지하에 메아리쳤다. 화약 냄새가 고이는 지하. 허벅지에 총을 맞은 교주가 주저앉았고, 이연우는 소총을 내렸다.

이연우는 차가운 얼굴로 교주를 내려다봤다.

"거짓말하지 말고."

"거짓말이라니! 어찌 위대한 분 앞에서 그런 짓을 하겠나!"

교주의 고함이 쩌렁쩌렁 울렸다. 신도들은 교주를 보았다. 눈이 멀쩡한 사람은 이연우를 자연스럽게 여겼고, 눈이 망가진 사람은 의문을 품었다.

"무슨 일이야?"

"누가 교주랑 대화하는데? 그럴 수 있지."

"아니, 총소리가 났는데?"

"자연스러운 일이잖아. …아닌가? 뭐지?"

술렁이는 분위기.

비록 눈이 먼 사람이나 이미 아는 사람에게는 잘 통하지 않는 형광 조끼였지만, 문제 될 일은 없었다.

하지만 이연우는 음울한 눈으로 사람들을 보았다. 지렁이의 환각에 속아 지렁이가 되겠다고 자신을 망가뜨린 사람들.

'나도 당할 뻔했지. 주사위한테 지렁이로 만들어달라고 부탁하기라도 했으면…'

상상하기도 싫은 끔찍한 일.

꾸욱, 소총의 총구가 교주의 인형 탈을 짓눌렀다. 이마를 찾아 이곳저곳을 꾹꾹 누르다가 탈의 정중앙에서 멈춘 총구.

여기서 방아쇠만 당기면 교주는 죽는다.

교주의 움직임이 딱 멈췄다. 그러고는 기도하듯 양손을 모아 깍지를 끼고, 머리를 살짝 올려 허공을 보았다.

"물론 내가 욕심은 부렸지. 사실 금품은 필요 없는데, 요구했어. 하지만 위대한 분께서는 이런 일탈은 신경 쓰지 않아."

회개하듯 무거운 목소리.

이연우가 가만히 듣다가 물었다.

"의식은? 그리고 이 위대한 지렁이는 어디서 얻었지?"

"의식은 내가 만들었어. 우리는 지렁이가 되어야 하잖아. 위대한 지렁이님…"

대화에 집중하며 살짝 기울어진 이연우의 몸과 느슨해진 팔. 빈틈이었다. 교주가 순간 총을 쳐내며 벌떡 일어섰다.

탕탕탕!

즉각적으로 당긴 방아쇠. 세 발의 총탄이 교주의 인형 탈을 뚫고 지나갔지만, 외곽일 뿐이었다. 아슬아슬하게 치명상은 피했다.

교주가 곧바로 총의 몸통을 잡고 위로 들어 올렸다. 탕탕, 총탄이 지하실 천장을 때렸고, 총을 두고 힘 싸움이 이어졌다. 총으로 교주를 겨누려는 이연우와 총을 붙들고 밀어내는 교주.

서로 밀고 밀리며 휘청거리기를 잠시.

탈에 뚫린 구멍 사이로 교주의 고함이 터져 나왔다.

"모두 모이세요! 지금 의식을 하겠습니다! 여기로! 제 목소리가 들리는 곳으로 오세요!"

"드디어!"

"지렁이가 되자!"

벽을 따라 늘어져 있던 사람들이 몸을 꿈틀거리며 바닥을 기었다. 인간으로 이루어진 동심원이 작아졌다. 광신적인 외침이 파도가 되어 몰려왔고, 촛불 조명 아래 무수한 팔과 머리가 흔들렸다.

지하실 바닥이 드르륵 진동했다. 이연우는 빠르게 판단을 마쳤다.

'도망가자.'

더 남아 있을 이유는 없었다. 빡, 교주를 걷어차 밀어낸 이연우가 유지유를 찾아 소리 높여 외쳤다.

"지유 선배! 반장님 챙겨서 올라가세요!"

"안 돼요! 나는 지렁이가 될 거예요!"

소음 속에서 들려온 목소리. 인파를 뚫고 달리던 이연우는 침을 꿀꺽 삼켰다.

"이거 가짜입니다! 진짜 방법은 제가 알아요! 제가 지렁이로 만들어드리겠습니다! 팔다리 안 잘라도 됩니다! 안전하게 지렁이가 될 수 있습니다!"

"믿을게요!"

찾았다. 유지유는 제일 바깥에서 느릿하게 기어 오고 있었는데, 바로 반장을 향해 달려가 반장의 뺨을 때렸다.

'이제 나만 잘 빠져나가면 돼.'

이연우가 천장에 대고 드르륵 총탄을 뿌렸다.

그를 둘러싼 인파가 깜짝 놀라며 멀어졌다. 순식간에 조그만 공터가 만들어졌다. 이연우가 눈을 번뜩이며 소리를 질렀다.

"비켜! 길 막지 마!"

이연우는 정신없이 인간 지렁이들을 헤치고 나갔다.

어떻게 빠져나갔는지도 기억 안 날 정도로 달리다 보니 도착한 지상.

와장창 깨진 정문 앞에서 이연우는 숨을 몰아쉬었다. 두 손으로 무릎을 짚고 있자니 땀방울이 뚝뚝 떨어졌고, 한밤중의 차가운 공기에 몸이 으슬으슬 떨렸다.

문득 이연우가 고개를 들었다.

좁은 복도에서 반장과 유지유가 비틀비틀 나오고 있었다.
반장은 이마 한가운데가 멍들었다. 반장이 이마를 문질렀다.

"아래에 괴물이, 괴물이 있었는데… 회사 불러라, 빨리. 격
리… 아니, 파괴해야 해."

"괴물이 아니고 위대한 지렁이님이라니까요."

그렇게 조사원이 모두 나온 건물.

헛소리를 반복하는 둘을 두고, 이연우가 뭐라 설명하려고
할 때였다.

이연우의 입이 꾹 다물어졌다. 두 손을 들고 고개를 숙여
바닥을 보았다. 드르륵 진동하는 지면. 언뜻 보면 길가의 나무
조차 흔들리는 것 같았다.

'지진? 아니, 이건 건물이!'

이연우가 다급하게 옆으로 달리며 두 사람의 옷소매를 잡
고 끌어냈고, 직후 건물이 무너졌다. 굉음을 내며, 흙먼지를 내
뿜으며, 폭삭.

99

꿍음을 내며 무너진 건물.

구조물이 부서지며 떨어진 파편이 쓸려 내려온 길가. 구름처럼 일어난 흙먼지는 가라앉았지만, 조사원들은 콜록콜록 기침을 했다.

손을 휘저어 먼지를 날리고, 뒷걸음질로 물러나고, 한숨을 돌리고.

이연우는 옆에 떨어진 에어컨 실외기 따위를 보고 가슴을 쓸어내렸다. 그 아래에서 기껏 빠져나왔는데, 여기서 크게 다칠 뻔했다.

'갑자기 건물이… 무너질 만했어.'

지하실을 떠올려보면, 콘크리트와 철근 벽을 무너뜨리고 마구잡이로 굴을 파냈다. 얼마나 깊게 팠는지 안쪽은 보이지도 않을 정도로.

거기에 건물 기둥도 건드린 듯하니, 언제 무너져도 이상하지 않았다.

하지만 반장과 유지유는 여전히 뒤틀린 인식 때문에 야단법석을 떨기 시작했다.

"괴물! 괴물이 몸부림쳤어! 도시가 무너질 거야! 빨리 회사, 회사를 불러!"

"와! 모두 지렁이가 되어서 땅 아래로 갔나 봐요! 연우 씨, 저도 지렁이로 만들어주세요! 빨리요!"

반장은 정신이 나간 듯 창백한 얼굴로 횡설수설했고, 유지유는 이연우를 붙잡고 폴짝폴짝 뛰었다.

조사원으로서 언제나 침착하던 평소와 달리 감정에 몸을 맡긴 모습.

이연우는 핸드폰을 꺼낸 후, 두 사람의 어깨를 꾹꾹 눌렀다.

"우선 현장부터 정리하겠습니다. 두 분은 잠깐 기다리고 계세요."

"안 돼! 괴물이…"

"빨리 지렁이가 되어야…"

"둘 다 주사위로 어떻게든 되니까, 쉬고 계십쇼."

억지로 둘을 자리에 앉힌 이연우는 곧바로 1차 대응과로 전화를 걸었다.

한밤중에 갑자기 일어난 건물 붕괴 때문에 깬 사람들이 많았다. 불이 켜진 창문들. 신고를 받고 온 소방관들이 구조 작업

을 시작하기 전에, 피해자가 늘어나기 전에 회사가 통제해야
했다.

"예, 조사원 이연우입니다. 정신 조작 이상 개체가 발견되
었고, 건물이 무너졌습니다. 빨리 수습해주십시오."

- 위치 말해주시고, 해당 이상 개체의 특성을 말해주세요.

심야에 대기하는 대응 요원이 피곤함에 절은 목소리로 물
었다.

"정신 조작은 위험 레벨 3이나 4 정도 되는 느낌이고, 영향
범위는 빌딩 한 층. 지금은 건물 아래 묻혔지만 접촉하면 위험
합니다. 위치는…"

위험 레벨 4는 도시 하나가 괴멸할 수준.

이연우가 직접 겪은 위험성은 목소리에 고스란히 담겼고,
핸드폰 너머에서 타다닥 키보드를 두들기는 소리가 났다. 대응
요원은 잠이 확 달아난 목소리로 다급히 말했다.

- 확인했습니다! 바로 관련 부서로 명령 하달했습니다!
정부 기관에 협조 요청 넣는 중입니다!

"예, 부탁드리겠습니다."

통화가 끝났다. 이연우는 근처에 주저앉아 회사 인력이 오
기를 기다렸다. 에코백에 들어간 흙먼지나 물기를 조금씩 처리
하면서.

그때 반장이 한층 침착해진 얼굴로 무너진 건물을 보았다.

"정신 조작에 당한 거냐?"

"예. 그거 그냥 지렁이였습니다."

"아닌데. 위대한 지렁이님이라니까요. 아, 나도 지렁이가 되어야 하는데. 언제 해줄 거예요?"

유지유가 길바닥에 엎드려 꿈틀거렸다.

그 꼴을 본 반장은 시퍼렇게 멍든 이마를 꾹꾹 누르며 고통을 일으켰다. 망치로 머리를 두드리는 고통. 정신에 드리운 그림자가 조금씩 밀려나며, 정신이 맑게 깨기 시작했다.

하지만 고통만으로는 부족했다. 정신이 다시 비틀렸다.

반장은 자신을 의심하고 괴물을 의심하며, 왜곡된 인식을 필사적으로 바로잡았다.

"그렇지. 그런 괴물이 이런 작은 건물 지하에 머물 리가 없지. 회사가 놓칠 리도 없고. 강력한 정신 지배일 뿐이야. 현실이 아니야."

"저도 깜빡 속았습니다. 주사위한테 지렁이 되게 해달라고 말할 뻔했습니다."

"위대한 지렁이님…"

"지유야, 자라."

반장이 유지유의 목에 초크를 걸었고, 몇 초가 지난 후 유지유는 축 늘어졌다. 바닥에 늘어진 유지유를 뒤로하고 반장이 이연우를 불렀다.

"네가 그나마 멀쩡하니까 뒤처리는 네가 해라. 회사에 말하고, 출동 나온 인간들한테 인수인계하고 그런 거."

"예. 반장님은…?"

말을 흐린 이연우는 반장의 이마를 보았다. 이마 정가운데에 큼지막하게 번진 피멍. 피부가 긁혀서 피딱지까지 맺혀 있었다.

얼마나 세게 박은 건지.

"나는 의료진 오면 검사 좀 받아야겠다. 머리가 어지러워."

그렇게 말하며 반장은 담배를 꼬나물었다. 칙칙, 반장은 담배에 불을 붙이고 연기를 깊게 들이마셨다. 후우, 뿜어낸 연기가 차가운 밤공기로 흩어졌다.

말없이 시간을 보내기를 잠시.

사람들이 도착했다.

뒷수습은 빠르게 진행됐다.

띠링띠링, 긴급 재난 문자가 왔다.

[00시 07분경 건물 붕괴 및 가스 누출 발생. 주민 여러분께서는 신속히 대피하여주십시오]

경찰차와 소방차의 경광등이 푸르고 붉게 점멸하는 도로. 오밤중에 봉변당한 사람들이 창백하고 달아오른 얼굴을 하고 멈칫멈칫 도로를 걸었다.

야근하다가 나온 사람, 근처에서 살다가 잠이 깨서 나온 사람, 밤중에도 열려 있는 술집에서 나온 취객.

그들은 건물이 무너진 현장을 보며 핸드폰을 높이 들고 대화를 나누었다.

"아이고, 어쩐다냐."

"와. 부실 공사 미쳤다. 건물이 저렇게 무너진다고? 어디 건설사냐?"

"빨리 대피하십시오! 위험합니다! 추가적인 사고 위험이 있습니다!"

한편 이연우는 폐허 근처에 앉아 에코백을 정리하고 있었는데, 문득 늘어놓은 공구 앞에 소방화가 와서 멈췄다.

소방복을 갖춰 입은 소방관이 발을 떨었다.

"구조 작업은 언제부터 시작합니까? 저 안에 깔린 사람들, 한시라도 빨리 구조해야 합니다."

"대피가 끝나면 시작할 겁니다."

"너무 늦습니다. 조금씩이라도 시작하면 안 됩니까? 가스도 검출되지 않았는데."

이연우가 보니, 가스 누출 감지기로 이미 검사를 마친 듯했다.

이연우는 고개를 저었다.

"가스보다 위험한 게 있습니다."

"아니…"

소방관이 건빵 수십 개를 입에 넣은 사람처럼 답답한 표정을 지었다. 이쪽이 지휘권을 가진다고 이야기는 들었는데, 뭐 하나 제대로 하는 게 없지 않나.

"그 위험에 대처하는 게 우리…"

소방관이 다시 입을 여는 순간.

회사의 인력이 도착했다.

푸르스름한 안광을 빛내는 중대 단위 병력이 포클레인과 공간 격리 컨테이너를 끌고 몰려왔고, 언젠가 보았던 뒷수습 전문 인력인 이 팀장이 느긋하게 걸어왔다.

이 팀장이 소방관에게 말했다.

"자, 우리 공무원 여러분. 도로 통제해주시고, 사람 출입도 막아주십쇼. 구조 작업은 이 사람들이 할 겁니다."

"통제는 할 겁니다. 그런데 합동하는 편이 더 빠르지 않겠습니까."

"어허, 전문 인력입니다. 방해되니까 가세요."

소방관과 경찰관이 찜찜한 표정을 지으며 흩어졌다. 건물에서 멀리 떨어진 거리에서 출입을 통제하기 위해.

대피가 끝나고 한적한 도로에 남은 사람은 회사원뿐.

푸른 안광을 빛내는 사람들이 포클레인을 운전하거나 곡괭이를 휘둘러 잔해를 파냈다. 메트로놈처럼 일정한 리듬.

그 소음 속에서 이 팀장이 반장을 찾아가 반갑게 손을 들었다.

"어이, 홍 반장. 얼굴이 왜 그래? 누구한테 맞았나?"

"어어이, 이 팀장. 헛소리 말고 저 친구한테 가. 오늘은 저 친구가 책임자야."

"쟤?"

이 팀장은 어리둥절한 얼굴로 이연우와 반장을 번갈아 보았다. 그러고는 다시 반장에게 말했다.

"퇴직하려고? 쟤가 다음 반장이야?"

"퇴직은 개뿔. 머리 아프다. 저리 가, 인마. 오라는 의료진은 안 오고, 어휴."

"성질머리하고는."

개를 쫓아내듯 휘이 뻗는 반장의 손. 이 팀장은 투덜거리며 이연우 앞으로 왔다.

흙먼지와 물기를 제거하겠다고 늘어놓은 공구.

이 팀장의 입꼬리가 떨렸다.

"저놈 밑에 있는 놈 아니랄까 봐 이런 것까지 배웠냐."

"챙겨두면 다 쓸 일이 있지 않겠습니까. 그보다, 처리는 저분들로 끝입니까?"

"어. 노예중대 놈들인데, 정신 지배당한 상태로 출동하는 놈들이라 어지간한 간섭은 안 통한다."

회사의 정신 지배 이상 개체를 이용해 정신이 통제된 상태로 투입되는 병력이었다.

정신 지배로 정신 지배를 막는 방법.

이연우가 문득 이 팀장을 올려다봤다.

"이 팀장님은 괜찮습니까?"

"아, 그거야 뭐. 정신 지배당하면 병가 내고 쉬는 거지."

쉬면서 돈을 버는 거라고 히죽거리는 이 팀장의 모습에 이연우는 할 말을 잃었다.

"그… 이거 위험한 개체인데요."

"이 바닥에 안 위험한 게 어디 있냐."

"그건 맞긴 합니다."

쓸데없는 잡담을 나누기를 잠시.

이 팀장은 작업에 열중인 노예중대를 힐긋 보고는 무너진 건물을 주시했다.

"깔끔하네. 대충 붕괴 사고로 퉁치면 되겠어."

적나라하게 드러나거나 현실 같지 않은 사건은 꾸며내기가 쉽지 않았지만, 이런 케이스는 도리어 꾸며낼 필요도 없었다.

문득 이연우가 물었다.

"비밀 유지 깨지지 않았습니까? 요즘도 뒷수습을 합니까?"

"그거 대충대충 하지 뭐냐. 숨길 건 적당히 숨기고, 자그마한 건 오히려 노출한다."

"노출한다는 말입니까?"

이 팀장은 고개를 끄덕였다.

"이런 거 관심 갖고 찾아다니는 사람들. 그 사람들한테 일부러 노출해서, 그 사람들 조사원처럼 쓴다지 뭐냐."

알고리즘을 조작해 회사가 만든 동영상을 추천하거나 인터넷 광고로 위장한 사이트로 연결한다고.

그리고 회사는 비밀 유지에 쓰던 장비와 인공지능으로 그런 사람을 감시한다고.

이 팀장은 침까지 튀겨가며 설명했다.

"뭐… 정보화 시대에 맞게 방침을 바꿨다는데, 난 모르겠
다. 민간인들 쓸 거면 회사가 왜 있어."

이 팀장이 불만을 내뱉는 동안, 이연우는 가만히 생각에
잠겼다.

'…그러면 조사원이 업무에 투입될 일이 줄어들지 않을
까? 좋은 거 같은데?'

그때 노예중대의 사람 하나가 그들에게 다가왔다. 푸르게
빛나는 안광, 마네킹 같은 표정, 억양 없는 목소리.

"작업 착수했습니다. 추가로 인수인계할 것이 있습니까?"

"아, 그 이상 개체에 대해 말해드리겠습니다."

이연우는 퍼뜩 정신을 차리고는 자세하게 설명을 시작했다.

"유리 상자 안에 지렁이가 있는데, 위대한 존재로 보이게
정신을 조작합니다. 조작당한 사람은 지렁이가 되어야 한다고
생각합니다."

"유리 상자면 깨졌을 가능성이 크군요. 작업이 길어지겠습
니다."

길어지는 대화.

깊은 밤, 인적이 드문 거리에 회사원들이 땀을 흘려가며
일하는 소리가 메아리쳤다. 이어 의료진이 도착하며 폐허에 활
기가 더해졌다.

조각

100

새로 단장한 이상 조사반의 사무실.

"지렁이 찾아서 격리했다는구먼."

잔해와 흙더미를 모조리 옮기고서야 찾았다는 보고서. 반장은 마우스를 딸깍거리며 모니터를 보다가, 슬쩍 유지유를 살펴보았다.

책상에 엎드려 얼굴을 숨기고 있는 유지유는 주먹으로 책상을 쾅쾅 치기도 했고, 두 다리를 마구잡이로 흔들기도 했다. 흔들리는 머리에서는 부끄러운 신음이 흘렀다.

"으… 아악!"

시간이 지나 왜곡된 정신이 돌아왔지만, 그때 부렸던 추태는 기억에 고스란히 남았다.

시시때때로 떠오르는 망언과 추태.

"으으…"

"지유 선배, 정신 지배 아닙니까. 부끄러워하지 않으셔도 됩니다."

"그냥 말을 안 해주면 안 될까요?"

이연우의 위로에 유지유가 부스스 상체를 일으켰다. 얼마나 쥐어뜯었는지 엉망이 된 머리가 흘러내렸다. 유지유는 눈을 내려 머리 끝부분을 보았다.

작게 웅얼거리는 목소리.

"저만 바보 같은 짓 했잖아요. 반장님도, 연우 씨도 어떻게 대처했는데."

"지유야, 나는 짬이 있는데 그 정도는 해야 하지 않겠냐. 그리고 연우는… 겪은 사고가 몇 개냐."

반장이 혼자 손가락을 접어가며 중얼거렸다.

마주친 적대 집단만 해도 넷에, 직접 겪은 이상 개체의 숫자와 종류만 해도 평범한 조사원이 몇 년은 일해야 가능한 정도.

"허. 연수받은 곳에서 죽어야 하는 이유도 보고, 노래도 듣고. 나무 인간도 보고. 정신 계통만 벌써 몇 개는 당했었네."

"하하."

이연우는 머쓱하게 웃고 보고서를 쓰는 척 키보드를 두들겼지만, 유지유는 진지하게 고개를 끄덕였다.

"하긴, 저보다 훨씬 많죠. 선배 소리 듣기도 민망하네요. 연우 선배라고 불러야겠어요."

"아닙니다. 회사원으로 저보다 더 오래 살아남지 않았습니까. 그러면 선배죠."

이연우가 생존한 기간으로 선후배를 따졌다. 사고를 안 만나는 것도 능력이라고.

유지유는 말문이 턱 막힌 표정으로 가만히 있다가 한숨을 내쉬었다. 저런 마인드니까 그런 상황에서도 살길을 찾은 건가 싶기도 했고.

유지유가 고개를 붕붕 저었다.

"그나마 잼민이한테 그 꼴 안 보여줘서 다행이네요. 개였으면 핸드폰으로 찍어서 맨날 놀렸을 텐데."

"아, 그거 가슴팍에 매달고 간 카메라에 다 찍혀서 증거자료로 올렸습니다. 재민이도 볼 수 있을 겁니다."

"…네?"

유지유가 뻣뻣한 목을 꺾었다. 이연우는 모니터를 유지유 쪽으로 돌렸다.

화면에는 그 당시의 영상이 있었다. 붕괴한 건물 앞, 유지유가 바닥에서 꿈틀거리거나 지렁이가 되겠다고 외치는…

"이걸 올렸어요?!"

유지유는 우당탕 일어나, 이연우의 키보드를 내리치다시피 두들겨 동영상 창을 껐다. 그러고는 흔들리는 눈으로 이연우를 봤다.

이연우는 고개를 끄덕였다.

287   조각

"가장 선명하게 찍힌 영상이라… 그 이상 개체의 특성을 잘 보여주지 않습니까."

"기, 기… 기억 소거제!"

유지유의 얼굴이 터질 듯이 달아올랐다. 갑자기 서랍을 쾅쾅 열며 자기 몫의 기억 소거제를 찾아 뒤지고, 반장과 이연우가 황급히 뜯어말리는 때.

똑똑!

정중한 노크 소리가 들렸다. 조사원들의 움직임이 멈췄다. 그들은 문을 보았고 목소리를 들었다.

"계십니까? 한국 지사에서 이쪽으로 가라고 해서 왔는데요."

남자인지 여자인지 모를 목소리. 차갑고 기계 같은 목소리.

반장은 의자에 앉아 짧게 말했다.

"어, 들어와."

끼익, 문이 열렸다.

문 너머에 있는 것은 대리석 조각상처럼 새하얀 사람이었다. 머리끝부터 발끝은 물론, 섬세한 옷자락 역시 대리석이 조각된 듯한 모습.

아니, 진짜 대리석이었다. 거리의 행위 예술가가 아니라, 움직이는 조각상. 이상 개체였다.

그것은 긴장한 조사원들을 둘러보다가 이연우한테 시선을 멈췄다.

"이연우 조사원? 한국 지사에서 당신에게 물어보라고 하던데."

"뭘 말입니까? 아니, 일단 자리에 앉으시죠."

이연우는 에코백에서 공구를 꺼내려다가, 에코백을 어깨에 메고 자리에서 일어나 그것을 응접용 테이블 앞으로 안내했다.

쪼르륵.

뜨거운 물을 따라 녹차를 우려내 그 잔을 그것의 앞에 내려놓았지만, 그것은 잔을 밀어냈다.

"먹고 마실 수 없는 몸인지라."

"이상 개체입니까? 정체가 뭡니까?"

이연우가 그것의 맞은편에 앉았다.

다른 조사원들은 자기 책상에 앉아 그것에게 신경을 집중했다. 여차하면 총을 쏘기 위해 책상 위에 올려놓은 권총.

그들의 경계심을 아는지 모르는지, 그것은 차분하게 입을 열었다.

"자유예술가협회 이사인 조각가님께서 직접 창조한 피조물이지요."

"조각가… 피그말리온?"

자기가 제작한 조각상에 생명을 부여하는 예술가.

반장이 깨달은 듯 말하자, 그것은 목을 돌려 반장을 보았다. 대리석으로 이루어진, 한 번을 깜빡이지 않는 눈동자.

조각상에서 낮게 가라앉은 목소리가 나왔다.

"제 주인님께서는 그 이름을 싫어하십니다. 조각가님은 전설을 따라 하는 분도 아니고, 피그말리온처럼 조각상 하나만 살려내지도 않았으며, 신 따위에 기대 생명을 부여하는 분도 아니십니다."

예술가의 자존심에 관련된 문제인지, 그것은 반장을 노려보았다.

반장은 가볍게 손을 휘저었다. 회사에서 붙인 이름이 싫다는데, 뭐…

"어, 그래."

"…그래서 나한테 뭘 물어보려고 왔습니까?"

이야기를 되돌리기 위해, 이연우가 테이블을 가볍게 쳤다. 그것은 고개를 돌리고는 잠깐 말을 정리했다.

"조각가님께서 지우개를 빌리고자 하십니다. 한국 지사에 문의하니, 이연우 조사원에게 권한이 있다고 당신한테 물어보라더군요. 지우개를 빌려주시겠습니까?"

"…"

이연우는 겉으로는 무표정을 유지했지만, 속으로는 온갖 생각을 떠올렸다.

'이게 왜 나한테 권한이 있어? 이거 그냥 응대하기 귀찮아서 나한테 넘긴 거 아냐?'

아무리 생각해도 귀찮은 문제를 떠넘긴 모양새였다. 이연우가 속으로 욕설을 내뱉었다. 있지도 않은 권한은 뭘.

그 침묵에 그것은 깍지 낀 손을 테이블에 올리고, 몸을 앞으로 기울였다.

"정말 빌리기만 할 뿐입니다. 지우개는 위험한 물건이지만, 예술가의 손안에서는 훌륭한 도구일 뿐입니다. 최고의 조각칼 아닙니까."

"그…"

이연우는 몸을 뒤로 빼며 부정적인 기색을 내보였다. 빌려주겠다고 말하기에는 걸리는 문제가 많았다.

이연우가 고개를 저으려는 순간, 그것은 빠르게 말을 내뱉었다.

"조각가님께서는 산맥을 조각해 거인이나 공룡을 만들 생각입니다. 물론 당신은 공감하지 못하겠죠. 그래서 보상도 준비했습니다."

순간 이연우가 혹하는 기색을 보였다. 보상만 괜찮으면 돕지 못할 이유도 없다.

"보상이라면?"

"당신에 대해 조사했습니다. 생존주의자. 당신이 죽는 날, 당신을 부활시켜드리겠다면 어떻습니까."

"자세히 말해보시죠."

허투루 들을 수 없는 말. 이연우가 의자를 바짝 당겨 그것의 눈을 똑바로 마주 봤다. 주사위의 부활 판정만 믿기에는 확실하지 않았으니까.

반장과 유지유는 황당한 시선을 보냈지만 말을 더하지는 않았고, 이연우와 그것은 이미 그들만의 대화에 푹 빠졌다.

"첫 번째 선택지는 조각가님이 당신의 시체를 조각하는 겁니다. 당신은 인간 조각상으로 되살아날 겁니다."

"다른 선택지는요?"

"마지막 선택지는 초상화입니다. 죽은 뒤, 당신을 초상화로 살려드리겠습니다."

그림 안에서만 살아야 하지만, 부활은 부활이라고 말하는 그것의 목소리가 이어졌다.

하지만 이연우는 이미 흥미를 잃었다. 그걸 부활이라고 할 수 있을까? 그렇게 살아난 자신이 자신일까? 자신을 재료 삼아 만든 이상 개체일 뿐이지.

'물론 최후의 방법으로는 나쁘지 않은데, 나태의 악마랑 다를 게 없어 보이기도 하고.'

잠시 고민하던 이연우는 의자에 몸을 늘어뜨렸다.

"솔직히 말하겠습니다. 그런 권한 저한테 없습니다. 웅대한 쪽에서 일을 던진 모양인데, 그쪽이 담당이니까 그쪽으로 가십시오."

그것은 표정 변화 없이 담담하게 말했다.

"역시 그랬습니까. 회사는 지우개를 빌려줄 생각이 없는 모양이군요."

일 처리를 보면 그 의도가 느껴졌다. 이곳저곳 돌리면서 시간을 질질 끌다가, 이런저런 이유를 변명 삼아 둘러대며 거부할 것이다.

이곳에 더 있을 이유가 없었다. 그것은 자리에서 일어났다. 마지막으로 조사원들을 훑어본 다음, 꾸벅 고개를 숙였다.

"포기해야겠군요. 잘 있으십시오."

그러고는 몸을 돌려 사무실을 나갔다. 대리석 조각상의 무거운 발걸음 소리가 멀어졌다.

반장이 불쾌한 얼굴로 권총을 툭툭 치며, 이연우에게 말했다.

"너한테 일 던진 놈들, 어디냐? 조사반이 우스운 줄 아는 모양인데."

"알아보겠습니다."

이연우 역시 기분 나쁜 표정으로 핸드폰을 두드리기 시작했고, 유지유는 멀뚱한 표정으로 조각상이 나간 문을 보았다.

"저거 인식 개변도 없는 거 같은데, 어떻게 돌아다닌대요?"

"방법이 다 있겠지."

살아 움직이는 조각상이 길을 걸었다. 길가의 사람들은 신기한 표정으로 그것을 보며 대화를 나누고, 때때로 핸드폰을 들어 사진을 찍었다.

"거리 예술 그거 아냐?"

조각

"나도 인터넷에서 봤는데, 동상인 척하는 그거. 지금 돌아가는 길인가 봐."

사람들은 그것이 진짜 조각상이라고는 조금도 생각하지 못했다. 행위 예술의 하나로 보고 색다른 경험을 즐길 뿐.

한편, 그것은 사람들의 반응은 신경 쓰지도 않았다. 다만 회사의 태도를 떠올리며, 앞으로 어찌해야 할지 고민했다.

'주인님께서는 지우개를 포기하지 않을 거야. 역작을 만들 기회를 놓치실 리가 없어.'

그렇다면 조각상이 할 일은 하나뿐이었다. 강탈. 어떻게든 손에 넣기.

'물론 주인님께 먼저 여쭤봐야…'

음험한 생각에 한창 빠졌을 때였다. 문득 조각상의 걸음이 멈췄다. 앞에서 카메라를 든 여자 하나가 흥분한 낯빛으로 성큼성큼 다가왔다.

"안녕하세요! 혹시 사진 찍어도 될까요?"

"아, 그럼요."

그것은 우뚝 멈춰서 조각상으로 돌아갔고, 찰칵 사진이 찍힌 다음, "왁" 하고 큰 소리를 내며 두 손을 번쩍 들어 여자를 놀라게 했다.

"악!"

여자는 화들짝 놀라 조각상의 팔을 붙잡았다. 그 온기 하나 없이 차갑고 단단한 대리석의 감촉.

여자의 표정이 미묘해졌다. 팔뚝을 매만지는 손길.

"와, 진짜 대리석 같은데."

"비싼 분장입니다."

그것이 짧게 말하자, 여자는 방금보다 더 놀라며 몇 걸음 물러섰다. 실수로 망가뜨리기라도 하면 감당할 수 없었다.

"사진 찍었으면 가보겠습니다."

"네, 네. 재밌었어요!"

그렇게 살아 움직이는 조각상은 사람 사이에 섞여 길을 걸었고, 자유예술가협회의 은신처인 갤러리로 돌아갔다.

　도심의 한적한 골목에는 건물 벽을 따라 벽화가 그려져 있었다. 푸른 들판 위를 뛰노는 동물. 토끼, 사슴, 고양이, 강아지 등등…

　조각상은 그림 하나하나를 살피며 천천히 걷다가, 어느 그림 앞에서 걸음을 멈췄다.

　동물 동산에 어울리지 않는 큼직한 문 그림 하나. 갈색으로 대강 칠해진 이 나무 문 그림이 바로 자유예술가협회의 은신처로 들어가는 입구였다.

　조각상은 주변을 둘러보며 인적을 확인하더니, 성큼 그림을 향해 걸어 들어갔다. 끼익, 문이 열리는 소리와 함께 한순간에 변하는 세상.

　미술관 느낌의 건물 내부.

　"오셨습니까. 협상은 잘됐나요?"

직원의 머리가 불쑥 데스크 위로 올라왔다. 뭘 만들고 있었는지 페인트가 잔뜩 묻은 직원은 조각상을 힐끗 보았다.

조각상의 어두운 기색.

"아니요. 헛걸음만 했습니다. 회사는 지우개를 빌려줄 생각이 없는 모양입니다."

"회사가 그렇죠, 뭐. 위대한 예술을 창고에 처박아두기만 하는 놈들이 뭘 알겠습니까."

퉁명스러운 직원의 목소리에 조각상이 작은 한숨을 흘렸다. 처음부터 접근 방법이 잘못됐을지도 몰랐다.

조각상은 몸을 돌려 공간예술실 2로 향했다.

"너를 위한 노래 좀 쓰겠습니다."

"예. 예술 활동이라며 멋대로 고쳐 만들지 마시고, 파괴가 예술이라며 부술 거면 당장 돌아가시고. 아무튼, 유의 사항 지켜주세요."

성의 없이 설렁설렁 말하는 직원을 뒤로하고, 조각상은 공간예술실 2로 들어갔다. 이동 용도의 공간예술실 1과 달리 통신을 위한 것들을 모아둔 전시실.

편지지나 거울이나 텅 빈 캔버스, 점토 반죽 따위를 지나친 조각상은 따스한 조명 아래 놓인 마이크를 쥐었다.

입술 앞에 댄 마이크를 향해 말하기 전, 머릿속에 떠올린 것은 그의 창조자. 조각상의 입이 열렸다.

"주인님, 협상에 실패했습니다. 이제 남은 방법은 강탈밖에 없습니다. 차후 방침을 정해주십시오."

무미건조한 목소리가 마이크로 흘러 들어갔다. 그 목소리는 감미로운 노랫소리가 되어 조각가의 귓가에서 울릴 것이었다.

조각상은 잠시 그 상태로 기다렸다.

쓱쓱, 깃펜으로 글을 쓰는 소리가 날 때까지.

편지지에 글자가 쓰이고 있었다. 조각상은 마이크를 조심스럽게 내려놓고, 편지지 앞에 서서 고개를 숙였다.

[나의 가장 사람다운 작품에게

상황이 그렇다면 어쩔 수 없지. 거대 조각상을 만들 기회를 포기할 수는 없지 않나.

지우개 관련 정보는 내가 친구들에게 부탁해 알아보겠네. 또한, 기사와 전투용 조각상과 도둑질용 조각상을 보내주지.

준비가 끝나는 대로 움직이게.

조각가가]

조각상의 시선이 마지막 글자에 닿자, 편지지의 글자들이 저절로 사라졌다.

조각상은 무표정하게 고개를 들었고, 쿵쿵 무거운 발걸음을 옮겨 공간예술실 2를 나갔다. 전투를 준비할 시간이었다.

그날은 어두운 밤이었다. 추적추적 비가 내리고 차가운 바람이 몰아치는 밤.

이연우는 셸터의 방에서 숙면을 하다가, 연신 울려대는 벨소리를 듣고 깼다.

"뭐, 뭐야…"

힘겹게 눈을 뜬 이연우가 핸드폰을 보았다. 시간은 자정을 지나 있었다. 그런데 회사에서 연락이 왔다. 심상치 않은 상황.

이연우가 얼른 전화를 받기 무섭게 다급한 목소리가 터져 나왔다.

– 이연우 조사원! 지우개를 강탈당했습니다!

"…그래서요?"

– 이연우 조사원은 그 멸망주의자도 죽이지 않았습니까! 얼른 출동해서 회수를 도와주십시오! 지우개에 대처할 만한 전력이 지금 당신밖에…

"안 해요."

이연우는 전화를 뚝 끊었다. 그러고는 이불을 목까지 끌어올리고 돌아누웠다.

'지우개를 내가 왜 상대해.'

다른 건 몰라도, 지우개는 진짜 아니었다. 그건 지나치게 위험했다. 대성공이라도 나오지 않으면, 한번 죽을 각오를 해야 했다.

'게다가 조각상 만들고 돌려준다는데…'

산맥이 생물이 되어 움직이면 위험하겠지만, 그 정도는 회사가 처리할 것이었다.

이연우의 눈이 스르르 감겼다. 그러나 핸드폰은 몸을 부르르 떨며 쉴 새 없이 울었다. 도무지 잠들 수 없게끔.

결국, 이연우는 벌떡 일어나 짜증스럽게 전화를 받았다.

"안 한다고요. 조사원 업무도 아니고, 억지로 업무를 던져 줘도 특수 조사원 권한으로 무시할 겁니다. 그리고 당신 어디 소속입니까? 이상 감사 한번 받고 싶어서 이럽니까?"

– 그러면 이거라도 알아두십시오.

"뭐요?"

짜증과 분노가 그득 담긴 목소리.

핸드폰 너머에서 침을 삼키는 소리가 났다.

– 이연우 조사원도 공격 목표입니다.

"…제가요? 왜?"

– 지우개를 든 멸망주의자를 죽이지 않았습니까. 자유예술가협회에서 당신을 가장 큰 방해 요인으로 판단했습니다.

동시에, 셸터에 붉은 등이 들어왔다. 왱왱 울리는 사이렌. 침입자를 감지했다는 뜻.

이연우가 벌떡 일어서며 상황실로 서둘러 달렸다. 흔들리는 핸드폰에 대고 소리쳤다.

"지우개가 어떻게 탈취당했는지 정보를 보내주십시오!"

– 바로 보내겠습니다. 그리고 회수 작전에 합류하는 편이…

"늦었습니다. 이미 습격자가 왔습니다. 지원 요청합니다."

쾅, 문을 열고 들어간 상황실.

이연우는 숨을 헐떡이며 CCTV 화면을 보았다. 비가 내리는 지상, 어두운 밤. 흐릿한 화면에 두 명의 인영이 있었다.

이연우는 눈을 가늘게 떴다.

"적은 두 명. 하나는 협상하러 왔던 조각상입니다. 다른 한 명은 정체를 알 수 없습니다."

조각상이 철조망을 뜯어냈고, 뻥 뚫린 구멍으로 두 명이 걸어 들어왔다. 그들은 점점 집과 가까워졌다.

생각이 빠르게 흘렀다.

'맞설 준비를… 아냐, 방해 안 한다고만 말해도 괜찮을 거 같은데?'

싸울 일은 피하는 게 나았다. 무슨 이상을 어떻게 쓸지 모르니까.

– 침입자 정보 파악하는 대로 알려주십시오!

"예, 일단 이쪽에서 대응하겠습니다."

이연우는 서둘러 전화를 끊었다. 그는 급히 마이크를 잡았다. 스피커가 달린 집 앞까지 왔을 때, 대화로 풀면 됐다.

CCTV를 돌려가며 침입자를 추적하던 이연우는 마침내 지상의 집 앞에 도착한 침입자의 목소리를 들었다. 집의 정문에 설치된 마이크를 통해 들려오는 목소리.

– 끔찍해! 어떻게 집이 이럴 수가 있지? 이건 아니야!

- 그런 건 모르겠군요. 그 조사원이 당분간 못 나오게만 막아주십시오.

- 부탁하지 않아도 할 거야! 이건 도저히 두 눈 뜨고 봐줄 수가 없어!

빗소리와 섞여 그들의 목소리가 들려왔다. 그쯤에서 이연우가 후후 마이크를 불었다.

"들리십니까?"

- …

- …

CCTV로 보이는 둘의 움직임이 멈췄다.

"그쪽 방해할 생각 없으니까, 그냥 돌아가십시오. 지우개가 누구 손에 있든 나한테 휘두르지만 않으면 됩니다."

- 확실히 당신 성격에 맞는 행동이긴 하군요. 좋습니…

- 안 돼! 이걸 본 이상, 그냥 돌아갈 수는 없어!

조각상이 당황한 몸짓으로 옆의 인간을 보았다. 깔끔한 인상의 중년 남자는 폐가에 가까운 집을 보며 길길이 날뛰었다.

- 건축도 예술이고, 인테리어도 예술이야! 이런 쓰레기로 둘 수 없어!

이연우는 머리가 아파 관자놀이를 꾹꾹 눌렀다. 보아하니 건축 계통 예술가 같은데…

예술가란 인간들은 하나같이 머리에 나사 몇 개가 빠졌다. 옛날에 마주쳤던 감독이나 지우개를 강탈하려는 조각가나.

이연우가 다시 마이크를 잡았다.

"헛짓거리하면 저도 가만히 안 있습니다. 그쪽도 굳이 저랑 싸울 필요는 없지 않습니까."

– 고마워하지 않아도 돼. 돈도 안 받지. 작은 인테리어 하나로 사는 재미를 더해줄게.

건축가가 무언가를 하려고 했다.

순간 이연우의 눈에 불똥이 튀었다.

'내 셸터에 뭔 짓을 하려고! 안 되지! 주사위!'

멀쩡하고 안전한 셸터를 망가뜨릴 수는 없었다. 위험한 이상이 더해지게 놔둘 수 없었다.

'저 인간이 하는 짓 막아!'

주사위가 굴렀다.

데굴.

한창 주사위가 구르는 순간이었다. 시간이 길게 늘어지는 듯한 감각. 이연우의 동공이 잔뜩 확장됐고, 심장이 쿵 떨어졌다. 끔찍한 불안이 정신을 옭아맸다.

'뭔가 잘못됐어!'

본능이 경종을 울려댔다. 끔찍한 사고가 벌어질 거라고.

이연우는 늘어진 시간 속에서 주사위가 느릿하게 구르는 광경을 보았고, 끝내 운명처럼 찾아온 결과를 보았다.

대실패!

건축가가 만들던 이상이 건축가의 손에서 벗어나 폭주하

조각

기 시작했다.

셸터와 지상의 집과 부지 곳곳에 문자가 쓰였다.

■■하면 죽는 집.

까맣게 칠해진 글자는 이상하게 인식을 벗어났기 때문에, 조건이 하나인 건 알아도 몇 글자인지조차 가늠되지 않았다.

이연우는 손을 벌벌 떨며 문자를 노려봤다. 지금 상황을 믿기 싫었지만, 경종을 울리는 생존 본능을 무시할 수 없었다.

'침착해. 까딱 잘못하면 죽는다.'

순식간에 차갑게 가라앉은 머리가 쌩쌩 돌아가며 생각을 이어나갔다.

'심장 뛴다고 죽지 않았고, 살아 있으면 죽는 것도 아니야. 호흡하는 것도, 생각하는 것도, 눈 깜빡이는 것도 괜찮아.'

사소한 행동 하나가 죽음과 직결되는 상황.

이연우는 조각상이 되어 미동도 하지 않았다. 쉴 새 없이 생각하고, 시야를 넓게 두며 정보를 얻을 뿐.

CCTV 화면은 계속해서 시야 안에 있었기에, 화면을 본다고 죽는 것도 아니었다. 이연우는 바깥에 있는 침입자를 보았다.

– …망했다.

– 뭡니까? 뭘 했습니까?

집 표면과 부지 곳곳에 쓰인 문자.

건축가와 조각상은 당황을 감추지 못한 목소리로 작게 대화하며 조심스럽게 움직였다.

'말하는 것도 되고, 천천히 움직이는 것도 되고.'

이연우는 차가운 눈동자로 그들을 보며 마이크를 잡으려다가 멈칫했다. 그들에게 따지고 정보를 얻으려고 했지만, 좋은 생각이 아니었다.

'마이크를 쓰면 죽을지도 몰라.'

미칠 것만 같았다. 미친 인간이 등 뒤에서 총구를 겨누고 있는데, 어떤 이유로 언제 총을 쏠지 모르는 상황이었다.

식은땀이 주르륵 손바닥에 맺혔다. 본능적인 신체 반응.

'식은땀을 흘렸다고 죽지도 않고. 사소한 조건은 아닌가? 확신할 수는 없지만.'

– 몰라. 나는 죽음의 함정 몇 개만 설치하려고 했는데, 갑자기 내 손에서 벗어났어.

– 취소 못 합니까? 덮어씌우거나.

– 못 해. 그리고 그런 짓 했다가 죽으면 어쩌려고!

그쯤에서 이연우는 문득 결론을 내렸다.

'…생각보다 별일 아닌가?'

조건이 하나인 건 확실했다. 그렇다면 조금은 안심할 수 있었다.

'주사위를 굴리거나 이상 개체를 사용하는 게 조건이라면…'

다른 무슨 행동을 해도 상관없었다.

'주사위와 이상 개체가 조건이 아니라면…'

아무렇게나 행동하다가, 미리 준비해둔 주사위로 방어하면 됐다.

'주사위. 내가 조건을 어겨서 죽을 일이 생기면, 저항 굴려줘.'

물론 주사위만 믿을 수는 없었다. 실패라도 뜨면, 지금처럼 대실패라도 뜨면…

일단은 자기 힘으로 조건을 찾아보려고 이연우는 조심스럽게 마이크 앞으로 입을 갖다 댔다.

'생각해보면 마이크는 괜찮아. 저쪽 목소리가 마이크로 넘어오고 있잖아.'

이연우는 침착하게 말했다.

"듣고 있습니까? 지우개부터 이쪽으로 가져오십시오. 바깥에서부터 집을 지우면 우리 모두 살 수 있지 않겠습니까."

102

지우개로 외곽부터 집을 지우면 문제없이 해결하고 나갈 수 있었다. 이연우의 합리적인 제안에 조각상은 단호하게 고개를 저었다.

- 내가 이 자리에서 파괴되더라도 지우개는 줄 수 없습니다. 주인님께 손해가 되는 행동은 할 수 없습니다.

- 무슨 말 같지도 않은 소리야! 빨리 지우개 가져와!

- 당신이 저지른 짓 아닙니까. 책임지십시오.

- 그건 나도 모르는 일이라니까!

이제는 자기들끼리 티격태격하기 시작한 침입자 둘.

이연우는 미간을 찌푸리려다가 가까스로 무표정을 유지했다. 머릿속에서 여러 생각이 스쳤다. 그중 쓸 만한 아이디어.

'나 때문에 폭주한 건 모르고 있어. 적당히 허세 부려서 협박할 수 있을 거 같은데…'

이연우는 까맣게 칠해진 문자를 보고 혹시 몰라 주사위를 준비한 후, 차가운 목소리로 섬뜩한 살기를 드러냈다.

"내 집을 이 지경으로 만들어놓고 수습도 안 하겠다고? 좋습니다. 그러면 지금부터 협박을 하겠습니다."

– 어떤 협박을 해도 상관없습니다.

"나를 조사했다고 말했었죠. 그럼 내가 무슨 이상 개체를 지니고 있는지도 알 겁니다."

주사위.

불안한 감이 없잖아 있었지만, 상황을 뒤바꿀 수 있는 최후의 한 수이자 상대를 위협하거나 설득할 때 큰 힘을 발휘하는 근거.

문득 두 침입자가 다툼을 멈추더니, 목소리가 흘러나오는 카메라를 향해 시선을 고정했다. 그들도 기본적인 정보는 알았다.

"조각가한테 그렇게 충성하는 모양인데, 당장 지우개 안 가져오면 조각가의 팔을 터뜨리겠습니다."

– 상관없습니다. 그 정도는 복구할 수 있습니다.

조각상은 개의치 않았다.

자유예술가협회는 규모만 따지면 상당히 컸다.

서로 협력하는 일이 드물고 때때로 자기들끼리 예술을 두고 싸우느라고 단합력은 없었지만, 보유한 이상 개체가 많았고, 이사는 제법 큰 영향력을 지녔다.

거기에 작품을 만드는 예술가들이라 어지간한 피해는 쉽

게 복구할 정도.

하지만 이연우에게는 주사위가 있었다.

"심장마비, 뇌출혈, 온갖 질병과 사고. 이것도 전부 회복할 수 있습니까?"

— 그 정도는 부활할 수 있습니다.

"예술을 다시는 하지 못하는 몸으로 만들면? 정신을 비틀거나, 감각을 빼앗거나, 조각을 증오하게 만들거나, 백치로 만들거나. 더 해볼까요?"

— …

"아, 이것도 복구한다고? 그런데 내가 한 번만 한다고 말한 적은 없는데."

끝도 없이 나오는 협박에 끝내 조각상의 입이 다물어졌다. 지속적이고 다양한 위협. 조각상이 고개를 숙이고 고민에 빠졌다.

'주인님은 신경도 안 쓸 거야. 시련은 영감을 더해준다고 생각하시는 분이니까. 하지만…'

위험이 너무 컸다. 물론 그런 짓을 하다가 집의 조건을 충족해 이연우가 죽을 수도 있었지만, 방어할 가능성도 컸다.

결국, 조각상이 카메라를 보았다.

— 어쩔 수 없군요. 지우개를 가져오겠습니다. 하지만 오늘 일로 인한 원한은 잊어주십시오. 제가 목숨 걸고 하는 일 아닙니까.

"그렇게 하겠습니다."

협상이 이루어졌다.

조각상은 목숨을 걸고 건축가의 핸드폰을 빌려 연락을 돌렸고, 건축가는 눈을 대굴대굴 굴리며 눈치를 봤으며, 이연우는 그들을 관찰하면서 안전한 행동이 뭘지 가늠했다.

지우개가 오기까지는 시간이 걸렸다.

이연우는 ■■하면 죽는 집이란 글자를 뚫어져라 쳐다봤다. 온 정신을 집중해 인식에서 벗어난 ■■를 읽으려고 노력했다.

'인식 왜곡. 내 정신력으로는 못 뚫겠어.'

어떻게 하면 조건을 알아낼 수 있을까, 온갖 방법을 시도해봤지만 안 됐다. 보면 볼수록 머리가 어지럽고 시야가 빙글빙글 돌았다.

결국, 이연우는 한숨을 흘렸다. 생존 본능이 꿈틀거리며 불길한 상상만 더해졌다.

알 수 없는 조건. 사람을 죽이는 트리거.

죽을 수 있는 경우의 수가 무한에 가까웠다. 물을 마셔도 죽을 수 있고, 잠을 자도 죽을 수 있고, 심장이 10만 번 뛰었다고 죽을 수도 있고, 문을 열었다고, 집에서 나갔다고…

'적당히 생각하자. 이대로면 미칠지도 몰라.'

생각하면 할수록 피폐해지는 정신. 이연우가 주사위를 보며 쿵쾅거리는 심장을 다스릴 때…

건축가의 목소리가 들렸다.

- 그으… 폐가에 사는 선생님. 제가 잘못하지는 않았지만, 실수가 있었습니다. 부디 한 번만 용서해주지 않으시겠습니까.

"…"

이연우는 황당한 표정으로 CCTV 화면을 보았다. 지금 놀리나?

카메라에 얼굴을 바짝 들이댄 건축가가 하얗게 질린 낯빛으로 고개를 숙였다. 조각상에게 했던 협박을 듣고 제대로 겁을 먹은 표정.

- 제가 세 번! 세 번의 의뢰를 들어드리겠습니다. 무료로요! 이게 얼마나 귀중한 기회인지 아십니까?

"…"

이연우는 따로 대답하지는 않았으나, 속으로는 욕을 중얼거렸다.

'정신 나간 인간들… 진짜 예술가 쪽하고는 엮이지 말아야지.'

적으로 만나기는 당연히 싫었고, 동료로 만나기도 싫었다. 사고방식이며 행동 양식이며 일반적이지가 않았다.

이연우는 그들에게 신경을 끄고, 회사에서 보내온 영상을 보았다.

지우개를 강탈당할 당시의 영상.

- 돌진하라!

거대한 화폭에서 튀어나온 조각상의 군세가 어느 건물을

향해 돌진하고 있었다. 사자, 기사, 말 탄 기사, 괴물 등등 그 숫자가 100은 넘었다. 두두두, 땅이 진동했다.

－ 쫘!

건물 입구에 진을 친 보안 직원들이 테이저건이며 총을 쏘았지만, 큰 효과가 없었다.

조각상들은 번개 뱀을 몸에 휘감은 채로 달려왔고, 팔이며 다리가 부서져도 멈추지 않고 달렸다. 끝내 좁혀진 거리.

으아악, 비명이 메아리쳤다. 사자 조각상에 깨물리고, 기사의 검에 목이 날아가고, 괴물에 밟혀 죽고.

그때 지우개를 든, 좋은세상만들기협회 공장에서 보았던 요원이 손을 치켜들며 나섰다.

－ 비키십쇼!

지우개가 그어졌다. 그 궤적. 길가와 건물 입구를 가득 메운 조각상이 한순간에 지워졌다. 연이어 휘두르는 그의 손짓에 거리가 텅 비어갔다.

가로수가 지워지고, 아스팔트 도로가 벗겨지고, 몸통이 사라진 가로등이 뚝 떨어지고, 조각상 몇이 가까스로 피하고, 신체를 잃어버리고.

하지만 이연우는 탄식을 뱉었다.

'경계를 저렇게 안 하면…'

지상의 조각상을 지우겠다고 숙인 고개와 아래를 향한 시선.

그리고 위에서 떨어지는 독수리 조각상.

푸드덕, 독수리 조각상이 요원의 헬멧 전면을 가리며 달라 붙었고, 허공에서 툭툭 떨어지는 벌레 조각상들이 전투복을 파고들었다.

순간, 요원이 머뭇거렸다. 지우개를 잘못 휘두르면 자신까지 지워지는 상황이었다.

그 빈틈을 노리고 하늘에서 조각상 몇이 더 떨어졌고, 가위처럼 생긴 벌레 하나가 요원의 손목을 댕강 잘랐다.

지우개가 손과 함께 바닥을 굴렀다. 지우개는 곧 비둘기 조각상이 낚아채서 가져갔다. 진짜 비둘기처럼 채색한 조각상이 순식간에 화면 밖으로 벗어났다.

그걸로 영상은 끝이었다.

이연우는 고개를 저었다.

'그 멸망주의자였으면 이렇게 쉽게 당하지 않았을 텐데.'

숙련도나 감각이나 여러모로 말이다. 단순하게 봐도, 벌레가 몸에 붙은 순간 벌레만 지웠을 것이다.

그때 조각상의 목소리가 들려왔다.

- 왔군요. 들어오지는 마세요. 거기 바깥에서부터 조금씩 지워주세요.

이연우가 CCTV 화면을 봤다. 바깥쪽을 가리키는 카메라. 어느새 비가 그친 하늘에서 지우개를 쥔 비둘기가 날고 있었다.

안도의 한숨이 절로 나왔다.

'셸터는 아깝지만, 어쨌든 해결됐어.'

조각

비둘기가 작게 원을 그리며, 지우개를 쥔 발톱을 까딱이던 순간. 이연우와 침입자 둘이 기대의 시선을 반짝이던 순간.

쩌적.

돌연 비둘기의 몸통에 균열이 일어나더니, 그 자리에서 산산이 부서졌다. 비처럼 쏟아져 내리는 대리석 파편.

"…"

– …

비둘기가 죽었다. 집의 범위 밖에서.

이연우는 문득 주먹을 쥐었다. 대실패의 결과물을 너무 우습게 본 게 아닐까? 사소한 행동을 하는 건 문제없다고 안심한 게 아닐까?

'조건이… 공격하면 죽는 집? 이러면 영향 범위가 어떻게 되는 거지?'

만약 지구 반대편에서 이 집을 향해 미사일을 쏘면, 미사일을 쏜 사람이 죽을 것이다. 이상 공격을 감행한 이상 개체도.

이연우는 얼른 고개를 흔들며 잡생각을 떨쳐냈다.

'어쨌든 조건은 알았잖아. 떠올리면 죽는 집, 보면 죽는 집, 이런 게 아닌 게 어디야.'

이 정도 조건이면 계속 셸터에서 머물러도 되겠다고 생각하며, 이연우가 의자에 편하게 앉았다. 어떤 면에서는 오히려 안전해졌다.

집을 공격하는 습격자를 다 죽여줄 것 아닌가.

바깥에서는 건축가가 환호하며 펄쩍 뛰었다.

– 단순한 조건이잖아! 빨리 나가자고! 여기 조금이라도 더 있기 싫으니까! 폐가에 사는 선생님, 의뢰할 일 있으면 자유예술가협회로 연락하십시오!

건축가는 조각상은 내버려두고, 혼자 비에 젖은 부지를 철 퍽철퍽 달렸다.

– 컥!

다음 순간, 건축가는 심장이 멎으며 그대로 넘어졌다. 진흙에 얼굴을 박고 조각상처럼 엎어졌다. 미동도 없는 사지.

이연우의 얼굴이 하얗게 질렸다. 떨리는 목소리가 나왔다.

"죽… 죽었습니까?"

– …예.

"왜?"

조건은 공격이 아니었나? 혹시 심장마비라도 일어난 걸까? 아니다, 아니었다. 이런 생각은 도움이 되지 않았다.

최악을 가정해야 했다. 지금, 가장 목숨이 위험한 경우를.

'이게 살아 있다면? 조건이 계속 바뀐다면?'

이연우가 흔들리는 눈으로 문자를 보았다.

■■하면 죽는 집.

까맣게 칠해진 문자가 꿈틀거리는 듯했다. 악의를 가지고, 살의를 품고.

이연우의 피부 위로 소름이 돋았다. 피부 위로 섬뜩한 감

조각

각이 느껴졌다. 괴물의 아가리 안으로 들어온 기분.

'조건이 중요한 게 아니야.'

죽는 집. 사람을 죽이는 집. 대실패의 결과물. 주사위가 만든 최악의 적.

얼음물을 뒤집어쓴 듯 정신이 번쩍 들었다. 이연우는 오직 무언가를 죽이기 위해 존재하는 이상 개체의 안에 있었다. 부활의 가능성조차 없이 그를 죽일 수 있는 것 안에.

'진짜 망했다.'

이것이 이연우를 죽이고, 부활하면 죽는 집으로 조건을 바꾼다면.

그 어떤 때보다 강렬한 생명의 위험.

이연우가 떨리는 손을 깍지 끼며 입 앞으로 가져왔다. 심장이 쿵쾅거리며 끝없는 활력이 전신을 휘돌았고, 예리하게 벼려진 감각이 사방으로 뻗어나갔다.

폭탄 목걸이를 찬 심정으로, 이연우는 필사적으로 살아 나갈 방법을 찾았다.

103

'침착해, 침착해, 침착해.'

이연우가 머리를 감싸며, 심호흡을 반복했다. 공포나 당황은 도움이 되지 않았다. 냉정하게 살길을 찾아야 했다.

'생각해. 지금 뭐가 우선이지?'

빠르게 휘도는 피가 뇌에 산소를 공급했고, 두뇌에서는 별빛이 점멸하는 듯했다. 폭죽처럼 터지는 생각이 스파크가 되어 번쩍였다.

공부를 할 때는 물론이고, 시험을 칠 때도 느껴본 적 없는 고도의 집중. 온 세상이 멀어지고, 오직 하나의 주제를 중심으로 매몰되는 사고.

'이상 개체의 파악. 그것의 본질, 그것의 의도부터 알아야지.'

살의를 품은 이상 개체인 건 확실했다. 하지만 언제 어떻게 왜 죽이는가.

이연우의 눈앞으로 두 죽음이 생생하게 재생됐다. 녹화한 영상처럼 떠오르는 비둘기 조각상의 파괴와 건축가의 죽음.

'공격과 도주.'

죽일 거면 진작에 죽일 수 있었는데, 살려놨다가 굳이 저 때 죽였다.

바로 죽이지 않은 이유를 찾던 이연우가 눈을 돌렸다. 시선이 쉘터 곳곳에 새겨진 문자로 향했다.

■■하면 죽는 집.

'까맣게 칠해져 숨겨진 조건.'

조건이 감춰졌다. 그것도 단서였다. 분명 개체의 성질과 연관이 있을 테고, 이연우는 금방 그 이유를 짐작했다.

알 수 없는 조건 때문에 불안에 떨다가 끝내 피폐해지는 정신.

문득 이연우의 눈에 광채가 스쳤다.

머릿속에서 어렴풋한 형상이 그려졌다. 집의 탈을 쓴 괴물. 창문은 고양이 눈동자고 현관문은 송곳니가 뾰족한 입인 그런 괴물 말이다.

'살인이 목적이고, 영역에 들어온 사냥감은 놓치지 않고, 쉽게 죽이는 대신 괴롭히다가 죽이는 이상 개체.'

예리하게 벼려진 직감과 생존 본능이 더해진 직관이 이게 답이라고 말했다.

'그러면 저걸 상대로 내가 해야 할 행동은?'

순간 이연우의 눈에서 선뜩한 살기가 흘렀다. 허세 부리며 조각상을 협박할 때와 다르게 질척하게 응어리진 살기.

'죽여야지. 파괴해야지.'

탈출은 답이 아니었다. 기억하면 죽는 집으로 조건을 바꾼다면, 어디로 도망쳐도 벗어날 수 없었다. 무심결에 이 셸터를 떠올리면 죽는 거였다.

기억 소거제도 답이 될 수 없었다. 망각하면 죽는 집으로 변하면 죽는다. 왜 죽는지도 모르고.

주사위의 가능성만큼이나 무한에 가까운 죽음의 가능성. 결국, 위험 요소 없이 확실하게, 안전하게 살아남는 방법은 하나뿐이었다. 이것을 죽여야만 했다.

'죽일 방법을 찾아야겠어.'

돌연 이연우가 옆에 놓인 물컵을 들고 벌컥벌컥 물을 마셨다. 이런 사소한 행동으로 죽이는 건 이 집의 취향이 아니었다.

굳이 비둘기 조각상을 그들 앞에서 죽였다.

1킬로미터 안에 접근하면 죽는다는 조건으로 멀리서 죽일 수도 있었는데, 코앞에서 죽여 조건을 착각하게 만들었다. 도망칠 수 있다는 희망에 차오른 사람을 절망하며 죽게 만든 것이다.

'괴롭히다가 죽이겠다고? 괴롭히는 건 참아도 죽이는 건 못 참아.'

누가 누굴 죽일지, 최후에 생존하는 것이 누구일지는 모를 일이었다.

이연우가 마이크를 잡고 입을 열었다.

"이쪽으로 오세요. 당신도 죽기는 싫을 거 아닙니까."

침착한 목소리에 조각상이 현관문으로 다가와 문고리를 잡았다.

- 좋습니다. 저도 여기서 죽을 생각은 없습니다. …문 닫혀 있습니다. 열어주세요.

"열었습니다. 상황실로 오세요."

두꺼운 현관문이 열리고 조각상이 실내로 발을 들였다.

여러 칸으로 나뉜 CCTV 화면 안에서는 조각상이 움직이고 있었다. 한 걸음 한 걸음 조심스럽게 발을 내밀고, 미로처럼 복잡한 셸터 내부를 헤매면서.

그 넓은 모니터 앞에 앉은 이연우는 두 손으로 얼굴을 가리고 고개를 푹 숙이고 있었다.

머릿속에서 수많은 생각이 피고 졌다.

'허점을 찾아야 해. 주사위 판정이랑 비슷해. 한 번에 하나. 그사이의 딜레이. 괴롭히다가 죽이는 걸 방심이라고 할 수 있을까? 이용할 방법이…'

직감이나 직관이나 비슷한 면이 있었다. 어떤 증거나 논리 없이 실제적인 무언가를 도출한다는 점에서.

지금 이 순간, 이연우의 직감과 직관은 미쳐 날뛰고 있었다.

    느낌에서 시작된 번개가 결론이라는 피뢰침을 향해 수직으로 내리꽂히는 듯한 감각.

    '주사위로 집을 협박… 안 돼. 죽이는 게 존재 의의인 이상 개체야. 같이 죽으려 할 거야.'

    '조각상이 지우개를 들고, 나는 주사위를 굴리는 합공? 안 돼. 존재하면 죽는 집으로 바뀌면 둘 다 죽어.'

    '미래의 나. 안 돼. 다시는 얼굴 볼 일 없다고 했잖아. 그쪽에서 거절할 거야.'

    '대성공만 기대하며 굴리기. 대실패가 방금 떴는데, 이게 뜰까?'

    하지만 무수한 갈래로 뻗어나간 생각은, '내가 죽는다'나 '나도 죽는다'로 수렴되었다. 아무리 생각해도 확실하게 살아남을 방법이 없었다.

    하나뿐인 조건이지만, 그 가능성이 지나치게 많았다. 어떻게 보면 주사위의 상위 호환일 정도로. 아니, 주사위의 카운터로 보일 정도로.

    사방이 꽉 막힌 밀실에서 점점 좁아지는 벽을 보는 듯한 숨 막히는 압박감. 죽음이 한 걸음씩 다가와 그림자를 드리울 때의 공포.

    "방법이, 방법이 없나? 없다고? 죽어야 한다고? 이렇게?"

    끝내 이연우가 머리카락을 쥐어뜯었다. 머리카락이 한 움큼 빠지다 못해, 손톱이 두피를 긁어내렸다.

그때 벌컥, 통제실의 문이 열렸다.

"구조가 복잡하군요. 어쨌든 이 집에서… 괜찮으십니까?"

조각상이었다. 조각상은 문가에 서서 흠칫 놀라더니 후다
닥 이연우에게 다가왔다.

이연우는 그제야 부스스 손을 치웠다. 잠깐 사이에 10년은
늙은 듯한 얼굴. 잔뜩 충혈된 눈동자는 금방이라도 피가 흐를
듯했고, 입술은 얼마나 짓씹었는지 흉한 상처와 핏물로 범벅이
되어 있었다.

힘없이 늘어뜨린 손에는 머리카락과 피, 살점 따위가 엉겨
붙었다.

이연우가 잔뜩 확장된 동공으로 조각상을 보자, 조각상이
뒷걸음질을 쳤다.

귀신이나 괴물이 생각나게 하는 몰골과 자유예술가협회
의 정신 나간 이사를 연상케 하는 분위기. 조각상은 머리부터
숙였다.

"우선 일이 이렇게 된 건 죄송합니다. 이렇게까지 할 생각
은 없었습니다. 그 멍청이가 일을…"

이연우의 손이 부들부들 떨렸다. 애초에 저쪽에서 오지만
않았으면…

'쓸모없는 화풀이야. 내가 주사위를 함부로 쓰지만 않았어
도 이런 일은 일어나지 않았어. 이딴 데 감정 소모할 시간이 있

으면 살길을 찾아.'

이연우가 숨을 깊게 들이마시고는 쩍쩍 갈라지는 목소리로 말했다.

"죽은 사람 이야기는 하지 맙시다. 살아 나갈 방법만 생각하자고요."

생각보다 멀쩡한 이연우의 태도에 조각상은 얼른 고개를 끄덕였다.

"아무래도 조건이 계속 바뀌는 모양입니다. 주사위로 어떻게 안 되겠습니까?"

"안 됩니다. 아까 당신 협박하는 걸 이 집이 들었습니다. 경계하고, 대비하고 있을 겁니다. 이상 개체를 사용하면 죽는다거나, 그런 거로. 그쪽은 생각한 방법 없습니까?"

희번덕거리는 이연우의 눈빛에 조각상은 공손히 두 손을 모았다. 잘못했다가는 이 집에 죽기 전에 이 사람 손에 죽을 기세였다.

"하나 생각해봤는데 가능할 것 같지 않군요."

"말이나 해보십쇼."

"결국, 집입니다. 집이 아니게 만들면…"

조각상은 슬며시 이연우의 눈치를 살폈다.

이연우는 냉정하게 판단했다.

"불가능합니다. 여긴 자폭 시스템도 없어요. 주사위를 쓰자니 실패할 확률도 높고, 성공하더라도 나는 죽을 겁니다."

지금, 이 집은 '공격하면'이나 '이상 개체를 사용하면'이나 '도주하면' 같은 것을 기본 조건으로 걸고 있을 확률이 높았다.

"그러면 방법이 딱히 없군요. 조건이 만능이지 않습니까. 사람이든, 이상 개체든 전부 죽일 수 있어서…"

"…"

그들 사이에 침묵이 내려앉았다.

조각상은 계속 이연우의 눈치를 살피면서 자세를 계속 고쳤고, 이연우는 눈을 감고 생각에 잠겼다.

얼마나 지났을까.

이연우가 눈을 떴다. 이연우는 벌떡 일어서더니, 상황실 구석에 올려놓은 소주를 쥐었다.

조각상이 상황을 파악하기도 전에 이연우는 소주를 병째로 몇 모금 마셨다.

"그래, 집이 아니게 만들면 되지. 어차피 편하게 살려면 죽였어야 했어."

"저기… 방법을 찾았습니까?"

"당신 제안대로 하려고 합니다. 하하."

피식피식 웃다가 돌변해 이를 벅벅 가는 이연우가 상황실 문을 열고 나갔다.

조각상은 멍하니 있다가 황급하게 이연우를 쫓아 복잡한 복도를 달렸다. 이연우는 걸어 나갔고, 그의 혼잣말이 적막한 복도에 메아리쳤기에 따라잡는 건 금방이었다.

"이게 제일 생존 확률이 높아. 위험해도 해야 해. 망설이지마."

"방법이라도 알려주십시오!"

이연우가 힐긋 조각상을 보았다.

"지우개를 쓸 겁니다."

"예? 아니, 그런 짓 했다가는 바로 죽…"

"안 해도 죽어. 그나마 이게 살길이야."

이연우가 탕탕, 사다리를 타고 올라갔다.

깊은 밤이었다.

비가 그친 부지는 짙은 풀 냄새를 풍겼고, 물웅덩이가 곳곳에 있었다. 또한 ■■하면 죽는 집이란 문장이 잔뜩 새겨져 있었다.

"할 수 있다, 할 수 있다, 할 수 있다. 아니, 못 하면 죽는다."

이연우는 중얼거리며, 문장과 물웅덩이도 아랑곳 않고 서슴없이 걸었다. 슬리퍼 사이로 물이 들어가고 바지 밑단이 축축하게 젖었다.

중간에 멈춰 선 조각상은 정신 나간 사람을 보듯 이연우의 뒤통수를 보았지만, 정작 이연우의 얼굴은 냉정했다.

'성질 더러운 이상 개체. 지우개가 코앞에 보일 때, 그때 죽이려 들겠지. 그래야 절망하고 고통스러워할 테니까.'

하지만 그 성질이, 조건을 바꾸는 딜레이가 치명적인 실수가 될 것이었다.

비둘기 조각상과 지우개가 떨어진 지점에 가까워졌다. 조각상이 뜯어낸 철조망 울타리 조금 너머였다.

이연우가 숨을 들이마셨다. 서늘한 밤공기가 폐 속으로 빨려 들어가며, 온 감각이 곤두섰다. 솜털 하나하나가 더듬이가 된 듯했고, 생존 본능이 극한까지 솟구치며 위험을 감지하기 시작했다.

'할 수 있다. 못 하면 죽는다.'

송곳으로 머리를 쑤시는 듯한 위험한 감각이 전신을 찔렀다.

손을 뻗으면 지우개가 닿는 거리.

어두운 밤이 새빨갛게 물들 정도로 위험 경보가 울려댔고, 이연우가 온몸을 던졌으며, 집이 조건을 바꿨다.

'실패하면 죽는다!'

조건이 바뀌는 찰나의 간격, 이연우의 손이 지우개에 먼저 닿았다.

이연우의 눈에 광채가 맺혔다. 하지만 그가 보는 것은 이 세상이 아니었다. 육감과 직감의 세계. 극한까지 일어난 생존 본능이 느끼는 위험. 다가오는 이상의 공격.

'지워져라!'

이연우가 까딱인 지우개가 눈에 보이지 않는 세계에 궤적을 그었다.

104

지우개가 허공을 그었다. 세상은 지워지지 않았다. 여전히 어두운 밤, 지우개가 지나간 땅은 물론이고, 잡초 하나조차 멀쩡했다.

대신 지워진 것은 이연우에게 다가오던 공격. 조건을 충족하는 즉시 죽여버리는 이상의 효과를 지웠다.

멸망주의자가 존재와 소멸을 감지하듯, 미래의 이연우가 확률을 헤아리듯, 지금의 이연우는 극한까지 치달은 생존 본능으로 위험을 포착하고 있었다.

"됐다! 개 같은 이상 새끼! 날 죽이려고? 어림도 없지!"

앞으로 엎어져 쭉 뻗은 손으로 지우개를 쥔 이연우가 벌떡 일어서더니, 곧바로 철조망 쪽으로 몸을 돌렸다.

조각상은 어리둥절한 표정을 지었다. 단순한 조각상일 뿐이었다. 무슨 일이 있었는지, 조금도 알지 못했다.

"집이 가만히 있을 리가 없는데?"

"빨리 나오세요! 여기 싹 다 지워버릴 거니까!"

이연우는 흥분한 목소리로 말하면서 집 쪽으로 지우개를 겨눴다. 부지부터 셸터까지 모조리 지워버릴 작정이었다. 사람을 죽이려고 했으면, 저쪽도 죽어야지.

지우개가 획획 휘둘러졌다. 철조망이, 그 너머의 부지가, 지상의 집이 손짓 몇 번에 소리도 여파도 없이 사라졌다.

딜레이 없는 삭제의 남발.

조각상은 아슬아슬하게 스친 지우개의 궤적에 펄쩍 뛰며, 허겁지겁 외쳤다.

"글자만 지워도 해결될 겁니다! 아마 문자가 핵심 같습니다. 몇 글자만 지워도…"

이런 집도 예술로 치는지 최대한 보존하려는 조각상의 모습에 이연우는 흙바닥을 뻥 찼다.

"아니. 나를 이렇게 괴롭혔는데, 그냥은 못 넘어갑니다."

이연우의 눈동자에 짜증과 분노가 용솟음쳤다. 그 짧은 시간 동안 얼마나 스트레스를 받았는데. 정말 죽어버리는 줄 알았다.

'지우개가 얼마나 위험한지 너도 느껴봐라!'

손짓 몇 번에 세상이 뻥 뚫렸다. 셸터가 있던 부지가 깊은 구덩이로 변하며 지하 셸터의 구조가 드러났다.

넓은 구덩이를 가득 채운 콘크리트 건물. 저것만 지우면 끝이었다.

이연우가 웃었다.

"속이 다 시원하네."

적으로 만났을 때는 그렇게 두려웠던 지우개가 손에 드니 이렇게 든든할 수 없었다.

머리를 쓸 것도 없고, 실패를 두려워할 필요도 없고, 그냥 손가락만 까딱하면 끝. 컴퓨터에서 프로그램 삭제하는 것보다 쉬웠다.

그 순간이었다.

온 세상이 붉게 물들고 끔찍한 위험이 느껴졌다.

집의 반격이 시작됐다. 이연우는 순식간에 감정을 가라앉히고 감각에 집중했다. 심장이 쿵쿵거리는 소리도 무시하며 눈에 보이지 않는 위험을 잡아냈다.

까딱.

손가락이 움직였다. 보이지 않는 것을 지웠다. 한 번이 아니었다. 까딱, 까딱, 까딱, 이연우가 계속해서 지우개를 그었다.

'조건을 계속 바꾸고 있어. 어떻게든 날 죽이려고? 안 되지.'

이상 개체를 소유하면 죽는 집, 호흡하면 죽는 집, 심장이 박동하면 죽는 집, 집을 공격하면 죽는 집…

집이 필사적으로 발버둥 치며 조건을 쏟아부어 지우개를 묶었다. 이제 지우개는 방어하는 데만 써야 했다.

아마 이 상황이 지속된다면 결국 죽는 사람은 이연우일 것이었다. 집은 밥도 물도 안 먹어도 되지만, 어쨌든 이연우는 사람이라 생명 활동을 이어가야 하니까.

멸망주의자와 이연우의 싸움이 재현되는 양상.

하지만 이연우의 입꼬리가 올라갔다.

'주사위. 이상 파괴! 아냐! 안 돼! 대실패했다가 지우개도 안 통하면 큰일 나.'

언제나 그렇듯 주사위를 불렀다가, 이연우는 화들짝 놀라며 제자리에서 펄쩍 뛰었다. 당장 대실패의 결과물이 눈앞에 있는데.

지우개로 막아내고 주사위로 공격하면 완벽한데… 대실패의 맛을 몸서리가 쳐질 정도로 겪은 이연우는 판정을 신중하게 골랐다.

물론, 조각상에게도 질문했다.

"셸터, 파괴할 수 있습니까?"

"아뇨… 제가 인간보다는 힘이 세도, 그런 건…"

조각상이 고개를 숙여 하얀 손을 내려다봤다.

"알겠습니다. 주사위."

이연우는 조심스럽게 주사위를 불렀다. 대실패해도 괜찮은 판정을 골랐다.

"감각 상실, 이상 제어, 활동 정지."

대실패해봤자 저것의 감각이 인공위성 범위로 변하거나,

통제가 안 통해 날뛰거나, 절대 멈추지 않는 개체로 변하겠지.

이연우는 그 정도 위험은 문제가 아니라고 판단했고 주사위가 굴렀다.

데구르르. 쾅!

데구르르. 실패!

데구르르. 성공!

집이 정지했다. 얼마나 오랫동안 정지할지는 모르겠지만, 연사하듯 쏟아지던 조건들이 멈췄고 붉게 물든 세상이 어둡게 가라앉았다.

그리고 이연우가 지우개를 휘둘렀다. 망설이지 않고, 단호하게.

회사의 50인용 셸터가 세상에서 사라졌다. 셸터가 변화한 이상 개체 또한 흔적도 없이 제거됐다.

"하…"

깊은 한숨.

이연우가 풀썩 땅바닥에 드러누웠다. 한 달 치 체력을 뽑아 쓴 것처럼 온몸에 힘이 없었다. 관절이 아프고, 열이 나고, 머리가 어질어질했다.

예민했던 감각도 사라지고 쌩쌩 돌던 머리도 멈추다시피 느려졌다.

축축한 땅바닥인데, 눈만 감으면 잘 수 있을 것 같았다. 이연우는 어깨에 걸어놨던 에코백으로 얼굴을 덮었다.

'끝났다… 진짜. 아… 겨우 살아남았네.'

온갖 사건 사고를 겪었지만, 이번처럼 끝까지 몰린 적은 처음이었다.

'주사위. 내가 너무 생각 없이 썼나 봐. 다시는 이런 실수 하지 말아야지.'

탁해진 머릿속으로 두서없이 생각을 이어가던 때였다. 우물쭈물 기어들어가는 목소리가 들렸다.

"그게, 저기… 저는 이만 돌아가도 괜찮을까요?"

스윽, 이연우가 에코백을 치우자 조각상이 보였다. 두 손을 몸 앞에 모으고 눈을 아래로 내리깔고 얌전히 서 있었다.

"어쨌든 저희로 인해 피해를 보셨으니까, 보상을 준비…"

"아뇨, 그냥 가세요. 그냥 가서 다시는 엮이지 맙시다."

이연우는 대충 손을 휘둘렀다. 진심이었다.

예술가랑은 진짜 다시는 엮이기 싫었다. 그러다 이연우가 문득 지우개를 보았다.

이연우가 싫어하는 둘. 정신이 나간 예술가와 지우개를 든 멸망주의자. 이곳에 예술가와 지우개가 모두 모여 이런 끔찍한 사고가 난 건 아닐까?

"에이, 아니지. 시간이 안 맞는데."

"예?"

"그냥 가세요. 그쪽 주인? 조각가한테도 경고하세요. 한 번만 더 나랑 엮일 일 만들면 내가 못 참는다고. 이번 일도 애초에 그쪽 때문에 시작된 문제 아닙니까."

조각상이 도망치듯 길 너머로 달려갔다. 이연우가 가만히 보니, 무슨 문을 그려놓은 바닥을 향해 몸을 던졌고 문은 녹아서 사라졌다.

이연우는 끙끙 앓는 소리를 내며 일어섰다. 진짜 온몸이 아팠다. 그래도 마무리할 일이 있었다.

"집, 아… 셸터 마음에 들었는데. 지우개는 일단 회사에 돌려줘야 하고. 지우개 가질 수 있나, 마크 정한테 어떻게든 말해봐야겠어."

이연우가 벌벌 떨리는 손으로 회사에 연락을 돌렸다.

조각상은 일회용 문을 통해 갤러리로 돌아왔다. 데스크에 앉은 예술가가 뭔가 물었지만, 조각상은 곧바로 공간예술실 1을 통해 공간을 넘어 조각가에게 돌아갔다.

넓은 작업실.

유리 천장에서는 햇빛이 쏟아졌고, 그 아래, 돌가루를 뒤집어쓴 노인이 대리석을 조금씩 깎아내고 있었다.

땅땅 망치로 두들기고, 끌로 파고. 스케치도 없이 손 가는 대로 깎아내는 형상은 티라노사우루스였다.

조각가가 산맥으로 만들려는 조각.

조각상은 무릎부터 꿇었다.

"주인님, 지우개를 손에 넣는 데 실패했습니다."

"음. 그래. 회사가 만만한 친구들은 아니지. 괜찮아. 다시 공격하면 돼."

노인은 듣는 둥 마는 둥 하며, 대리석을 망치로 두드렸다. 큼직한 조각이 떨어져 나와 데구르르 굴러 조각상의 무릎 앞에서 멈췄다.

조각상은 차마 고개를 들지 못했다.

"주인님, 아무래도 포기하는 편이…"

"안 돼!"

조각가가 벌떡 일어섰다. 조각상 위로 조각가의 그림자가 드리워졌다.

그는 만세 하듯 쭉 편 두 손으로 세상을 담으려고 했다.

"생각해보게. 크나큰 산맥을 깎아 만든 티라노사우루스! 이걸 참을 수 있나? 한 걸음에 지축이 떨리고, 포효에 구름이 흩어지고, 그림자로 도시를 뒤덮는 공룡! 현대의 도시를 파괴하는 고대의 공룡! 포기할 수 없어!"

"하지만 주인님, 상대가 만만치 않습니다."

조각상은 입술을 깨물고 고개를 뻣뻣하게 들었다.

조각상이 생각하기에, 지우개는 건드릴 수 없었다. 지우개를 전문으로 사용하여 대응하는 그 조사원은 위험했다.

하지만 조각가는 대수롭지 않게 들었다. 다시 대리석 앞으로 돌아가 망치를 쥐었다.

"삶은 예술이지. 회사에서 오래도록 직무를 수행한 자들은 명작이고. 사람이 아니라 작품으로 봐야지."

예술가들은 이상을 작품이라 불렀다. 세상을 감동하게 해 세계의 사랑을 받는 작품.

그런데 예술만 세계를 감동하게 할까? 하다못해 예술에 예술가가 만든 작품만 포함될까?

예술가들은 세상 만물도, 그 안에 살아가는 사람도 세계를 감동하게 해 세계의 사랑을 받으면 특별한 힘을 낼 수 있다고 생각했다.

"처음부터 쉽다고 생각한 적 없네."

"상대는 이사급입니다."

높이 치켜들었던 조각가의 망치가 멈췄다. 조각가는 슬며시 망치를 내렸다.

"확실한가?"

조각상이 얼른 고개를 끄덕이고는 그 끔찍한 집에서 일어났던 일에 대해 모조리 실토했다.

조각가가 감탄했다.

"훌륭하군! 지우개로 집의 공격을 지운 거야! 지우개라는 작품을 단번에 이해한 거지!"

"그건 아닌 것 같습니다."

"자네가 뭘 아나? 행위 예술로 세상을 감동시키겠다면서, 아직 그럴듯한 공연 한번 못 했잖나."

조각상은 억울한 얼굴로 조각가를 올려다보았다.

조각

임무 실패로 질책받는 건 몰라도, 갑자기 자기 예술을 건드리다니.

"주인님, 제가 만들어진 지 얼마나 지났다고 그러십니까. 그리고 예술에 집중할 시간도… 주인님 대신 돌아다니느라…"

"어허, 변명만 하면 예술을 할 수 없는 법이야. 어쨌든 지우개는 포기하지."

어떤 작품을 잡아도 능숙하게 사용하는 인간이라면 건드리기 어렵다고 생각하며 조각가가 망치를 쾅쾅 내리쳤다.

윤곽을 드러내던 티라노사우루스가 와장창 깨지며 박살이 났다. 그러자 다리 달린 빗자루와 쓰레받기가 튀어나와 붕붕 움직이며 잔해를 치웠다.

그 시각.

한국 지사에서는 화상 회의가 한창이었다. 이연우가 지우개를 회수했다는 보고를 들었는데도 회의는 끝나지 않았다.

정보부 1차장, 특전대 작전참모부장, 한국 지사 기획실 기획실장이 모여 보고서를 보고 있었다.

단순히 지우개를 강탈한 조각상만이 아니라, 그동안 툭툭 일어난 습격들에 대해. 근래 들어 습격 빈도가 급격히 높아졌다.

참모부장은 보고서를 대충 내리쳤다.

"이 사고뭉치 자식들, 선 넘네. 이대로 넘어갈 겁니까?"

"한번 움직이기는 해야 합니다. 이상기후가 사라진 후, 집단들 동향이 심상치 않아요."

1차장은 볼펜으로 책상을 딱딱 쳤다. 그의 말이 이어졌다.

"보존 계획이 끝나고 복구하는 이때를 노려 큰 피해를 한 번 줄 생각 같은데, 우리가 먼저 움직이는 편이 낫습니다."

"아주 좋은 생각이야! 그런데 기획실 생각은 어떻습니까?"

"저는 반대합니다."

기획실장은 머리를 주물렀다.

"아직 복구 중 아닙니까. 보존 계획에 투입된 역량이 회복되지 않았어요. 거기에…"

그는 말을 할까 말까 고민하다가 말을 꺼냈다.

"얼마 전에 무슨 일이 있었는지, 본사가 경계 태세에 들어갔었어요. 무슨 불청객 어쩌고 하던데, 그때 복구 작업이 모조리 멈춰서 복구가 지연됐습니다."

"그러면 더 공격해야지!"

참모부장이 쾅쾅 책상을 두드렸다.

"다른 집단도 이상기후에 대비했던 역량을 회복하는 중일 텐데, 우리만 지연된 겁니다! 그들을 우리와 동일한 수준으로 끌어내려야 합니다!"

"굳이 그렇게까지… 그리고 그건 본사가 나서야 가능한 일인데."

떨떠름한 표정을 짓던 기획실장은 작게 한숨을 내쉬었다.

개인적으로는 시간을 끌면서 역량부터 회복하고 싶었지

만, 조짐이 좋지 않은 것도 사실이었다.

"좋습니다. 그러면 경고와 위협의 의미로 자유예술가협회의 피그말리온 파벌만 공격합시다."

"불가능합니다."

참모부장과 기획실장의 시선이 1차장에게 향했다. 1차장은 고개를 절레절레 젓고 있었다.

"피그말리온은 파벌이 따로 없습니다. 친구만 몇 있고 조각상 몇만 데리고 있습니다. 차라리 은신처 몇 개만 타격합시다."

1차장이 보고서 몇 개를 공유했다.

그동안 그들이 파악한 갤러리의 위치.

가만히 놔두면 모래알처럼 흩어져 큰 사고는 안 치는 예술가들이라 파악만 해뒀지만, 상황이 이렇게 된 이상 써먹어야 하지 않겠나.

세 명은 잠시 침묵하다가, 동의했다.

"그렇게 합시다."

105

며칠이 지났다.

이연우는 너무 지쳐 휴가를 내고 쉬던 중이었는데, 여러 문제 때문에 호텔의 어느 방에서 마크 정과 마주하고 있었다.

"그래서 지우개로 셸터를 전부 지웠습니다."

"…셸터를요? 아니, 어… 아니… 그거 만드는 데 든 돈이, 아니… 이상 개체가…"

셸터의 기기들은 물론이고 톱니바퀴와 기적의 사과나무, 오라클 시스템이 모조리 사라졌다는 말.

마크 정은 눈을 깜빡이다가 이연우가 테이블에 올려놓은 지우개를 보았다. 임시로 이연우가 보관하고 있는 지우개. 꿈은 아닌데…

결국, 한숨이 나왔다.

"진짜 그렇게 위험한 이상 개체로 변했다면, 어쩔 수 없는 일이죠."

"그래서 말인데… 혹시 새로 집 구하는 것 좀 도와주실 수 있습니까?"

이연우가 마크 정을 향해 간절한 시선을 던졌다. 지금 제일 중요한 문제는 회사 자산의 손실이 아니었다.

"지금 살 곳이 없습니다."

"이연우 씨, 저는 당신 매니저 같은 게… 맞나?"

"비슷한 느낌 아닙니까? 본사에서 저를 담당하는 직원이지 않습니까?"

마크 정의 눈동자가 혼란스럽다는 듯 흔들렸다. 셸터 구해주고, 연락 담당하고, 셸터 가구 바꿔주고. 대충 잡다한 일 대신 해주는 느낌이긴 한데.

마크 정이 얼굴을 몇 번 쓸어내렸다.

"예, 도와드리겠습니다. 그런데 그거 아십니까? 지금 어떤 집 드리고 싶은지."

"아뇨. 셸터는 아닐 거 같은데."

셸터를 이렇게 날려먹었는데, 또 셸터를 줄 것 같지는 않았다. 이연우는 그렇게 판단했고, 그 판단은 마크 정의 생각과 얼추 비슷했다.

"사람 없는 땅에 컨테이너 하나 던져드리고 싶습니다."

"예?"

"보니까, 좋은 집은 의미가 없지 않습니까. 어차피 사고 터지고 집도 터질 텐데, 그냥 싼값에 쓰고 버릴 수 있는 거주지를 드리고 싶은 마음입니다."

원룸 건물은 문 앞의 남자 때문에 지우개로 지워졌고, 셸터도 예술가의 습격 때문에 지우개로 지워졌다.

앞으로도 집이 남아나지 않을 느낌인데, 굳이 비싸고 좋은 집을 구할 필요가 있을까?

이연우가 떨떠름한 표정을 지었다.

"컨테이너는 좀…"

"일단 저도 생각 좀 해보겠습니다. 당분간은 호텔에서 머무십… 아니, 호텔에서 사고 나면 사람들 많이 죽으니까 조사반 사무실에서 머무십시오."

마크 정은 무슨 폭탄 보듯이 이연우를 취급했다. 하지만 이연우는 어쩔 수 없이 고개를 끄덕였다. 이해하지 못할 것도 없었다.

대신, 지우개를 조심스럽게 쥐었다.

"이 지우개 말입니다. 제가 가져도 되겠습니까?"

"완전히요?"

"대여나 보급 형식도 상관없습니다. 이번에 써보니까, 진짜 쓸 만해서."

마크 정이 생각에 잠겼다.

솔직히 못 할 일도 아니었다. 처음부터 이연우에게 보상으로 주려고 했던 물건이었으니까. 거기에 얘기를 들어보니, 지우개의 힘을 그 멸망주의자보다 조금 못한 수준까지 끌어낸 듯했다.

하지만 지우개쯤 되는 물건이면, 물건 하나만 줄 수는 없었다.

"지우개를 가지면 그만큼 위험한 일에 투입될 텐데, 괜찮습니까?"

회사는 이상 개체를 대응하는 데 있어, 전문화되고 특수화된 부대를 운영하는 방식을 취했다. 정신 지배 대응부대, 기억 조작 대응부대, 전자전 대응부대 등등.

지우개처럼 모든 문제에 대응할 수 있는 물건은 그만큼 많은 일에 사용됐다. 어떤 문제도 파괴할 수 있는 핵폭탄 같은 느낌으로.

"그건 좀…"

이연우는 컨테이너를 집으로 준다는 소리를 들었을 때보다 더 불편한 표정을 지었다.

"지우개가 필요할 만큼 위험한 일에 투입된다는 말 아닙니까."

"지우개를 놀릴 수는 없으니까요. …당분간은 이연우 씨가 지니고 있으면서, 경험해보고 말합시다."

그렇게 대강 이연우의 용건이 마무리될 즈음이었다.

마크 정이 문득 생각났다는 듯, 노트북을 두드리며 말했다.

"아. 그러고 보니 이연우 씨 당분간 바쁠 것 같습니다."

"예? 무슨 일로 말입니까?"

"한국 지사에서 이연우 씨를 무기로 쓰겠다는 느낌이던데…"

이연우가 벌레 씹은 표정을 지었다. 손에 힘이 들어가며, 주먹이 꽉 쥐어졌다. 저절로 지우개로 향하는 시선.

"누가요? 조사원을 왜요?"

"상황부터 들어보시죠. 다른 집단들이 손을 잡고 회사를 견제하기 시작했습니다. 그래서 한국 지사에서는 자유예술가 협회의 갤러리를 선공격했다는데…"

회사의 본격적인 전투는 출입 통제로부터 시작됐다. 인근의 군부대는 갑작스러운 시가지 전투 훈련이라며 끌려 나와 갤러리 주변을 봉쇄했다.

짜증 가득한 병장이 짝다리를 짚으며 경광봉을 휘휘 흔들었다.

"뭔 훈련을 말도 없이 시작해. 내일이면 전역인데 이게 뭔 고생이야."

"그래도 내일이면 전역하지 않으십니까."

"그러니까 더 짜증 나는 거지."

후임과 실없는 대화를 나누는데, 사람 하나가 다가왔다. 병장은 적당히 막아섰다.

"길 돌아가셔야 합니다. 훈련 때문에…"

"그런 안내 못 받았는데? 그리고 저기 뒤에 회사가 있는데,

잠깐만 지나갑시다."

"아… 그런데 출입 막으라고 해서…"

"아니, 그럼 나는 뭐 어쩌라고? 점심 먹고 회사로 못 돌아가면, 그거 그쪽이 다 책임질 겁니까?"

진짜 점심을 먹으러 나왔다가 길이 막힌 회사원은 붉은 국물이 튄 셔츠를 답답하다는 듯 끌어당겼다.

병사들도 곤란한 표정을 지으며 우물거렸다. 병장이 한숨을 내쉬었다. 앞을 막았던 경광봉을 내렸다.

"그러면 빨리…"

그때였다. 회사가 오직 자유예술가협회만을 상정하고 보낸 전투부대가 도착했다.

병사는 물론이고 불만에 가득 찬 회사원조차 입을 다물고 전투부대를 보았다.

척척척.

전신을 검은 슈트로 감싼 전투원은 살점 하나도 보이지 않아, 사람보다는 기계장치 같은 느낌을 줬다. 눈조차 보이지 않아 특히 더 그랬다.

카메라가 달린 헬멧이 완전히 얼굴을 감싸, 눈 코 입도 완전히 막혔다.

대신 증강 현실 UI가 카메라에 비친 시야를 필터로 걸러 보여주고 있었고, 소리는 물론, 오감 전부를 인지 필터로 조작했다. 이러면 어지간한 예술가의 공격은 막을 수 있었다.

문득, 부대의 걸음이 멈췄다. 헬멧에 장착된 소형 카메라가 돌아가며 병사와 회사원을 봤다. 헬멧 너머에서 기계음 섞인 목소리가 나왔다.

— 출입 통제 똑바로 하십시오. 실제로 사격할 거고, 사고 가 날 수 있습니다.

"아… 알겠습니다."

그걸로 끝. 얼떨떨한 표정을 지은 사람들을 뒤로하고 부대 는 천천히 나아갔다. 목숨을 건 전투가 코앞이었다.

— 우리 목표는 테러다. 시간 길게 끌면 온갖 놈들 다 이동 해 올 거야. 빠르게 치고 빠진다.

— 예.

— 갤러리에 있는 이상 개체는 숙지했지? 적절하게 대응해.

— 예.

그렇게 사람 없는 도로를 지나 도착한 벽화.

전투원 몇이 재빠르게 나아가 문 그림의 꼭짓점마다 기묘 한 기계장치를 붙였다. 기계장치는 푸른빛으로 발광했고, 푸른 빛이 하얗게 변하는 순간.

끼이익.

문이 열렸다. 문 그림이 물가에 비친 것처럼 일렁였다.

— 돌입.

— 돌입!

쿵쿵쿵, 전투원들은 벽을 향해 몸을 던졌다. 총기와 화염방

사기 따위를 앞세운 전투원들의 시야가 한순간에 바뀌었다.

도심의 도로에서, 미술관 같은 갤러리로.

- 홀부터 제압한 후, 관람실을 파괴한다!

짧은 복도를 후다닥 달리며 방아쇠에 손가락을 걸고, 섬광탄을 손에 쥐고, 이상 장비를 사용할 준비를 마친 순간.

그들의 걸음이 한순간에 멈췄다.

"오셨나요? 늦었네요."

넓은 홀의 가운데에 있는 안내 데스크. 그 앞에서 고급스러운 정장을 빼입은 사내가 빙글빙글 웃고 있었다.

전투원 중 누군가가 말했다.

- 골드버그클럽? 네놈들이 왜?

"아, 그건 말이죠, 저희가 갤러리를 샀거든요. 안타깝게도 이 갤러리도, 이상 개체도 저희 소유가 됐습니다."

사내가 손에 든 문서를 팔락거렸다.

전투원들의 카메라가 움직이며 문서의 문자를 읽어냈다. 골드버그클럽이 갤러리를 소유했다는 문서.

부대장이 이를 아득 갈았다. 상황이 파악됐다. 계약은 말도 안 되는 소리. 예술가들이 갤러리를 팔아치울 리가 있나.

- 이런 작은 전투에 개입하겠다고?

골드버그클럽에 포섭된 스파이들이 작전 계획을 유출한 게 분명했다.

골드버그클럽이 자유예술가협회와 손을 잡고 회사를 본

격적으로 견제하기 시작한 것이었다. 예상치 못한 동맹이었고, 위협이었다.

– 회사와 완전히 등을 돌릴 생각인가?

"그건 아닌데, 예술가들이 당하면 다음은 누구겠습니까? 그리고 우리가 뭐 언제부터 사이가 좋았다고."

사내는 입꼬리를 비죽 끌어 올렸다.

"맨날 간섭하고 규제하는 당신들 때문에 우리가 돈을 못 벌어요, 돈을."

돈벌이를 막는 회사와 이상 개체로 돈을 버는 골드버그클럽은 사사건건 부딪치는 편이었다.

극단까지 치닫지 않은 이유는 두 집단 모두 사회가 유지되기를 바란다는 점 때문이었지만, 어쨌든 적은 적이었다. 크고 작은 공작이 끊이지 않을 만큼.

– 빌어먹을 놈들. 오늘 일은 상부에 보고하겠다.

부대장은 작전을 포기했다.

자유예술가협회를 상대하기 위한 부대였다. 뜬금없이 나타난 골드버그클럽을 상대할 수는 없었다. 그들을 위한 장비가 아니었다.

아니나 다를까. 사내가 휘이 손을 내저었다.

"어쨌든 건물주로서 명하노니, 떠나십시오."

계약서가 광채를 내뿜었다. 그 빛은 은은했으나 현실에 기묘한 효과를 발휘했다.

홀에 발을 들인 전투원들이 한순간에 사라졌다. 그들이 들어왔던 벽화 앞으로 이동되었다.

상황이 종료되자, 데스크 안에서 예술가의 머리가 쑥 올라왔다.

"끝난 거 맞죠?"

"그럼요. 골드버그클럽의 경호 서비스는 비싼 값을 합니다. 보십시오. 작품 하나도 손상되지 않았습니다."

과장된 손짓을 하며 광고를 잊지 않는 사내의 모습에 예술가는 눈살을 찌푸렸다.

"이번 한 번으로 안 끝날 거 같으니까 그렇죠."

"그래서 맺은 동맹 아닙니까. 집단 하나둘로는 회사를 못 상대하지만요, 하하. 물론 총력전까지 가면 집단 몇 개로는 안 되겠지만, 거기까지 갈 리가 있겠습니까."

회사는 총력전을 원하지 않았다. 그런 전쟁이 벌어지면 지구가 남아나지 않는다.

언제나 그렇듯, 전투 몇 번이 이어진 후 협상으로 마무리될 것이었다. 어쩌면 전투도 안 일어날 수 있고. 사내는 그렇게 생각했다.

어떤 의미에서 사내의 예상은 맞았으나, 회사의 대응은 그들의 예상 범주를 벗어났다.

1차장, 참모부장, 기획실장은 회의를 시작했다. 이미 집단 몇이 동맹을 맺었다는 소식을 들었다.

참모부장이 1차장에게 눈을 부라렸다.

"스파이 제대로 안 잡고 뭐 합니까?"

"감사과만으로 이렇게 많은 회사원을 어떻게 다 감사합니까. 예산을 더 주시면 가능한데…"

1차장의 시선을 느낀 기획실장이 헛기침을 했다.

"복구가 끝나면 해결될 일입니다. 어쨌든, 적들이 동맹을 맺은 이상, 전면전은 불가능합니다. 한국으로 범위를 제한해서 싸울 수도 없습니다. 그 피해를 감당하기 힘들 겁니다."

"그러면 이렇게 넘어가자는 말입니까?"

참모부장이 짜증 섞인 말을 뱉자, 기획실장은 고개를 끄덕였다.

"그들도 전면전을 원하지는 않죠. 멸망주의자도 아니고. 한 발 물러나는 대가로 그들과 합작할 겁니다."

양보하는 대가로 그들 사업에 숟가락을 얹겠다는 말.

"마침 골드버그클럽이 이상 도시를 발견해 탐사할 예정이라는데, 거기에 관여할 생각입니다."

"수익을 나누는 거면 나쁘진 않은 합작입니다. 하지만 이대로 물러나면 억제력이 떨어지지 않겠습니까. 우리가 우습게 보이면 안 됩니다."

1차장의 말에 기획실장이 웃었다.

"그냥 숟가락이 아니면 어떨까요. 보시죠, 이연우 특수 조사원을 보낼 겁니다."

본사에서 특수 조사원으로 스카우트한 이연우는 이미 한국 지사의 상부에서도 눈여겨보는 인력이 되었다.

그 이력을 새삼 살핀 1차장과 참모부장의 표정이 묘해졌다.

"사고를 일으키지만, 그 자신은 살아서 돌아오는 조사원이라. 좋군요. 사보타주가 되겠습니다."

"하하! 골드버그클럽 놈들. 투자는 투자대로 하고 쪽박 차겠군!"

그들은 이연우가 사고를 일으킬 것이라고 확고하게 믿었다.

106

골드버그클럽은 한국에도 지부가 있었는데, 따로 건물을 두지는 않았고, 여러 호텔의 펜트하우스를 장기 대여해서 회의할 일이 생기면 그때그때 모이는 편이었다.

오늘도 한국의 어느 펜트하우스에 한국 지부의 회원 몇이 모였다. 얼마 전 있었던 회사와의 갈등 때문이었다.

형식상 갤러리를 구입했던 사내가 소파에 축 늘어져, 와인 잔을 빙글빙글 돌렸다. 붉은 포도주가 소용돌이치며 유리잔을 적시고 내려오기를 반복했다.

"전면전은 일어날 리가 없죠. 회사, 그 겁쟁이들이 전투를 원할 리가 없지 않습니까."

"글쎄…"

머리가 하얀 노인은 탁 트인 창가에 서서 야경을 내려다보았다.

고도로 발달한 도시. 밤에도 꺼지지 않는 불빛과 촘촘하게 깔린 인프라를 누리는 사람들.

사내도 힐긋 창가를 보다가 웃었다.

"영감님도 걱정이 참 많으시네. 회사는 지킬 게 너무 많아요. 저 도시, 저 사람들. 저게 파괴될 일을 자기들 손으로 하겠습니까."

노인은 반응하지 않았고, 사내는 혼잣말 같은 대화를 이어 갔다.

"이번에도 보세요. 싸웠다가는 그냥 안 끝날 거 같으니까, 물러났잖아요. 물론, 이상 도시 탐사에 끼워줘야 하는데 그것도 자존심만 세운 거죠. 사람 하나만 보내서 뭘 하겠다고."

"회사에서 자존심마저 빼면 시체 아니냐고."

비슷하게 늘어져 있던 다른 회원들이 회사를 비웃으며 낄 낄댔다. 젊은 남녀의 웃음소리가 넓은 펜트하우스를 채웠다.

노인은 눈살을 찌푸렸다. 젊은 놈들이…

"회사 무서운 줄을 몰라."

"회사 무섭죠. 정면으로 싸우면 누가 이깁니까. 그런데 그런 짓은 회사가…"

"못 한다고 누가 그러던가?"

노인이 천천히 몸을 돌렸다. 한국 지부를 담당하는 클럽장인지라, 다른 회원들도 슬며시 입을 다물었다.

속으로는 노인네가 겁이 많다고 욕하면서.

노인은 도심의 야경을 가리켰다.

"도시? 사람 몇십만? 회사가 진짜 이런 걸 두려워하겠나? 이상기후를 알고도 그런 소리가 나와?"

새삼 노인의 눈에 회원들의 모습이 잡혔다. 나이가 많아 봐야 마흔 살도 안 되는 젊은 피들이었다. 다른 회원들이 노인이 되기 전에 다 죽어서 저들이 이 자리를 차지하고 있었다.

그리고 머리가 하얗게 셀 정도로 살아남은 노인은 알았다. 회사가 눈이 돌아가면 얼마나 무서운지.

당장 이상기후 때만 해도 그랬다.

"이상기후 못 막겠다고 80억 인구가 죽게 버려둔 인간들이야. 이상기후를 막아보겠다고 60억 인구를 죽이려던 인간들이고."

보존 계획과 학살회사 파벌.

핵심 생존 계획은 집단들끼리 공유했기에 고위 인사인 그들도 보존 계획을 알았고, 클럽의 정보력으로 파벌도 알았다.

인류가 살아남을 수만 있다면 어떤 짓도 서슴지 않는 자들.

회원들의 얼굴도 새삼 굳어졌다. 그들도 청와대 테러를 기억했다. 대놓고 청와대로 쳐들어가 푸른 꽃을 피운 미친 인간들.

"회사가 지킬 게 많다고? 아니지. 우리는 도시가 필요해. 잘 먹고 잘 살아야 하니까. 그런데 회사는 달라. 세상이 망해도 인간이 살아남기만 하면 돼. 지킬 건 우리가 더 많아."

사내는 남은 와인을 벌컥 마시고, 붉어진 얼굴로 손을 내저었다.

"그래도 이상기후급으로 몰아붙이지 않으면, 회사도 정신을 놓지는 않지… 않지 않습니까."

"그건 모르지."

노인은 다시 몸을 돌려 아름다운 야경을 내려다보았다. 하지만 그 눈에 비치는 광경은 그의 기억 속 어디쯤이었다.

회사는 주기적으로 발작했다.

자기들끼리 뭘 연구하다가 이상한 걸 발견하고는 돌아버리고, 자기들끼리 이상한 결론을 내고 미친 멧돼지처럼 달려들고, 이게 인류 생존의 길이라며 끔찍한 사고를 일으키고…

물론 노인은 이해했다.

단순하게 예술에 몰두하는 자유예술가협회나 잘살기 위한 골드버그클럽과 달리, 인류 보호라는 쓸데없이 거창한 이념을 지닌 만큼 이런저런 사정이 있겠지.

노인이 걱정하는 건 그 주기였다.

'시간만 따지면 한번 발작할 때가 됐는데.'

이상기후도 해결되었겠다, 회사가 돌아버릴 때가 되었다. 이번 견제도 그것을 떠보기 위함이었는데, 순순히 물러나는 꼴을 보니 더 불안했다.

"영감님, 그래도 견제는 필요했습니다."

어떤 회원이 말하자, 노인은 마지못해 고개를 끄덕였다.

"어쨌든 잘 마무리되었으니, 나도 더 말하지는 않겠네. 나도 승인한 일이었고. 그래, 탐사에 합류한다는 회사원은 누군 가?"

"조사원이라던데요."

"누구?"

노인은 살짝 긴장하며 고개를 돌렸다.

조사원이면 생존의 달인 아닌가. 지금은 인원이 줄어들었 지만, 특히 그 반장은 무시할 사람이 아니었다.

와인 잔에 대충 와인을 따르던 사내가 말했다.

"이영우? 이연우? 1년도 안 된 새내기입니다. 이력이 상당 하긴 한데, 그래봐야 새내기죠."

"음. 괜찮군."

1년도 안 된 새내기가 경험이 많으면 얼마나 많겠나. 10년 경력의 회사원만 아니면 안심해도 됐다.

노인은 편안한 마음으로 다시 야경을 구경하기 시작했다. 그러다가 문득 말했다.

"그 총기 제작장을 모조리 털어버린 범인은 찾았나? 우리 가 그만큼 일방적으로 손해를 본 적은 없지 않나."

"아뇨…"

조사반의 사무실.

이연우는 한국 지사에서 나온 회사원과 마주하고 있었다. 기획실에서 왔다는 사람이 말도 안 되는 소리를 뱉었기 때문에, 이연우의 표정은 잔뜩 일그러졌다.

"그러니까 저보고 골드버그클럽의 이상 도시 탐사에 참여하라는 말입니까?"

"강제는 아닙니다. 얼마든지 거부하셔도 됩니다."

회사원은 친절하게 대응했다.

"다만, 앞으로 지우개를 계속 지니고 싶다고 요청하셨는데, 지우개를 지닌다면 이런 업무가 부여됩니다. 일종의 실습 체험으로 여기시면 됩니다."

지우개를 지니면 원래 이런 일에 투입된다고 회사원이 이런저런 사례를 들어가며 나긋하게 설명하자 이연우의 얼굴도 조금씩 펴졌다.

대신 이연우는 지우개를 가만히 내려다봤다.

'그냥 포기해? 귀찮은 일이 너무 많은데.'

지우개는 좋았지만, 따라오는 일들이 너무 귀찮았다. 조사원이나 특수 조사원이 아니라, 지우개를 지닌 요원으로서 업무가 추가됐다.

물론 그만큼 돈은 더 받지만…

이연우는 지끈거리는 머리를 꾹꾹 누르다가 한숨을 뱉었다.

"그래요. 참여하겠습니다."

일단 며칠 체험해보고 정 위험하다 싶으면 포기하면 된다.

그리고 지우개. 그때의 감각을 그 뒤로는 다시 느끼지 못했지만, 손만 까딱여도 어지간한 위험은 다 지울 수 있다.

"훌륭한 선택입니다."

회사원이 웃는 낯으로 고개를 끄덕이며, 서류 몇 장을 꺼내 이연우 쪽으로 밀었다.

이연우가 힐끔 내려다보니 탐사 계획이었다. 회사원은 간단하게 설명했다.

"이상 도시는 이상의 영향을 받는 도시를 말합니다. 대부분은 허황된 민담으로 전해져 내려오고, 또 이차원이 우연히 겹친 결과일 뿐이지만, 종종 진짜가 발견되기도 하죠."

실제로 고대의 전설로 여겨지던 도시가 발굴되듯, 이상 도시도 때때로 발견됐다.

그런 이상 도시는 큰돈이 되었기 때문에 골드버그클럽은 가챠 돌리듯 탐사를 멈추지 않았고, 이번에도 하나의 도시를 발견했다.

"한국전쟁 당시, 산골의 마을 하나가 사라졌다고 합니다. 근방의 노인들이 말하길, 북한군이 닥쳐오자 무당 하나가 마을 사람들을 어디론가 끌고 갔다고 하는데…"

"그곳이 이상 도시입니까?"

이연우의 질문에 회사원은 가만히 고개를 끄덕였다.

"죽음을 피할 수 있는 땅으로 갔다고 말하더군요."

전란을 피해 도망친 땅.

"어쨌든 그렇게 위험한 도시는 아니라고 예상된다니, 이연우 씨는 고생 조금만 하시고 발굴로 얻는 이익만 챙기시면 됩니다."

"글쎄요. 그렇게 쉬울지…"

이연우는 가만히 턱을 쓰다듬었다. 눈동자에는 의심의 빛
이 서렸다.

대놓고 이상 도시 같은 곳을 가는데, 문제가 안 터질까? 이
제 그도 자신의 운을 믿지 않았다. 분명 사고가 터질 것 같았다.

"지우개가 있지 않습니까. 이연우 씨는 무사히 돌아올 겁
니다."

"당연히 무사히 돌아와야죠. 그런 곳에서 죽을 수는 없으
니까."

무슨 당연한 소리를 하냐는 듯, 눈을 흘기기를 잠시. 이연
우는 에코백을 움켜쥐었다.

'챙길 게 많아.'

혹시 모르니, 에코백을 다시 꾸려야겠다고 생각했다.

이연우는 단순한 공구와 총기만이 아니라, 식수와 식량, 구
급약품과 위생 용품, 의류와 텐트, 방독면 등을 넣어, 생존 배낭
으로 만들기로 했다.

탐사 예정일은 빠르게 찾아왔다.

이연우는 에코백 하나만 덜렁 어깨에 걸치고, 산길을 올랐
다. 이미 앞서 골드버그클럽에서 돌아다닌 길이라, 갓 만들어
진 길을 따라가면 되었다.

비탈진 길을 한참 동안 걸어가니, 폐허가 나타났다.

초가집이나 기와집 따위가 비바람을 이기지 못하고 무너진, 마치 조선 시대의 산골 마을이 그대로 폐허가 된 듯한 마을.

"아, 오셨나요? 조금 늦었군요. 하마터면 두고 갈 뻔하지 않았습니까."

그리고 그 분위기와 맞지 않게 양복을 입은 골드버그클럽 회원들이 무거운 짐을 들고는 이연우를 맞이했다.

그중 이연우를 맞이했던 사내는 빙글빙글 웃었고, 이연우는 한숨을 쉬었다.

"먼저 가지 그랬습니까."

그러면 자연스럽게 탐사에 빠지면서도 그 책임을 골드버그클럽에 넘길 수 있었을 텐데.

사내는 언뜻 이상한 표정을 지었다가 다시 미소를 입에 걸었다. 역시 조사원이고 새내기다 싶은 마음.

"아무리 그래도 계약을 무시할 수는 없죠. 그런데 탐사는 처음입니까? 짐이 굉장히 가벼워 보이는데."

"그쪽에서 다 제공하는 거 아닙니까? 저는 그냥 참여만 하면 된다고 들었는데요."

이연우는 짐이 한가득 들었지만 겉보기에는 가벼운 에코백을 흔들며 자연스럽게 거짓말을 늘어놓았다.

다 돈 주고 산 물건들인데, 이왕이면 골드버그클럽의 것을 쓰면 좋으니까.

조각

순간 사내의 얼굴이 어두워졌다. 새내기라서 편할 거라고 생각했던 마음이 새내기라서 짜증 나는 마음으로 변했다.

자그마치 이상 도시 탐사다. 그런데 저렇게 가볍게 온다고?

"예비 물자는 준비했는데…"

"아, 내 몫은 준비를 안 했습니까? 그러면 탐사는 조금 미뤄주시죠. 내려가서 준비해 오겠습니다."

"아닙니다. 보급해드리겠습니다. 미룰 수는 없으니까요. 하…"

골드버그클럽의 자산을 이렇게 빼앗기는 건 또 처음이었다. 이상 도시 탐사가 코앞인데, 어째 시작부터 기분이 좋지 않았다.

사내가 신경질적으로 손을 휘둘렀다. 손에 들린 계약서가 팔랑이며 빛을 머금었다.

"이 땅의 주인으로서 말하니, 숨겨진 것은 모습을 드러내라."

그 순간 변화가 생겼다.

마을 구석에 있던 다 쓰러져가던 무당집이 멀쩡해졌다. 꼿꼿이 선 깃대에는 하얀 천과 붉은 천이 매달려 있었는데, 바람이 불지 않는데도 펄럭이며 기묘한 문양을 드러냈다.

"저쪽이 통로인가 봅니다. 갑시다."

골드버그클럽 회원들이 우르르 움직였다. 이연우는 제일 뒤에서 느릿느릿 따라갔다. 적당한 긴장을 유지하면서.

도시

무당집으로 들어가니 세상이 바뀌었다. 산의 중턱, 일본의 도리이처럼 생긴 홍살문의 앞으로. 무당집은 이 홍살문과 연결된 듯했다.

그들은 침착하게 주변부터 살폈다. 권총을 꺼내 들고 사방을 경계했다.

근처에서는 오색 천이 달린 커다란 나무가 바람에 흔들리며 춤을 추었고, 잡초가 듬성듬성 난 흙길이 산 아래로 구불구불 이어졌다.

언뜻 보이는 산 아래의 마을에서는 밥 짓는 연기가 폴폴 올라오고 있었다.

"바리케이드 설치하고 드론 꺼내!"

골드버그클럽 회원들은 분주하게 움직였다. 접이식 바리케이드를 펼쳐 길을 막았다. 누군가는 박스에서 드론을 꺼내 날려 보냈고, 누군가는 텐트를 치기 시작했다.

"3조는 이곳에서 거주하며 통로를 지켜. 드론 관측은?"

"접근 중입니다."

"너무 가까이 가지는 말고, 멀리서 확대해."

탐사가 한두 번이 아닌지 일사불란하게 움직이는 회원들. 각자의 역할을 기계장치처럼 수행하고 있었다.

한편 이연우는 가만히 서 있다가, 슬며시 주머니에 손을 찔러 넣었다. 지우개가 만져졌다.

'무기 있고. 주사위 있고. 에코백 든든하고. 통로는 계속 열려 있나?'

이연우는 탐사대의 담당자인 사내에게 다가가 질문을 던졌다.

"통로는 계속 열려 있는 겁니까?"

"곧 닫히겠죠."

"그럼 어떻게 돌아갑니까?"

사내는 귀찮다는 듯 인상을 찌푸렸다.

"2주 후에 바깥에서 열 예정이고, 긴급 상황이라면 이쪽에서도 열 방법이 있습니다."

"무슨 방법…"

그 순간, 높게 외치는 소리. 드론을 조작하던 회원이 화면을 확대하며 보고했다.

"관측했습니다! 옛날 마을입니다!"

사내는 얼른 그 회원에게 다가갔고, 이연우도 사내를 쫓아가 드론이 보내오는 영상을 보았다.

초가집과 기와집이 늘어선 산골 마을.

낡은 한복을 입은 사람들은 근처의 논이며 밭에서 일하고 있었고, 아낙네들이 광주리에 감자를 담아 논으로 향하고 있었다.

시간을 거슬러 과거로 돌아온 듯한 평화로운 광경.

"눈에 보이는 이상 현상은 이 공간뿐인가? 1조는 나와 함께 접근한다. 조사원, 같이 갈 거죠?"

"예."

이연우는 짧게 고개를 끄덕였다. 지우개도 있겠다, 무서울 게 없었다.

드론은 하늘을 가로질러 날았고, 또 고배율로 확대했기 때문에, 실제로는 상당히 멀리 떨어진 마을이었다.

산길을 내려가며, 담당자인 사내는 이연우에게 주의 사항을 말했다.

"행동거지, 말, 모두 조심해야 합니다. 고립된 공간이고 어떤 이상 개체가 있을지 모릅니다. 잘못 자극하면 무슨 일이 벌어질지 몰라요."

탐사 경험이 없는 이연우가 무슨 사고를 칠까 봐, 주의를 시키는 말.

이연우는 담담히 고개를 끄덕였다.

도시

"저도 이상 무서운 줄 압니다. 전부 당신들한테 맡기고 조용히 있겠습니다."

"좋습니다."

그렇게 걷기를 몇십 분.

그들은 마을에 도착했다. 근처의 평상에 앉아 있던 노인이 눈을 동그랗게 떴다.

"뉘신가?"

"안녕하십니까. 산에서 길을 잃은 사람들인데, 여기 전화 있습니까? 핸드폰이 안 터져서요."

사내가 천연덕스럽게 굴자, 노인은 가만히 눈을 깜빡였다.

"무슨 해괴한 소리를 하는 건지. 하여튼 거기 가만히 있으시오. 무당님 모시고 올라니까. …그런데 바깥에 전쟁은 끝났소?"

"전쟁이요?"

아무것도 모르겠다는 대답에 노인이 인상을 찌푸렸다. 얼굴에 주름이 깊게 파였다.

"공산군 말이오! 우리가 그놈들 피해서 여기까지 왔는데!"

"아! 한참 전에 끝났죠. 아니, 그런데 그것도 모르세요?"

"산골 마을인데 그걸 어떻게 아나? 어쨌든 여기서 기다리시오."

노인은 대수롭지 않게 반응했다. 그러고는 지팡이로 땅을 짚은 후, 자리에서 일어나 마을 안쪽으로 걸어갔다.

사내와 이연우는 잠시 침묵했다. 이연우가 먼저 입을 열었다.

"이상합니다. 기뻐하지도 않고, 나갈 생각도 없어 보입니다."

"시간이 많이 지났으니 저럴 수도 있겠지만, 지나치게 평온하긴 한데. …이곳이 살 만해서 그런가?"

보아하니 딱히 배를 곯지도 않고, 평화롭게 잘 사는 모양이었다. 만족스러운 삶을 이어가니 바깥에 관심이 없을 수도 있지 않을까.

그들은 마을 어귀에 서서 찬찬히 마을을 살폈고, 곧 무당이 노인과 걸어오는 것을 보았다.

무당은 붉은 갓을 쓰고 붉은 두루마기를 입고, 푸르고 노란 띠로 옷을 장식했으며, 부채를 편 채 다가왔다.

딸랑, 딸랑, 무당의 걸음마다 방울이 울렸다.

"손님이 오셨군."

날카로운 목소리. 시체처럼 창백한 얼굴과 피처럼 붉은 입술.

이상에 가장 가까울 것으로 추측되는 인물의 등장이었다. 사내는 속으로는 긴장하면서도 겉으로는 어수룩한 미소를 지었다.

"예. 혹시 전화 좀 빌릴 수 있을까요? 길을 잃었는데…"

"길을 잃어? 너희가?"

"…"

무당의 번뜩이는 눈과 사내의 의뭉스러운 눈이 마주쳤다. 무당은 가만히 노려볼 뿐이었지만, 회원들은 슬그머니 손을 움직이며 여차하면 권총을 뽑을 준비를 갖췄다.

사내 또한 치열하게 머리를 굴렸다.

'무당부터 제압할까? 아니지. 이렇게 싸우면 손해만 보잖아. 차라리 협상을…'

무당이 돌연 웃었다. 입꼬리가 귀에 걸릴 정도로.

"귀한 손님이니 홀대할 수는 없지. 따라오시게."

회원들은 사내에게 시선을 던졌고, 사내는 고개를 끄덕였다. 탐사 경험이 한두 번도 아니고, 이 정도로는 문제 될 것도 없었다.

"좋습니다."

무당이 코웃음을 치며, 노인에게 손짓했다.

"자네는 그만 쉬게. 관에 들어갈 날도 얼마 안 남았잖은가. 나는 손님들을 대접해야겠어."

"예, 예."

노인은 굽실거리며 어딘가로 사라졌고, 무당은 손님들을 자신이 머무는 신당으로 안내했다. 무당이 말했다.

"무슨 속내를 품었든 마을의 전통은 지켜줘야겠어."

"어떤 전통을 말하는지?"

"우리가 모시는 신께 인사를 드리라는 말이야."

"아, 그럼요."

이연우가 살짝 눈살을 찌푸리는 동안, 신당에 도착했다.

신당은 굉장히 넓었다. 마을 사람 모두가 들어가도 자리가 남을 정도로. 또한, 커다란 벽화가 그려져 있었는데, 검게 칠해진 무언가가 어떤 강을 가로막고 있는 그림이었다.

무당이 힐긋 회원들을 보았다.

"우리가 모시는 삼도천의 신이시네. 죽음을 다스리는 분이니, 경거망동하지 말게."

처음 듣는 신화였지만, 그들은 더 말하지 않았다. 이상 개체가 전설 따위로 둔갑하는 일은 흔했다. 그것을 분석하여 이상 개체의 특성을 알아내면 그뿐이었다. 그리고 수익성 역시 스토리가 있는 편이 좋았다.

무당은 만족스럽게 웃으며, 검은 물이 담긴 양동이를 들었다.

"이곳은 그분의 땅이니, 이곳에 발을 들인 이상 그분의 보살핌을 받아야지. 의례를 치르게."

"의례라면?"

"그분에게 죽음을 바치는 거지. 오직 죽음을 바친 자만이 이 땅에 머물 수 있어. 하기 싫다면 이대로 돌아가게."

딱 봐도 수상했다. 알 수 없는 이상 개체와 상호 작용하는 느낌.

사내는 눈동자를 대굴대굴 굴리며 부드럽게 거절할지, 맞서 싸울지 고민했다. 하지만 이연우는 달랐다.

'괜히 위험한 짓을 할 필요는 없지.'

이연우가 주머니에 손을 넣었다. 그는 대놓고 말했다.

"안 합니다."

"뭐라?"

"이연우 씨, 잠깐…"

"저런 짓을 왜 합니까. 그쪽들 말 들어줄 생각 없으니까, 설득하지 마세요."

이연우는 협상의 여지가 없다는 듯이 단호하게 고개를 저었다.

분위기가 험악해졌다. 무당의 눈이 희번덕거렸고, 사내는 난처한 미소를 지었다. 하지만 사내는 속으로 빠르게 판단을 내렸다.

나쁘지 않다. 이쯤에서 한번 떠보자.

"이 친구가 괴력난신을 싫어해서… 저희도 그렇고요. 꼭 해야 하나요?"

"…불손한 놈들. 좋다. 오랜만의 손님한테 강요할 수도 없지."

무당이 돌연 진정했다. 무당은 의미심장한 미소를 지었다.

"집을 내어줄 테니 그곳에서 쉬게. 그리고 내일, 잔치가 열리니 참여하고."

잔치가 뭐냐, 전화는 어디 있냐, 돌아가겠다, 이런 소리는 내뱉지 않았다. 이미 서로 눈치를 챘다. 상대에게 음흉한 속내가 있다는 걸.

모두가 마을에 남기를 원하는 이상, 쓸데없는 겉치레는 필요가 없었다.

사내 또한 웃음으로 답했다.

"잔치 좋지요."

"그분의 신령함을 기리고 또 드러내는 자리니, 꼭 참여하게. 그걸 느낀다면 그대들같이 불손한 자들도 그분을 섬기고 싶어질 테니."

짤랑, 방울이 울었고 무당이 부채를 휘둘렀다. 신당의 쪽문에서 사람 하나가 나와 손님들을 빈집으로 안내했다.

밤이 되었다.

회원들은 마을을 돌아다니며 정보를 수집했고, 통신기기로 홍살문 쪽의 회원과 대화를 나누고 정보를 분석했다.

"전설인지 사이비 무속인지는 중요하지 않습니다. 중요한 건 이상 개체일 뿐이지."

"그들이 모신다는 신이 이상 개체인지, 그 무당이 이상 개체인지, 아니면 다른 무언가인지는 모르겠는데…"

회원들은 경험과 지식에 기대어 이곳의 이상 개체를 분석했다.

이연우는 가만히 구석에 쪼그려 앉아, 주머니의 지우개를 대굴대굴 굴렀다.

'지루해.'

골드버그클럽의 회원들은 체계적으로 조사에 나섰지만, 그 조사는 이연우가 겪었던 일들과는 달랐다. 느렸다.

이게 안전한 길이었지만, 맨날 뻥뻥 터지는 사고만 겪던 이연우는 답답했다.

'차라리 시원하게 다 터지면… 아니, 그건 아니지. 아닌가? 지우개 확 휘둘러봐? 아냐. 아닌가? 위험할까?'

회원들이 알면 기겁할 생각. 회원들은 그들만의 대화에 열중했다.

"죽음을 바친다, 삼도천의 신, 아무래도 죽음과 관련이 있어 보입니다."

"맞습니다. 제가 탐문한 결과, 이 마을은 기이할 정도로 사망률이 낮아요. 전부 노인의 자연사입니다."

이런 고립된 마을, 의료진도 없는 마을에서는 있을 수 없는 일이었다.

"신생아의 사망도 아예 없답니다. 죽음을 바쳐서 그렇다는데."

"좋은데?"

사내가 손을 싹싹 비볐다. 이건 돈이 될 것이었다.

"무병장수는 비싸게 팔아먹을 수 있지."

사내가 힐끔 이연우를 보았다. 이연우는 심심한지 멍하니 허공을 보고 있었다. 의욕이라고는 하나도 없는 모습.

"무병장수, 관심 없습니까? 조사원은 이런 거 좋아한다고 들었는데."

"관심 없어요."

이연우에게는 빗물이 있었다. 이런 수상한 의식에 기대지 않아도 무병장수할 것이었다.

진심으로 지루해진 이연우가 한숨을 푹 쉬었다.

'잠이나 자자. 불침번은 저쪽이 선다는데.'

그리고 잔칫날이 왔다.

108

신당의 넓은 마당에서 사람들이 바쁘게 오가며 상을 옮기고, 밥을 짓고, 고기를 굽고, 하여튼 잔치를 준비했다.

노인들은 뒷짐 지고 여기저기 가리키며 뭐라 훈수를 두었고, 젊은 사람들은 땀을 흘리며 움직였으며, 아이들은 와아아 뛰어다니며 재잘재잘 떠들었다.

그 와자지껄하고 들뜬 분위기.

반대로, 골드버그클럽 회원들과 이연우는 구석에 모여 가만히 그들의 움직임을 살폈다.

"음식에 독을 탈 수도 있습니다."

"어쩌면 식사가 이상 개체의 트리거일지도 모르고요. 저승의 음식을 먹으면 이승으로 못 돌아간다는 이야기도 있지 않습니까."

"반대로 거절하는 것이 문제를 만들 수도 있고 말입니다."

이연우와 사내는 척척 말을 주고받았다. 이런 부분에서는 대화가 잘 통했다. 위험을 예측하고 그에 대처하는 일.

괜히 조사원이 아니구나, 새삼 이연우를 본 사내가 회원 하나를 불렀다.

"우리가 챙겨 온 식량 있지. 20인분 정도만 넘기자고. 잔치에 음식 거드는 느낌으로. 초콜릿도."

"알겠습니다."

이연우 또한 사내의 판단에 감탄했다.

"우리가 준비한 음식만 먹으면 되겠군요."

"우리가 아니라, 저희가 준비한 물자인데… 아니, 됐습니다."

그때였다.

건장한 농민 몇이 낫이며 쇠스랑 따위를 한 아름 껴안고 들어와 마당 구석에 쏟았다. 질이 나쁜 농기구가 절그럭 소리를 내며 잔뜩 쌓였다.

이연우는 의아한 표정을 지었다.

"잔치에 저런 걸 왜 가져올까요?"

"가져올 수도 있죠."

잔치에 어울리지 않는 물건이었지만, 사내는 냉정하게 분석했다.

"잔치를 이유 없이 하지는 않을 겁니다. 여기는 농사에 의존하는 작은 마을이고, 거기에 무당이 지배하는 마을이니, 농사와 종교가 섞인 뭔가가 있겠죠."

독특한 문화가 생겨도 이상하지 않다는 말.

그리고 이상 도시의 독특한 문화에는 이상 개체의 영향이 있기 마련이었다.

'이상한 느낌이 드는데…'

이연우가 주머니에 손을 넣고, 지우개를 쥐었다. 자신감이 차올랐다. 안전하게 내 몸을 지킬 수 있다는 느낌.

"잔치에 그 신이란 것이 힘을 보인다고 했었죠. 신이면 보통 어떤 이상 개체를 말합니까?"

"그냥 호칭일 뿐입니다. 신이라고 이름 붙이면 신이고, 작품이라 부르면 작품이고. 악마는 조금 다른데… 어쨌든 마을을 조직하고 지배하는 꼴을 보니 교섭할 수 있어요."

문득 사내가 탐욕스럽게 웃었다.

"이 마을을 제 거래처로 만들고, 무병장수를 판매하면… 흐흐. 돈이 좀 벌릴 겁니다."

"거래처요?"

"평범한 사업이랑 다름없습니다. 이쪽에서 사서 저쪽에 팔고. 이쪽 서비스를 저쪽 사람한테 중개하고. 중간에서 돈 받고."

잔치가 시작되려면 시간이 남았다.

손목시계를 살핀 사내는 잡담을 나눌 겸, 골드버그클럽의 구조를 설명했다.

"돈이 뭐 땅에서 나오지는 않죠. 고위 회원들은 각자 사업

을 운영합니다. 그리고 사업의 수익에 따라 서열이 정해지고
요. 쉽게 말하면⋯"

사내가 손가락을 구부려 동전 모양으로 만들었다. 손목에
걸친 시계가 반짝 빛났다.

"돈이죠. 돈을 잘 버는 사람이 최고다, 이 말입니다."

"단순하네요."

회원끼리 이권 다툼이 심할 거 같기도 하고. 이연우는 별생
각 없이 고개를 끄덕이다가 지루한 마음에 다른 질문을 던졌다.

시간을 보내기 위함이었다.

당신은 무슨 사업 하냐, 경호 서비스와 이상 도시 탐사를
주로 한다, 조사원 위험한데 클럽으로 넘어오는 건 어떠냐, 싫
다, 그 계약서는 뭐냐, 회사가 정부 공권력을 빌려 쓰면 쉽게 무
효화된다⋯

하잘것없는 대화를 이어가기를 잠시.

잔치 준비가 끝났다.

상마다 잡곡밥과 반찬, 고기 따위가 올라갔다. 마을 사람들
은 낫과 쇠스랑, 짱돌 따위를 손에 쥔 채 무당이 오기를 기다렸다.

그 눈빛들은 어둡게 가라앉아 있었고, 공기마저 날카롭게
곤두서는 듯했다.

"분위기가 좀⋯"

이연우가 몸을 웅크렸다. 꽉 눌린 용수철처럼, 달려 나갈
준비를 마친 짐승처럼. 미어캣이 되어 고개를 두리번거리던 그

는 무당이 신당에서 나오는 것을 보았다.

짤랑, 짤랑, 방울 소리가 울렸다. 점점 커지고 가까워지는 소리는 무당이 그들 한가운데 멈춰 서고서야 멎었다.

이어지는 것은 무당의 날카로운 목소리.

"죽음을 바치는 날이야. 다들 준비되었겠지? 빠진 사람 없고?"

"예, 예. 그럼요."

낫이며 쇠스랑을 꽉 쥐는 손들이 부들부들 떨리고 있었다. 눈꺼풀은 질끈 감은 채였다.

무당이 홱 고개를 돌렸다. 손님들에게 고정된 시선. 사내는 태연하게 그 시선을 받았다. 배고프다는 듯 배를 문지르면서.

무당이 히죽 웃었다.

"손님들께서는 거기 가만히 있으시게. 그분의 권능을 두 눈으로 똑똑히 보고 느끼란 말이야."

"기대되는군요."

사내도 히죽 웃었다. 눈싸움하듯 무당과 시선을 마주하기를 잠시.

무당이 부채를 홱 펼쳤다. 거무스름한 삼도천의 신이 모호하게 그려진 부채였다. 그 부채가 홱 위로 올라갔다.

"시작하게."

빙그르르, 부채가 곡선을 그리며 떨어지자, 무당은 굿판을 벌이듯 펄쩍펄쩍 뛰고 빙글빙글 돌았다. 옷에 묶은 장식이 활짝 펼쳐졌고, 방울 소리가 귀가 아플 정도로 울렸다.

그리고 피가 튀었다.

푹!

낫이 사람의 목을 그었다. 쇠스랑은 창이 되어 사람을 찔렀다. 짱돌이 머리를 찍었고, 돌팔매질에 머리가 깨졌다.

우당탕!

사람들이 앓는 소리를 내며 쓰러졌다. 기껏 차려놓은 밥상이 엎어졌고, 멀쩡한 밥상은 피로 붉게 물들었다.

이연우의 동공이 확장됐다.

진짜였다. 시늉이나 연기가 아니라, 진짜로 치명상을 입히고 있었다. 피비린내가 짙게 풍겼다.

"아니, 미친…"

이연우의 다리가 저절로 움직였다. 마당의 울타리를 슬금슬금 따라, 활짝 열린 대문을 향해.

그 순간, 무당이 이연우를 가리켰다. 마을 사람들의 고개도 동시에 돌아가 이연우를 보았다.

"감히 잔치 중에 자리를 벗어나려고?"

무당의 째지는 목소리. 방울 소리가 멈췄고, 죽고 죽이는 소리 또한 멈췄다.

무당이며 마을 사람이며 할 것 없이 모두가 검은 연기 낀 눈으로 이연우를 노려보았다. 바닥에 쓰러진 사람조차 숨을 헐떡이며, 피를 토하며, 신음을 흘리며 이연우에게로 시선을 모았다.

그 살벌한 분위기. 붉게 물든 낫과 쇠스랑. 피를 뒤집어쓴 인간들. 살기가 가득한 공기.

당장 이연우를 잡아 산 제물로 바칠 듯한 기세 앞에서 이연우는 말했다.

"아뇨. 여기가 잘 보여서요. 잔치 계속하시죠. 와, 진짜 이런 건 몇 번 못 봤는데."

무당의 눈꺼풀이 파르르 떨렸다. 골드버그클럽 회원들도 어이없는 표정을 지었지만, 무당이 다시 펄쩍 뛰며 사람들이 죽고 죽이기 시작하자 분위기는 다시 광기로 물들었다.

도망치지도, 망설이지도 않고 전력을 다해 죽고 죽인다.

원수처럼 싸우니, 살육은 금방 끝났다.

마을 사람 모두가 상처를 입고 바닥에 누웠다. 쌕쌕, 힘겨운 숨소리. 무당은 비린내 나는 공기를 듬뿍 마신 후, 흐뭇한 미소를 지었다.

"삼도천의 신께서도 만족하실 거다."

무당이 향에 불을 붙였다. 향에서 검은 연기가 풀풀 솟아 신당 안쪽으로 흘러 들어갔다.

동시에 사람들의 상처가 점차 사라졌다. 그들이 흘린 핏물은 남았지만, 깨진 머리와 베인 목과 찔린 몸통은 빠르게 회복되었다. 처음부터 없었다는 듯.

마을 사람들은 언제 치명상을 입었냐는 듯, "아이고" 하는 앓는 소리를 내며 몸을 일으켰다. 그러고는 피가 뿌려진 밥상

앞에 털퍼덕 주저앉았다.

하지만 나이를 먹을 대로 먹은 노인 몇은 상처가 제대로 회복되지 않았는지, 몸을 웅크리고 신음과 고통을 애써 참았다.

무당이 검게 물든 눈을 몇 번 깜박이다가 고개를 주억였다.

"고생했으니, 식사들 하시게. 죽음을 덜 바친 자들은 남아 있고. 그리고 손님들께서는 어떻게 보았나? 우리 신께서…"

짝. 짝. 짝.

느릿한 박수 소리가 무당의 말을 끊었다. 골드버그클럽의 고위 회원인 사내였다. 사내는 붉게 물든 얼굴로 기쁘게 웃었다.

"좋아요. 아주 좋아요. 훌륭합니다. 영업이 아주 예술입니다."

상품 소개를 이보다 더 직관적으로 할 수 있을까. 이걸 보고도 상품성이 없다고 할 수 있을까.

무병장수만이 아니라 치명상조차 치료되는 이상 개체! 이건 상품성이 확실했다!

물론 아직 완벽히 분석한 것은 아니었지만, 그거야 차근차근 알아내면 될 일이었다.

"깊은 이야기를 해도 되겠군요. 그쪽에게도 도움이 되는 이야기일 겁니다."

사내가 성큼성큼 다가오자, 무당이 어리둥절한 표정을 지었다. 무당이 예상한 반응이 아니었다.

그러다가 무당은 문가에 선 이연우를 보았다.

이연우는 눈살을 찌푸리고 있었다.

'정신이 멀쩡한 인간이 하나도 없네.'

이런 잔치를 주도한 무당도, 그걸 보고 돈이 된다며 좋아하는 골드버그클럽의 사내도 제정신이 아닌 듯했다. 여기서는 오직 자신만 멀쩡한…

이연우의 생각이 무당의 말소리에 의해 멈췄다.

"그쪽 손님은 어떻게 보셨나?"

"아."

이연우가 생각에서 빠져나왔다. 무당의 음산한 눈빛 때문에 이연우는 깊이 생각하지 못하고, 떠오르는 대로 말을 뱉었다.

"식상하네요. 딱히 특별하지는 않아 보입니다."

서로 죽인다? 저건 무당의 강요로 인한 행동이었다. 차라리 사람을 죽이는 병이 무서웠다. 재생? 머리가 빠지는 비에서 보았던 좀비가 더 끈질겼고.

그렇기에 이연우는 도리어 자그마한 긴장마저 풀었다. 이게 전부면 딱히 위험할 것도 없었다.

이연우의 얼굴에 대놓고 드러난 지루함. 이연우는 빨리 돌아가고 싶은 마음뿐이었다.

심지어 심심해 보이기까지 하는 이연우의 표정 때문에 무당의 얼굴에 혼란이 들어찼다.

"이연우 씨! 그쪽도 안으로 들어오세요. 그쪽 몫은 그쪽이 챙겨야지."

사내가 신당으로 성큼 발을 들였다. 무당은 고개를 갸웃거리며 따라 들어갔고, 이연우는 느긋하게 신발을 벗고 신당으로 들어갔다.

신당 안을 앞서 걷는 무당과 사내.

'냄새.'

이연우는 코를 찡긋거리며 검은 연기가 뱀처럼 기어간 허공의 자리를 더듬었다. 어렴풋이 느껴지는 연기의 자취는 벽에 그려진 신의 그림으로 이어졌다.

'저 그림이 이상 개체인가? 무당은 이상 개체 하나를 다루는 거고? 지우개 두 번 휘두르면 끝이겠네.'

삼도천을 가로막은 검은 그림자. 어쩐지 조금 흐려진 느낌인데…

"빨리 오세요! 일분일초가 아깝지 않습니까! 하루 일찍 사업을 시작하면 하루만큼 돈을 더…"

"예, 갑니다."

신당의 자그마한 방.

온돌이 뜨끈하게 데워진 바닥에 앉아, 무당과 사내와 이연우가 대화를 이어갔다.

사내는 몸을 들썩이며 적극적으로 말했다.

"이… 종교? 마을? 신도? 어쨌든 사람 더 받을 생각 없습니까?"

"손님들이라면…"

"우리 말고, 바깥 사람들 말입니다. 그쪽도 알겠지만, 우리는 닫힌 통로를 열고 왔습니다. 얼마든지 오고 갈 수 있다는 말입니다."

무당은 당황한 기색이었다. 폭우에 둑이 무너진 것처럼 대화의 흐름이 폭발적이었다. 차마 따라가지 못할 정도로.

"우리가 사람들을 이쪽으로 데리고 오겠다, 이 말입니다."

무당은 곰곰이 생각하다가 부채를 쫙 펼쳐 얼굴을 가렸다.

"우선 신께 여쭤봐야…"

"아하, 그러면 그 신 좀 불러보십시오. 직접 담판을 짓겠습니다."

"그게 무슨…"

"당신이 삼도천의 신을 모시듯, 우리도 그쪽 사람이거든요. 주술, 축복, 도술, 법력, 어쨌든 그런 거."

그러면서 사내는 특별한 지폐 한 장을 꺼내 라이터로 불을 붙였다. 겉보기에는 만 원짜리 지폐일 뿐인 섬유가 불타자, 사내는 손을 당기는 시늉을 했다.

벌컥.

그 순간, 창문, 문, 서랍이 모조리 동시에 열렸다. 사내가 지불한 값에 따라, 만 원어치 노동이 순식간에 이뤄진 것이었다.

바깥 공기와 소리가 쏟아져 들어왔다. 무당이 눈을 가늘게 뜨더니, 탁, 부채를 접었다. 부채는 곧바로 자그마한 상으로 떨어져 경쾌한 타격음을 내었다.

"확답을 하려면 시간이 필요하네. 우선 장례부터 치르고 이야기하지."

"오래 걸립니까? 아니, 그 전에 그 삼도천의 신에 대한 이야기부터 들려주시죠. 사람들한테 잘 말하려면…"

"불가! 얌전히 기다리게."

사내는 실실 웃으며 자리에서 일어났다.

이연우 또한 그를 따라 그들이 머물던 집으로 향하는 길.

마을 사람은 모두 신당에 모였기에, 거리에는 사람이 없었다. 사내가 나직하게 말했다.

"자, 본격적으로 움직여봅시다. 신당 안의 정보도 빼내고, 무당도 감시하고."

"괜히 경계심만 일으키지 않겠습니까?"

"우리도 당신네 형광 조끼 같은 게 있습니다. 그거 쓰면 문제없어요. 정체도 대강 짐작되고."

어쨌든 골드버그클럽이 주였다. 일개 참여자일 뿐인 이연우는 가만히 고개를 끄덕였다.

109

사내는 빠르게 행동했다. 무전기를 들고 홍살문을 지키고 있을 3조와 그 옆에서 대기하고 있는 2조에게 통신을 걸었다.

"2조, 돌 들고 내려와. 감시 대상 확정했다."

지금까지 먹고 자던 방이 임시 연구소로 변신했다. 접이식 책상을 꺼내 펴놓고, 그 위로 노트북이 올라오고, 바깥으로 자그마한 발전기가 자리 잡고, 전선 따위가 복잡하게 꼬였다.

이연우는 방구석에 쪼그려 앉아, 그 일 처리를 가만히 구경했다.

'이게 제대로 된 과정인가?'

퇴로 확보, 정찰조 파견, 탐문, 핵심 인물과 관계 수립, 은밀한 정보 수집팀 파견…

나름 회사와 비슷한 체계였다.

조사원 파견, 조사원의 정보를 바탕으로 전문 부대 출동, 뒤

처리. 지금까지 한 행동들은 조사원으로서 하는 일과 비슷했다.

그런데도 이연우는 맞지 않는 옷을 입은 듯 불편함을 느꼈다.

'이게 맞아? 조사 나가면 이상 만나고 몸 비틀어야 하는 거 아니야?'

뭐랄까, 낯선 외국에 떨어진 느낌? 안 먹던 음식을 먹은 느낌? 소수로 움직이다가 다수로 움직이니까 더 그런 느낌?

이연우는 머리를 긁적이다가 털썩, 벽에 등을 기댔다.

'대충 구경만 하다 가자. 그 이상 개체도 궁금하긴 하고.'

안전이 거의 보장된 상황. 평소라면 자그마한 것에도 경계심을 품고 의심의 눈초리로 보았겠지만, 지금은 호기심과 흥미의 대상이 되었다.

그리고 2조가 내려왔다.

눈으로 보고도 이상하게 무시하게 되던 2조가 돌을 주머니에 넣기 무섭게 돌연 존재감을 내뿜었다. 그들에게 사내가 명령했다.

"두 명은 신당에 가서 자료 전부 찍어 와. 다른 조원은 돌아가면서 무당 감시하고. 그리고 이연우 씨?"

사내가 검은 봉투를 이연우에게 건넸다. 이연우가 받아보니, 무전기와 돌멩이 하나였다. 인식을 왜곡하는 돌인 듯했다.

"이건 왜…?"

"공동묘지가 수상하거든요. 그쪽 한번 보고 와주세요."

자연사한 노인의 시체를 한곳에 모아두었다고 했는데, 아무래도 죽음과 연관된 이상 개체로 추측되니 그것을 확인할 필요가 있었다.

사내는 실실 웃으며 말했다.

"불침번에서도 빼드렸고 물자도 다 빌려드렸는데. 이 정도는 해주실 수 있죠?"

"예, 뭐. 밥값은 해야죠."

인터넷도 안 되고 심심하겠다, 시간이나 보낼 생각으로 받아들인 제안.

사내는 봉투를 툭툭 쳤다.

"이 돌을 쥐면 진짜 길가의 돌처럼 여겨지게 되거든요. 무덤의 사진, 동영상 찍어 오시고, 이왕이면 시체 사진도 부탁드립니다."

사내는 공구가 쌓여 있는 구석을 가리켰다. 이연우는 큼직한 삽을 대충 어깨에 걸쳤다.

그렇게 이연우는 묘지로 갔다.

묘지는 그들이 내려왔던 산에 있었는데, 홍살문으로 올라가는 길과는 다른 길로 올라가야 했다.

이연우는 한가롭게 산길을 오르며, 천천히 감각을 깨웠다. 상쾌하고 맑은 공기를 크게 들이마셨다.

'혼자야. 위험할지도 몰라.'

아무리 지우개를 지녔어도 뒤통수를 맞으면 위험한 법. 홀로 남으니, 잠에 빠졌던 본능이 느릿하게 꿈틀거렸다.

미약한 활력이 피를 타고 전신을 휘돌았다. 걸음마다 힘이 들어가고, 두뇌가 조금씩 깨어났다.

'이 돌 덕분에 인식에서 벗어났지. 그러면 뭐가 위험할까. 폭격이나 지진 같은 범위 공격? 이곳에 버려지는 것도 안 좋지. 지렁이 교단처럼 인파 자체가 위험할 수도 있어.'

의심병에 가까운 생존 본능이 사소한 요소를 모조리 꺼내 와 위험 요소로 뒤바꿨다.

'그 회복 능력으로 지우개의 삭제에서도 회복될 수 있을까? ⋯골드버그클럽도 위험하지. 돈을 벌 수만 있다면 나도 죽일 거야. 에코백도, 주사위도 돈 될 물건이지.'

의심하다 보니 도착한 묘지.

정확히는 산에 있는 자연 동굴. 동굴 안에 시체를 안치한다고 했다.

이연우는 가만히 서서 동굴 입구를 보았다. 잔칫날인데도 사람 둘이 입구를 지키고 있었다. 건장한 체격에 검과 활로 무장한 사람 둘.

이연우는 돌멩이를 꽉 쥔 채 슬그머니 모습을 드러냈다. 나무 뒤에서 머리만 빼꼼.

정확히 남자와 눈이 마주쳤는데, 남자는 나뭇가지 보듯 이연우를 지나치고는 입을 열었다.

"잔치 끝났겠지?"

"끝났겠지. 어휴, 참가 안 해서 다행이지. 진짜 못 할 짓이야."

"뭐 어쩌겠냐. 무당님 말씀이고 그분께서 원하는 것인데."

이연우는 돌의 효과를 그제야 확실히 믿었다. 이연우는 고개를 끄덕이며 천천히 입구로 걸었다.

사람이 그들을 지나치는데도 경비를 서는 남자들은 잡담을 나누기 바빴다.

"노인네들 어쩌냐. 이제 여기로 들어갈 텐데."

"그분 덕분에 건강하게 잘 살았으니, 수명을 누린 이후의 삶은 그분께 바쳐야지."

이연우가 동굴로 들어갔다. 횃불이 하나도 없어 어두컴컴한 동굴로 하얀 빛줄기가 쏟아졌다. 이연우가 켠 손전등이었다.

'냄새…'

동굴 안에서 무당이 태웠던 향의 냄새가 어렴풋이 났다. 그 냄새는 동굴 안쪽으로 걸어갈수록 강해졌고, 동굴의 공기는 기온이 낮아서 차가운 기운을 풍겼다.

냄새를 따라서 발소리도 들리지 않게 조심스럽게 걷기를 잠시.

이연우는 마침내 큰 공동에 도착했다.

그리고… 빼곡히 쌓인 시체들을, 아니, 죽지 못해 시체보다 못한 꼴이 되어버린 자들을 보았다.

"이건…"

쌕쌕, 힘겨운 숨소리의 파도에 묻히듯 나지막한 혼잣말이 가라앉았다. 겨우 숨만 내쉬는 소리는 공동 안쪽에서도 희미하게 들려왔다.

이연우는 딱딱하게 굳은 얼굴로 가까운 시체 인간에게 다가갔다.

빼빼 말라 뼈마디가 보이는 몸. 하얀 머리카락이 잔뜩 빠져 있는 머리. 사람보다는 미라에 가까운 얼굴. 검은 연기가 낀 눈동자가 손전등의 빛을 따라 겨우 움직였다.

푸르뎅뎅한 입술이 우물거리더니, 미약한 목소리가 들렸다.

"죽, 여줘… 제발…"

이연우는 깨달았다.

죽음을 바쳤다. 죽음을 바친 자는 죽지 못한다. 죽음 자체를 삼도천의 신에게 바쳤기에, 자연사조차 잃어버린 자들. 영원토록 죽음을 바치는 지옥에 빠진 자들.

최후가 끔찍했다.

'의례를 안 치른 건 잘한 일 같긴 한데…'

이연우는 고민했다. 이 상황에서 조사원으로서 무엇을 해야 할까.

회사에서 구를 대로 구르며, 안 그래도 둔한 감성이 더 메말랐다. 이연우는 한 명의 조사원으로서 판단을 내렸다.

'우선 촬영부터 하고, 한 분 정도는 모시고 가야겠어.'

찰칵. 찰칵.

골드버그클럽에서 받은 카메라로 사진 몇 장을 찍고, 체구가 작은 노인 하나를 가볍게 들어 올렸다. 그러고는 에코백을 활짝 펼쳐, 노인을 발끝부터 집어넣었다.

마르고 체격이 왜소한 노인이라 관절을 접으니까 쉽게 들어갔다. 죽지 못하는 몸이니 문제도 없었고.

마지막으로 이연우는 자신에게 죽여달라고 부탁했던 노인에게 향했다.

"죽여드릴 수 있습니다. 정말 원하십니까?"

노인은 간신히 고개를 끄덕였다. 손톱만큼도 움직이지 못했지만, 그 뜻은 전해졌다.

이연우가 지우개를 꺼냈다.

'이 죽음 거부에 지우개가 통하는지 확인해봐야겠어.'

지우개가 느릿하게 노인의 머리를 지웠다. 근처의 다른 것도 지워졌고, 목 위로 남은 것이 없었다. 탁한 피가 줄줄 흘러나왔다.

그런데도 죽지 않았다. 죽을 수 없었다. 이연우는 손목의 맥을 짚어 그 사실을 깨달았다.

'그래도 회복은 못 하네. …편히 가십시오.'

이연우가 노인의 남은 육체마저 모조리 지우는 때였다. 다른 시체들이 필사적으로 꿈틀거렸다. 힘없는 목소리가 열망을 품고 쏟아졌다.

"나도, 나도 죽여주시오…"

"제발…"

스산한 목소리. 뱀이나 기생충처럼 한곳에 모여 꿈틀거리는 시체 같은 인간들.

이연우는 고개를 끄덕였다.

"며칠만 기다리십시오. 다시 오겠습니다."

회사에 이걸 보고하면 가만있지 않을 것이었다. 인간이 이상 개체의 손아귀에서 고통받고 있는데.

죽지 못한 인간들이 축 늘어졌다. 다시 힘겨운 숨소리가 이어졌지만, 그 눈동자에는 희망이 담겼다. 죽지 못해 사는 삶에 끝이 보였다.

그리고 그들의 눈동자에 낀 검은 안개는 모든 것을 보았다. 노인이 완전히 삭제되는 장면을. 영구적인 죽음을 맞이하는 광경을.

무당은 누가 감시하는 줄도 모르고, 신의 그림 앞에 가만히 앉아 명상에 들었다.

정확히는 삼도천의 신, 자그마한 공간에 봉인된 저승의 존재와 교류하는 중이었다.

'더 많은 죽음을 수확할 수 있을 것으로 사료되나이다. 어떻게 하면 되겠나이까?'

– …잠시만 기다리거라.

마침 이연우가 동굴에 진입한 시점이었다. 돌로 여겨졌기에 이연우를 감지하지는 못했지만, 지우개가 지운 제물은 보았다.

- 내쫓아! 공손하게! 저들에게 끔찍한 무언가가… 아니, 잠깐. 아니다. 이곳으로 모시거라. 저들이 저런 것을 휘두를 수 있다면, 죽음을 더 수확할 필요도 없지.

공포가 8할, 희망이 2할 섞인 목소리가 무당의 머릿속에 울렸다.

- 어쩌면 이 봉인을 무시하고 저승으로 돌아갈 수 있을지 도 몰라!

'알겠나이다.'

무당은 영문을 몰랐지만, 언제나 그렇듯 그것의 뜻에 따랐 다.

자칭, 타칭 삼도천의 신은 희망에 차올랐다.

- 죽음 이후의 세계로 돌아가자, 제발. 이런 끔찍한 이승에 는 다시는 발 안 붙일 테니까.

한편, 골드버그클럽의 회원들은 신당에서 몰래 촬영한 자 료를 해석하기 바빴다. 클럽에서 만든 번역 프로그램이 무당이 숨겨둔 고서적을 번역하고 있었다.

"중요한 부분은 번역이 끝났습니다."

"설명해봐."

"예. 이 삼도천의 신이란 것은 조선 시대에 나타난 것인 데…"

회원이 모니터를 보며 술술 읽었다.

"저승에서 악귀가 나와 이 근처에서 난동을 부렸답니다. 그런데 지나가던 스님이 봉인했다는군요."

"어떻게?"

"죽지 않는 나무에 집어넣었답니다. 기록된 대화는 대충 이런 느낌입니다."

- 저승으로 돌아갈 테니 풀어주시오.
- 어허, 그대는 깨달음이 부족한 몸. 그 안에서 삶의 고통부터 깨달 거라.
- 죽은 자가 삶의 고통을 모르겠소?
- 내가 보기에, 너는 충분히 고통받지 못해 깨달음을 얻지 못한 것 이니라.

사내의 표정이 어두워졌다.

"그러면 죽음을 바치라는 이유는 그 나무에서 빠져나오기 위함인가?"

"아마도요."

죽지 않는 나무에 봉인된 악귀. 죽음을 수확하여 나무에서 탈출하려는 악귀.

이건…

"장기적인 수익을 못 내잖아. 죽음을 충분히 수집하면 탈출할 거 아냐."

"아무래도 그렇죠."

사내는 이마를 탁 짚었다. 잘못하면 투자금도 회수하지 못하는 거 아닌가? 물론 이상 도시 탐사는 손해를 보기 일쑤였으나, 이번에는 정말 대박이 터지나 싶었는데.

"돈, 돈, 돈을 벌어야 하는데. 어디 보자."

죽지 않는 나무를 강화하면 영원히 죽음을 수확하는 기계로 만들 수 있지 않을까.

"아무래도 회사 지분을 조금 늘려주고, 대가로 봉인에 도움을 받아야겠어."

그때, 짤랑짤랑 방울 소리가 들리며 무당의 방문을 알렸다. 동굴에서 내려오는 이연우보다 빠른 걸음.

사내는 침투가 들켰나, 깜짝 놀라 서둘러 나갔다. 무당은 어쩐지 공손한 태도로 말했다.

"자네들에게 도움을 받아야겠어."

"어떤 도움 말인지?"

사내는 빙글빙글 웃으며 말했지만, 이어진 무당의 말에 표정이 굳었다.

"영원한 죽음을 내리는 물건이 있잖은가. 신께서 무덤에서 있었던 일을 다 보았네. 그걸 몇 번만 더 써주시게."

사내의 머릿속에서 황금빛 번개가 쳤다. 무덤에 간 이연우. 영구적인 죽음. 가벼운 옷차림에 그만한 효과를 지닐 물건.

지우개!

'…그래. 지우개를 조사원이 들고 있다는 말은 들었지. 그 반장인 줄 알았는데, 이쪽이었나? 확실히 상상하기 힘든 일이야.'

사내가 웃었다.

"2조. 돌 들어라. 대어를 낚을 시간이다."

이건 대박이었다. 회사와의 갈등을 감수할 만한 대박! 거기에 무슨 주사위까지 가지고 있다고 들었다.

지우개와 주사위는 얼마에 팔 수 있을까? 이건 도전을 안 할 수가 없었다.

그리고 이연우는 산에서 내려오던 중 뭔가를 떠올리고는 에코백에서 형광 조끼까지 꺼내 입고 돌을 쥐었다.

'너무 방심했던 거 같아. 골드버그클럽은 적대 집단인데. 통로를 여는 방법이라도 몰래 알아놔야겠어.'

110

탐사의 책임자인 사내는 무당을 향해 웃었다. 자연스럽게, 친절하게.

"우선 그분한테 먼저 여쭤봐야겠네요. 아무래도 소속이 달라서."

"그래? 그러면 내가 직접 여쭤보겠네. 어디 계시는가?"

"아직 산에서 안 내려왔죠. 이따가 저녁 먹으면서 천천히 이야기합시다."

무당은 망설이다가 소매를 휙 털었다. 방울을 짤랑짤랑 울리며, 무당이 몸을 돌렸다.

"그러면 그때 보세."

방울 소리가 점점 멀어졌다. 무당의 인영이 사라질 때까지 가만히 서 있던 사내는 표정을 싹 바꿨다.

"목표 바꾼다. 이딴 것보다는 지우개가 훨씬 중요해. 2조,

지금부터 은신해서 기습할 준비 해. 시간 보니까, 곧 내려올 거야. 빨리!"

"그… 괜찮겠습니까?"

사내가 힐긋 보니, 회원들은 불안한 표정을 짓고 있었다. 지우개의 힘과 멸망주의자의 악명 탓이었다.

사내는 피식 웃었다.

"지우개가 무섭지, 사람이 무섭냐. 인식 밖에서 총 맞으면 죽는 건 똑같아. 게다가, 얼마 전에 회사는 지우개를 털리기까지 했어. 그것도 고작 조각가 하나 때문에."

지우개를 든 지 고작 며칠밖에 안 지난 인간이다. 잘 쓰면 얼마나 잘 쓰겠나.

사내의 말은 회원들에게 자신감을 심어줬다. 그런가? 회원들은 고개를 갸우뚱거리다가 힘차게 주먹을 쥐었다.

"지우개만 팔면 돈이 얼마냐. 다 나눌 거니까, 힘내자고. 2조! 이 집을 중심으로 숨어! 목표물은 무덤 조사 결과 보고하러 돌아올 거야. 돌을 놓는 순간, 바로 쏴서 죽이라고."

"예!"

2조가 사람 보기를 돌같이 하는 이상 개체를 쥐자, 그들의 존재감이 사라졌다. 그들은 집을 포위하듯 흩어졌다. 지붕 위로, 나무 위로, 문 옆에, 창문 아래에, 방 안에.

이연우가 모습을 드러내는 순간, 쏘아 맞히기 위한 위치.

사내는 이어서 말했다.

"3조는 평범하게 행동해. 이상한 짓, 어색한 짓, 의심 살 짓은 하지 말라고."

"계속 고서적 번역하겠습니다."

3조는 방으로 들어가 고서적의 남은 부분을 해석하기 시작했다.

"좋아. 자, 그러면 대박 한번 터뜨려보자고."

사내는 파리처럼 손을 싹싹 비비며 황금빛 꿈을 꾸었다. 자그마치 지우개였다. 무한 사용 가능한 핵폭탄이라고 생각하면 됐다.

'회사에 되판다고만 해도 몇십억은 우습지.'

제값 받고 팔려고 하면 회사가 가만히 있지는 않을 테니까 분실물 찾아준 사례금 수준이겠지만, 회사와의 관계를 생각하지 않으면…

'다른 놈들한테 팔면 얼마나 받을 수 있을까? 뭘 받을 수 있을까?'

이만한 수익은 사내의 인생에서도 처음이었다. 흥분을 가라앉힐 수 없었다. 사내는 그가 머무는 자그마한 방으로 들어가 물을 벌컥벌컥 마셨다.

그리고 해가 지며 어두워지는 하늘을 따라 사내의 얼굴도 어두워졌다.

'왜 아직도 안 오지? 설마 뭘 눈치챘나? 빌어먹을. 새내기라도 조사원이라 이건가?'

사내는 망설이다가 무전기를 들었다. 헛기침을 한 후, 송신 버튼을 눌렀다.

"1조. 통로에 이상은 없나?"

– 여기는 1조. 아무 이상 없습니다.

"그래?"

– 통로는 닫힌 채입니다. 다른 사람도 다가온 적 없습니다. 산짐승뿐입니다.

"…알겠다."

일단 이 안에 있는 건 확실한데… 아니다. 주사위를 지녔다고 들었다. 듣기로는 주가 조작에 최적화된 이상 개체라는데, 도주에 썼을지도 모른다.

'나갔나? 안 되는데.'

사내가 눈살을 찌푸릴 때였다.

무당의 날카로운 목소리가 들렸다.

"계신가?"

"안 계십니다."

사내는 크게 외치고는 후다닥 밖으로 나가 무당을 맞이했다.

"뭐 하는 중인지, 아직 안 오셨네요."

"확실한가?"

무당이 눈을 치켜뜨자 이마에 주름살이 생겼다. 사내 또한 얼굴을 잔뜩 찌푸렸다.

"진짜 없습니다."

"그 영구적인 죽음을 내리는 것은 꼭 필요한데… 언제쯤 오시나?"

"잘 모르겠는데, 저희도 찾고 있습니다. 소식 들으면 바로 알려드리겠습니다."

무당은 표독스러운 표정으로 고압적인 말을 쏟아내려고 했지만, 머릿속에서 삼도천의 신이 기겁하며 말렸기에 애써 표정을 다스렸다.

"꼭 좀 알려주시게."

"예, 예."

대충 고개를 숙이는 사내와 돌아가는 무당.

그리고 그곳에는 이연우가 있었다.

챙겨 온 형광 조끼를 입고, 한 손에는 돌을 쥔 채로. 그들의 바로 옆에서, 그들의 대화를 모조리 들으면서.

'그래, 수상하다 싶었지.'

마을 어귀로 들어서자마자 뭔가 분위기가 이상하다 싶었다. 그래서 인식을 왜곡하는 개체를 둘이나 장비한 채로 대기했더니, 이 꼴이었다.

'지우개를 눈치챈 클럽. 지우개를 원하는 무당과 이상 개체.'

이연우의 눈동자가 질척하게 가라앉았다.

고립된 세계, 지우개를 탐내는 두 개의 집단, 혼자뿐인 자신. 극도로 위험한 상황.

'2조가 안 보여. 숨어서 공격할 생각이겠지. …배신할 수도 있어. 그런데 날 죽이려고 하면 안 되지.'

저쪽에서 평화롭게 협박했으면 이쪽도 평화롭게 넘겼을 텐데, 선을 넘었다.

심장이 뛰었다. 활기가 전신으로 뻗어나갔다. 감각은 예민하게 곤두섰고, 머리가 고속으로 회전했다.

지루함이 사라진 자리로 생존 본능이 돌아왔다.

'우선순위는 탈출이야. 주사위는 리스크가 무서우니까, 안전하게 탈출할 방법을 알아내야겠어. 저 책임자가 알겠지.'

이연우는 냉정하게 걸음을 옮겼다.

무당이 돌아가자, 회원들은 넓은 마루에 모여 저녁상을 차리기 시작했다. 가스버너에 불이 들어오자, 그들은 준비한 식수로 밥을 짓고 라면을 끓였다.

전부 직접 챙겨 온 물자로 만든 음식이라, 그들은 편안하게 먹었다.

어떤 회원이 물었다.

"도망친 거 아닙니까?"

"몰라. 일단 돈 들었을 테니까, 우리 주변에 있을지도 모르지."

"그냥 원래 계획대로 무당과 거래하는 게…"

"조용히 해, 인마. 그건 그것대로 하고, 지우개는 지우개대로 얻으면 돼."

돈에 눈이 먼 사내가 그리 말하자, 다른 회원도 고개를 끄덕였다.

골드버그클럽에서 활동하려면 돈이 많이 필요했다. 연회비로 황금을 바쳐야 하고, 클럽의 이상 개체는 돈 주고 사야 하고, 다른 고위 회원의 상품을 쓰려면 그것도 돈 내야 하고.

한창 맛있게 밥을 먹던 회원이 문득 사내를 보았다. 사내는 한 입도 먹지 않았다.

"안 드십니까?"

"입맛 없다. 아, 대박이 코앞인데."

그러던 중 사내가 회원 몇을 이상한 눈으로 보았다.

거북목이 심각한 사람처럼 머리를 앞으로 내밀고 그릇에 코를 박아가며 식사하는 회원들.

'하루 종일 컴퓨터 앞에서 번역하다 보니 목이 앞으로 나왔나?'

그런 실없는 생각을 하기를 잠시. 사내의 표정이 굳었다.

우두둑, 찌직.

그들의 목이 앞으로 나왔다. 인체 구조상 불가능할 정도로, 피부가 찢어지고 뼈가 부러지는 소리를 내며, 앞으로 쭈우욱.

단란하게 움직이던 수저가 멈췄다. 그들은 상황을 바로 파악하지 못하고 멍하니 있었다.

끝내, 회원 몇의 머리가 빠졌다.

데구르르, 쿵.

머리가 상 위를 굴렀다. 흉한 절단면에서 피가 솟구쳤다. 그들의 남은 몸이 허우적거리다가 그대로 쓰러졌다.

게다가, 그나마 멀쩡하던 사람들의 머리카락 또한 우수수 빠지기 시작했다.

"…독?"

아니, 독처럼 쓸 수 있는 이상 개체였다.

모두가 벌떡 일어났다. 사내는 황급히 외쳤다.

"그 조사원이다! 경계해! 다들 눈 크게 뜨고 흔적 찾아!"

은신한 2조에게도 내리는 명령이었다. 돌이라고 완벽한 건 아니었다. 사람을 돌처럼 여겨지게 할 뿐.

돌 하나하나도 주의 깊게 본다면, 인지력을 끌어올린다면 위화감을 느낄 수 있었다.

그러나 사내의 머리는 터질 것만 같았다.

'뭐지? 뭐가 목적이지?'

그 조사원 말고는 그들 식사에 이런 독을 탈 사람이 없었다. 하지만 죽이려면 지우개로 쉽게 지울 수 있는데 굳이 이런 짓을 왜?

'미친 새끼인가? 사이코패스인가? 잔치 때 그 지랄 할 때부터 알아봤어야 했는데!'

그래도 냉혹한 킬러가 아닌 이상 기회는 있었다.

사내는 버럭 소리쳤다.

　　　　　　　　　　　　　　　　도시

"당황하지 마! 경계해! 상대도 똑같은 사람이야!"

"그러면 어떻게 합니까?"

"그쪽에서 먼저 움직일 거야. 우리를 죽이려고. 그때 반격하면 된다. 지우개는 걱정하지 마. 지우개 쓸 거면 벌써 썼어."

회원들은 천천히 진정하며 권총을 쥐었다. 그래, 사람이다. 총 맞으면 죽는 사람. 충분히 죽일 수 있었다.

사내는 빠르게 집 안으로 들어갔다.

"지폐 전부 꺼내 올 테니까, 거기서 대기…"

문지방에서 사내의 걸음이 멈췄다. 사내는 잔뜩 확장된 동공으로 방 안을, 텅 빈 방 안을 그리고 방 중앙에 놓인 시체 같은 인간을 보았다.

"죽… 죽여, 죽여줘…"

"어… 언제."

방 안에 둔 모든 물자가 사라졌다. 식량은 물론이고 책상 같은 것까지. 대신 놓인 것은 무덤에서 기어 나온 듯한 미라 같은 인간뿐.

사내가 뒷걸음질을 쳤다.

"뭔데. 왜 이러는 건데."

공포에 질린 목소리가 흘러나왔다. 이해할 수 없는 행동과 어둡고 끔찍한 악의. 돈도, 살인도 목적이 아니었다. 그냥, 그냥, 가지고 노는 거였다.

고양이가 쥐를 괴롭히듯이 말이다.

회원들도 방 안을 보고는 멍한 표정을 지었다. 그들에게서 떨리는 목소리가 나왔다.

"사장님, 저희 도망가야 합니다."

"도망… 이러면 투자금이… 아니야. 도망가는 게 맞아."

돈도 살아 있어야 벌지. 말이 조사원이지 미친 살인귀한테 죽으면 의미가 없었다.

"돌아간다!"

사내와 회원들은 서둘러 움직였다. 은신한 2조 또한 그들을 뒤따랐다. 우르르, 기겁한 얼굴로 달려가는 사람들. 빗물을 복용하여 숭숭 빠지는 머리카락이 길에 흩날렸다.

그들은 마을 어귀에서 걸음을 멈췄다.

"어딜 그리 바쁘게 가시나?"

무당이 마을 사람들을 모아 마을 어귀를 막았다. 날카로운 눈빛과 눈빛보다 더 날카로운 낫과 쇠스랑.

사내가 억지로 웃었다.

"그분이 안 보여서, 찾으려고…"

"어이하여 거짓을 말하는가? 사람 찾으러 가는 얼굴이 아니건만."

"그건…"

무당이 홱 부채를 펼쳤다. 부채에 그려진 삼도천의 신이 그들을 보았다.

"약속을 이행할 때까지는 한 걸음도 못 나가니, 그리 알게."

무당과 이연우가 만날 때까지, 그들은 마을에 갇혔다. 뚫을 수도 없었다. 저들은 죽지 않으니까. 총탄을 쏟아부어도 의미가 없었다.

사내가 식은땀을 흘렸다.

'갇혔다! 막혔어!'

결국, 사내는 이를 악물고 몸을 돌렸다.

'그래, 어디 해보자. 못 죽일 것도 없지.'

총 맞으면 똑같았다. 숨어 있다고? 총알 한 발만 어떻게든 맞히면 된다. 2조가 흔적을 찾아 쏠 것이었다.

하지만 사내의 의욕은 바로 사그라졌다.

머무는 집을 향해 돌아가는 길.

무언가 발에 차였고, 돌이 데구르르 굴렀다. 그제야 보이는 것은 2조의 회원.

몸이 비뚜름하게 지워져 반쪽만 남은 회원의 얼굴이 보였다. 차마 눈도 감지 못한 시체. 하나 남은 눈동자에 사내의 얼굴이 비쳤다.

충격과 공포로 얼룩진 얼굴과 목소리였다.

"2조? 2조! 대답해!"

대답은 돌아오지 않았다. 공포에 질려 대놓고 모여서 후퇴하는 위험 요소들의 흔적을, 이연우는 놓치지 않았다.

111

그들은 집에 갇혔다. 마을 사람 몇이 집을 둘러싸고 그들을 감시했다.

넓은 방에 모인 그들은 손톱을 물어뜯고, 손을 떨고, 침만 꼴깍꼴깍 삼켰다.

"이제 어떻게 합니까?"

어떤 회원이 피곤한 얼굴로 물었다. 식량은 사라졌다. 식수도 없다. 이 마을의 것을 먹기에는 불안한 점이 있었고.

게다가, 살인마가 그들을 노리고 있었다.

사내는 대답하지 않았다. 눈을 감고 생각에 잠겼다. 시간이 조금 지나 침착을 되찾으니, 언제나 회사를 두려워하던 영감의 얼굴이 떠올랐다.

'그 노인네 말이 맞았어. 내가 경험이 없던 거였어.'

우연히 이상을 접하고 골드버그클럽에 가입했다. 일반 회원으로 적당히 살다가 우연히 버려진 이상 도시를 발견해 대박을 터뜨리고, 고위 회원으로 올라갔다.

그 후로 탐사를 이어갔지만 대부분 실패했고, 성공해도 안전한 도시만 발견해 큰 문제를 마주한 적이 없었다.

회사와 진짜 죽을 정도로 싸운 적도 없었고.

'그래서 멍청하게 실수했어.'

겁에 질려 마구잡이로 도망치지 말았어야 했다. 2조를 그렇게 의미 없이 죽게 만들지 말았어야 했다. 길을 막은 무당을 어떻게든 설득했어야 했다.

그리고…

'애초에 상대를 우습게 보지만 않았어도.'

주먹이 꽉 쥐어졌다. 빠악, 손톱이 손바닥을 파고들었다.

어수룩하고 어설픈 모습에 속았다. 아니, 새내기로 단정 짓고 보고 싶은 모습만 봤다. 그래서는 안 됐는데.

사내가 눈을 떴다. 사내의 눈이 결의를 품고 반짝였다. 아직 늦지 않았다.

사내는 단순한 목표를 세웠다.

"목표는 생존이다. 새벽에 도주한다. 도주 중 공격받으면 반격해. 총알 아끼지 말고 쏟아부어. 최대한 흩뿌리란 말이야. 눈먼 총알에 한 발이라도 맞으면 돼."

회원들은 결의가 서린 얼굴로 고개를 끄덕였다. 그러고는 하나둘 바닥에 눕고, 벽에 등을 기댔다. 새벽에 힘을 쓰려면 지금부터 쉬어야 했다.

사내는 사람 둘을 가리켰다.

"너희가 먼저 불침번 서고, 두 시간마다 교대한다. 그리고 1조, 1조 들리나?"

- 여기는 1조.

"복귀 준비해. 경계 확실히 하고."

- 예.

무전기를 내려놓자 어떤 회원이 물었다.

"예. 그런데 저 시체? 노인은 어떻게 합니까?"

그 말에 모두의 시선이 미라같이 마른 노인에게 향했다.

"죽여주시오… 제발…"

이연우가 몰래 가져다 놓은 그것은 무덤에서 데리고 온 것으로 추정되었다. 삼도천의 신에게 죽음을 바쳐 자연사조차 잃어버린 자들.

사내는 무덤덤하게 말했다.

"그냥 둬."

저런 거에 신경 쓸 여유는 없었다. 그 인간의 의도를 생각할 이유도 없었고.

사내가 눈을 감고 잠을 청했다. 피곤하고 불안한 마음에 잠은 오지 않았지만, 어떻게든 잠이 들었다.

지폐 한 묶음과 라이터를 쥔 손이 늘어졌다.

…

"사장님. 일어나보십죠. 사장님!"

"어, 어!"

사내가 벌떡 일어섰다. 잠에 취해 흐린 시야. 사내는 얼른 고개를 흔들며 지폐에 라이터를 들이밀었다. 바로 불을 붙일 준비를 마쳤다.

"습격이냐?"

"아뇨. 마을 분위기가 지금 좀 이상합니다."

회원은 창호지 문을 슬쩍 가리켰다. 또한, 다른 회원들도 잠에서 깨 흔들리는 눈으로 바깥을 보았다.

횃불이 얼마나 모였는지, 그들의 집까지도 환한 빛을 드리우는 바깥. 어렴풋이 고함이 들렸다.

"죽여! 죽여!"

"그분께서 약속하셨다! 우리를 지옥에서 해방해주실 것이다!"

사내는 자기 뺨을 찰싹 때리며 정신을 차렸다. 그러고는 문을 활짝 열어, 근처에서 그들을 감시하던 마을 사람을 툭 쳤다.

"무슨 일입니까?"

"잘 모르겠는…"

"어이! 김갑돌이! 빨리 나와! 저런 놈들 신경 쓸 때가 아니야!"

갑자기 대문이 활짝 열리며, 다른 마을 사람이 얼굴을 들이밀었다. 횃불 아래, 붉게 물든 마을 사람의 얼굴이 희망과 열망으로 달아올라 있었다.

그 마을 사람은 횃불을 휙휙 휘둘렀다.

"그분께서 약속하셨어!"

"뭘, 뭘 말입니까?"

사내가 묻자, 마을 사람이 웃었다.

"우리를 이 수라도에서, 무간지옥에서 빼내주겠다고! 우리가 짊어진 굴레를 벗게 해주겠다고! 그 첫걸음으로 무당부터 벌하겠다고!"

지우개로 보여준 희망찬 미래. 더 이상 죽음을 바치지 않아도 되는 삶.

그와 동시에 "와아아아" 하는 외침이 파도가 되어 몰려왔다. 흔들리는 횃불의 무리가 우르르 이쪽으로 다가왔다.

사내의 눈이 커졌다.

담장 위로 고개를 내민 횃불과 꼿꼿하게 솟아 위태롭게 흔들리는 깃대.

하얀 천과 붉은 천이 휘날리는 무당집의 깃대 끝에 무당이 걸려 있었다. 머리가 지워진 상태로, 사지를 꿈틀거리면서.

"미친…"

사내는 무심코 뒤로 물러섰다. 손발이 벌벌 떨렸다. 이연우가 몸을 감춘 지 하루가 채 되지 않았다. 그런데 마을 사람을 제 편으로 만들고, 무당을 죽였다.

이제 이 마을은 이연우의 손아귀에 들어갔다.

'이건, 이건…'

사내가 마른침을 삼켰다.

상대는 돌을 쥐고 숨어서, 어둠 속에서, 죽지 않는 마을 사람들을 부리고 있었다. 아니, 처음부터 그들이 공격할 기회를 주지 않았다.

숨어서 독을 타고, 물자를 훔치고, 뒤에서 지우개를 휘두르고 마을을 장악했다.

애초에 교전 자체가 성립하지 않게. 총을 쏠 기회 자체가 없게.

'이게 새내기라고? 이게 경력이 1년도 안 되는 신입이라고?'

이건 차라리 정보부의 정예 요원이 아닌가?

심장이 쿵 떨어졌다. 이제야 깨달았다. 상대가 안 됐다. 어떻게든 총을 쏘아 맞히겠다는 희망은 시작부터 잘못된 망상에 불과했다.

"아."

쩌적, 정신에 금이 가고, 우르르 무너지는 소리가 들렸다. 세상이 흐려졌고, 횃불이 빙글빙글 돌았다.

유일한 희망이 사라진 사내는 입을 크게 벌리고 울부짖었다.

"도망쳐! 통로로 도망쳐!"

"안 된다네. 그분께서 자네들을 모조리 죽이라고 했어."

노인이 앞으로 나섰다. 처음 마을에 접근했을 때 그들을 맞이했던 노인은 뒷짐을 지고 고개를 까딱였다.

"죽여. 그래야 우리도 죽을 수 있어."

사람들이 한 손에는 횃불을, 한 손에는 농기구를 들고 몰려들었다. 좁은 대문으로, 담장을 넘어 뒷문으로.

그 섬뜩한 기세. 주기적으로 서로 죽고 죽이며 단련된 살육자들.

"도망쳐!"

탕. 탕.

골드버그클럽의 회원들은 메뚜기 떼처럼 흩어지며 총탄을 흩뿌렸지만, 사람들은 뚜벅뚜벅 걸어와 회원들의 목에 낫을 박아 넣었다.

붉은 횃불 아래, 횃불보다 붉은 피가 튀었다. 비명이, 고함이 메아리쳤다.

'안 돼, 안 돼. 죽을 수 없어.'

사내는 창백한 안색으로 손을 벌벌 떨며 지폐에 불을 붙였다. 5만 원짜리 지폐 다발이 화르르 불탔다.

'빨리! 도망쳐야 해! 통로 앞으로 간다!'

시간을 사는 지폐가 효과를 발휘했다. 사내의 모습이 순식간에 사라졌다.

그런데도 노인은 담담했다.

"되었습니까?"

"예."

이연우가 돌을 주머니에 넣으면서 자연스러운 존재감을

드러냈다. 이연우는 깃대에 매달려 꿈틀거리는 무당을 노려보았다. 쯧, 혀를 찼다.

'방해만 안 했어도 진작에 끝났는데.'

저놈들이 도망가야 통로를 여는 법을 알아낼 텐데, 무당이 그걸 막았다. 그래서 무당을 처리했다.

형광 조끼가 횃불의 빛을 받아 반짝였다.

이연우는 품에서 시간을 사는 지폐를 몇 장 꺼냈다. 물자를 훔치고 얻었다. 사내가 쓰는 걸 두 번이나 봤다. 대강 파악했다.

시간을 사는 지폐. 노동의 값만큼 돈을 지불하면, 노동이 딜레이 없이 완료되는 이상 개체. 초능력처럼 쓸 수 있었다.

"저 인간 쫓아가기."

화르르, 지폐가 불탔다. 이연우는 다시 돌을 쥐었고, 사라졌다.

그가 사라진 자리. 비명이 길게 이어지다가 끊어졌다. 마을 사람들은 대충 총탄을 빼내고, 죽음을 바치기 시작했다.

헉, 흐억, 허어억!

거친 숨소리가 어두운 산길에 울렸다. 사내는 땀을 흘리며, 때로는 넘어지고, 때로는 네발로 산길을 오르며 홍살문을 향해 나아갔다.

'포위망을 뚫는 일이었어. 돈이 부족했어.'

충분한 시간을 살 만큼의 돈은 아니었다. 포위망은 뚫었지만, 산자락에 도착했다.

사내는 뒤에서 누가 쫓아오기라도 하는 듯, 쉬지 않고 움직였고 마침내 홍살문 앞에 도착했다.

"…1조? 1조!"

텅 빈 홍살문 앞.

이곳을 지키던 1조가 없었다. 바리케이드도, 텐트도, 물자도, 전부 없었다.

사내는 마지막 지폐 몇 장을 꺼내 들며 침을 꿀꺽 삼켰다.

'마지막으로 1조와 통신한 게, 잠들기 전? 잠깐 잠든 사이에 여기도 공격했다고? 마을을 자기 손에 넣고? 시간 순서는 어떻게 되지?'

아마 1조부터 처리하고, 마을에 내려와 마을 사람들을 움직였을 것이다. 다시 말해, 지금 이곳은 안전했다.

'지금이야! 지금 도망쳐야 해!'

사내는 허겁지겁 품에서 종이 한 장을 꺼냈다. 놀이공원 자유 이용권이나 영화관 티켓과 비슷하게 생긴 자그마한 종이.

한 번뿐이지만 문을 열 수 있는 종이를 앞세우며 홍살문을 향해 나아가는 순간.

스윽.

팔뚝이 지워졌다. 손바닥이, 이용권이 바닥으로 떨어졌고, 그 위로 핏물이 뿌려졌다. 사내는 멍한 얼굴로 자신의 손바닥을 내려다보았다.

"아…?"

"그게 통로를 여는 이상 개체입니까?"

목소리가 귓가에서 울렸다. 귀 바로 옆에서 숨결이 목을 스쳤다.

저벅저벅, 이연우가 그의 옆에서 앞으로 나아갔다. 몸을 숙여 바닥에 떨어진 이용권을 주웠다. 이연우는 돌을 쥔 손으로 이용권을 붙잡았다.

이연우의 표정이 묘해졌다. 이용권은 한때 그가 열심히 만들려고 노력했던 확정 뽑기권과 비슷하게 생겼다.

'미래의 나는 이걸 보고 아이디어를 얻었나?'

아무리 열심히 만들어도 전부 그가 원하지 않는 것만 나오기에 포기했지만, 이렇게 보니 느낌이 묘했다.

'아마, 주사위가 확정된 결과를 싫어해서 확정 뽑기권은 무조건 실패하는 느낌인데.'

이연우는 힐끔 사내를 보았다. 사내는 정신 나간 얼굴로 머리를 쾅쾅 쳤다.

"정신 차려, 정신 차려!"

인식 왜곡이었다. 길가의 돌이 말을 할 리가 없었다. 이건 돌멩이의 효과였다.

물론 *자연스러운* 거였지만, 이건 자연스러운 일이 아니었다. 그렇다면 이것은 회사의 형광 조끼다. 그들을 괴롭히던 회사의 조사원이 지금 이때 이렇게 나타나는 것은 자연스러운 일이 아니었다.

퍽, 눈동자의 핏줄이 터지며 피가 줄줄 흘렀다. 이제 와서야 사내는 이연우를 똑바로 보았다.

짐승 같은 울부짖음이 산에 울렸다.

"왜! 우리한테 왜 이러는 건데!"

이렇게 소리치는 것 말고는 할 수 있는 게 없었다. 적은 지우개까지 들었다. 그렇기에 울분을 전부 쏟아냈다.

이연우는 가볍게 손을 흔들었다. 돌과 함께 쥔 이용권이 팔랑였다.

"통로 여는 법을 알아내려고."

"고작, 고작 그것 때문에 이 지랄을 했다고? 이, 이, 미친 새…"

스윽.

이연우의 다른 손에 쥐어진 지우개가 짧은 궤적을 그렸다. 사내의 머리만 깔끔하게 지워졌다.

이연우는 사내를 물끄러미 내려다봤다.

"말이 심하네. 이게 제일 확실하고 안전한 방법인데."

머리가 날아간 사내의 몸통이 휘청이다가 뒤로 넘어졌다. 이연우는 시선을 돌려 오색 천이 달린 나무를 보았다.

무덤에서 내려온 후로 쉬지 않고 움직였기에, 클럽에서 번역한 내용도 확인했다. 삼도천의 신과 죽지 않는 나무.

이연우는 고민하다가 돌을 에코백에 넣고 형광 조끼 또한

419   도시

벗은 후, 나무에 손을 얹었다.

"여기 있습니까? 이게 죽지 않는 나무입니까?"

– 맞소. 이곳에 있소. 영원한 죽음을 휘두르는 악귀, 아니,
도사여. 부디 미천한 몸의 소원을 들어주시오.

벌어진 일들을 마을 사람들의 눈을 통해 전부 본 악귀는
공포에 질린 정신파로 말했다. 이연우의 고개가 기울어졌다.

"내가 왜?"

– …어, 그게.

악귀가 말을 잃었다. 마을 사람들은 이미 저 무시무시한
인간의 손에 들어갔고, 위협을 하자니 봉인된 채로 지워지게
생겼다.

결국, 악귀는 인정에 호소했다.

– 이 나무에 깃들어 고통받은 세월이 몇백 년이오. 어려운
부탁도 아니오. 그저 벽을 지워 나를 저승으로 돌려보내주기만
하면…

스윽.

지우개가 나무의 가지를 스쳤다. 그물 같은 나뭇가지의 중
앙에 구멍이 뚫렸고, 악귀의 입이 다물어졌다.

"천천히 이야기합시다."

뒤처리가 많이 남았다. 물론 회사가 할 일이었다. 아마, 악
귀는 회사의 쓸 만한 이상 개체로 사용될 것이었다.

이연우는 이용권을 홍살문을 향해 휘둘렀고, 통로가 열렸

다. 그는 가벼운 걸음으로 본래 세상으로 돌아갔다.

'살았다. 어휴, 진짜 다시는 이런 일은 안 해야지. 고립된 공간에도 가지 말고, 적대 집단이랑 일하지도 말고.'

까딱 잘못했으면 아무것도 모르고 공격받아 죽을 뻔했지 않나. 이연우는 몸을 부르르 떨었다. 닭살이 돋았다.

'세상이 너무 위험해.'

　바깥으로 나오자 전파가 잡혔다. 이연우는 곧바로 회사로 연락했고, 근처에서 대기하던 기획실 사람들이 바로 뛰어왔다.

　산길을 올라오느라 지쳤을 텐데, 기획실 직원은 함박웃음을 지으며 이연우에게 허리를 숙였다.

　"고생하셨습니다."

　통화하면서 대강 상황을 들었다.

　이연우를 파견한 이유를 아는 직원으로서, 그는 이번 일이 아주 만족스러웠다.

　골드버그클럽의 고위 회원 하나와 조 세 개가 전멸했고, 그 물자도 고스란히 빼앗았다.

　이상 도시도 클럽이 눈치채기 전에 전부 빼돌릴 자신이 있었고, 이상 도시의 가치도 굉장히 높았다. 죽음을 수확하는 악귀와 죽지 않는 사람들.

'악귀는 봉인을 강화해서 죽음을 수확하는 이상 개체로 만들고, 이걸 이용해서 불사부대를 창설해야겠어. 마을 사람들도 부서나 부대 하나로 편입하고.'

이거야말로 최소한의 투자로 최대한의 이익 아니겠나.

뿌듯한 눈으로 이연우를 보기를 잠시. 직원이 문득 말했다.

"클럽의 물자는 전부 이연우 님이 가지시면 됩니다. 전리품입니다."

지우개를 미끼로 이연우를 통제하기에는 불안한 점이 많았다.

이번 경우만 봐도 그랬다. 생존주의자의 선을 넘는 순간, 눈이 완전히 돌아가지 않았나. 사고를 일으키라고 보냈더니, 자기가 사고가 됐다.

회사가 피해를 보지 않으려면 그만큼 당근을 줘야 했다.

하지만 이연우의 표정은 좋지 않았다. 그는 가만히 지우개를 내려다보고 있었다.

이연우는 가만히 생각하다가 깨달았다.

"저기요, 지우개가 유명합니까? 아니, 다른 집단이 많이 탐내나요?"

"당연하죠. 이쪽 세계에서 가장 유명한 이상 개체 중 하나일 겁니다. 그 멸망주의자가 사고를 한두 번 쳤어야죠."

직원은 당연하다는 듯 고개를 끄덕였다.

"그거 원하는 사람이 한둘이 아닐 겁니다."

"아."

이연우가 신경질적으로 머리를 긁었다.

주사위만 가지고 있을 때는 그럭저럭 평온하게 살았다. 굳이 이연우를 노리는 사람은 거의 없었으니까.

그런데 지우개를 가진 순간, 평온한 개천에서 험난한 바다로 던져진 기분이었다. 여러 포식 동물이 지우개를 노리는 바다로.

'리스크가 너무 큰데.'

나약하고 자그마한 물고기에 불과한 이연우는 슬슬 위험을 느꼈다.

지우개는 무적이 아니었다. 막말로 저격수 하나가 이연우를 쏘면 죽을 수도 있었다. 그리고 지우개를 노리는 사람은 저격수보다 은밀하고 위험할 게 분명했다.

이연우는 돌과 형광 조끼를 떠올리며, 입꼬리를 축 늘어뜨렸다.

'잘못하면 미치겠어.'

길가의 돌이 지우개를 노리는 적일 수 있었다. 문득 머리가 빠지는 비 같은 게 내릴 수도 있고, 친한 사람으로 변신해 그에게 접근할 수도 있었다. 길을 걷다가 갑자기 트럭에 치일지도 모르는 일이었다.

이상의 무한한 가능성만큼이나 무한한 위험.

그걸 하나하나 의심하고 살면…

"아… 지우개…"

대굴대굴, 이연우는 지우개를 손안에서 굴렸다. 포기하자니 아깝고, 가지자니 위험하고.

그 망설임을 똑똑히 본 직원은 속으로 기겁했다. 아니, 지우개를 포기하면 명령을 내릴 수가 없는데?

크흠, 헛기침을 뱉은 직원이 서둘러 말했다.

"주사위와 지우개. 이 두 개를 가지면 좋을 겁니다. 두 개까지는 인간이 장악할 수 있거든요."

"장악이요? 한 몸 되는 거 말입니까?"

"예. 몇몇 이상 개체는 오래 쓰다 보면 사람과 하나가 됩니다. 그 개체와 관련된 감각을 얻고, 한계를 넘어 사용하고. 멸망주의자와 정보부의 유령이 대표적인 예시죠."

이연우가 솔깃한 표정으로 들었다.

"물론 두 개는 어렵긴 합니다. 하지만 개체 하나의 한계를 넘는 것보다는 쉽습니다."

두 개의 감각을 얻는 것이 하나의 융합보다는 쉽다. 그리고 감각 둘만 얻어도 그 시너지는 상상을 초월한다.

이연우는 빠르게 활용법을 떠올렸다.

'실패 확률 지우기. 지우개의 대상 확장. 상대의 확률 지우기?'

이 정도면 위험을 감수…

'아, 애매하네. 애매해.'

위험을 감수한다고? 그러다가 죽으면? 지우개의 감각을 얻기 전에 죽으면?

직원은 이연우를 조마조마한 눈으로 보았고, 이연우는 결심했다.

'주사위에 맡겨보자.'

두 선택지 모두 장단점이 있었다. 하나를 선택하지 못한 이연우는 운에 맡기기로 했다.

"주사위. 판정 돌리는 건 아니야. 그냥 한번 굴러줘. 성공이면 지우개를 가질 거고, 실패면 지우개를 버릴 거야."

그동안 정신 한편에 고이 숨어 있던 주사위가 조심스레 존재감을 드러냈다. 그리고 사납게 뛰어오르며, 맹렬한 기세로 구르기 시작했다.

떼구르르르르!

대실패!

이연우가 이마를 탁 쳤다. 뭔가 주사위의 사심이 들어간 느낌인데.

그래도 어쨌든 결과는 결과였다.

이연우는 수류탄을 넘기듯 직원에게 지우개를 쥐여줬다. 직원은 당황한 얼굴로 지우개를 다시 이연우에게 넘기려고 했다.

"이연우 씨가…"

"지우개로 어디를 가리키는 겁니까!"

이연우는 기겁한 얼굴을 하며 옆으로 펄쩍 뛰었다. 순간이지만 지우개의 끝이 이연우에게 향했다. 휘둘러지지 않아서 다행이지.

이연우가 직원을 살벌하게 노려보자, 직원이 창백한 얼굴로 눈을 내리깔았다. 그는 지우개를 조심스럽게 쥐었다.

"그… 이연우 특수 조사원님. 지우개를 지니면 위험하겠지만, 회사가 그만큼 지원할 겁니다. 적대 집단의 동향이나 움직임을…"

"됐습니다."

당장 그 요원만 해도 조각가한테 공격받았는데, 무슨 말도 안 되는 소리를.

이미 마음을 먹었다. 지우개를 포기하기로.

직원은 손을 떨었다.

"아니, 진짜 두 개 가지는 게 좋습니다."

"가지고 있는 이상 개체가 이미 두 개 넘습니다."

어떻게든 설득하겠다고 던진 말에 이연우의 결심은 더 단단하게 굳어졌다.

이미 충분히 많았다. 주사위, 에코백. 짧지 않은 시간을 함께한 것들. 빗물까지 더하면 세 개일지도 모르고.

그 순간 이연우가 눈을 부릅떴다. 세 개? 세 개라고? 저 직원은 두 개까지만 장악할 수 있다고 말했는데?

"이거, 세 개 가지면 무슨 문제 있습니까? 몸이 못 버티고 터지거나?"

"그런 건 아니고, 감각 하나 얻기도 힘들어집니다. 감각의
과부하가 일어나서요. 노래도 동시에 여러 곡을 재생하면 소음
으로 들리지 않습니까."

"아."

그러면 차라리 주사위에만 집중하는 편이 나았다. 괜히 눈
에 띄어서 공격받지도 않을 거고, 완전히 한 몸이 되면 지우개
와 같은 삭제를 사용할 수도 있었다.

'한 몸 관련한 정보도 좀 구해봐야겠어. 회사에 자료가 있
을 거야.'

이연우는 그대로 떠났다.

조사반 사무실로 나가는 길.

도로를 걷는 이연우는 생각에 잠겨 있었다. 지우개가 워낙
강력했기 때문에 아직도 미련이 남았다.

'지우개를 가지면 정말 위험할까?'

지우개가 너무 위험하니까 오히려 안 덤빌 수도 있지 않을
까? 그리고 상대가 지우개를 노리더라도 감당할 수 있지 않을
까?

'내가 만약 지우개를 노린다면… 아니, 그걸 내가 왜 노려.
차라리 지우개를 가진 상대가 날 공격한다고 생각해보자. 나는
그걸 알았고, 미리 적을 처리할 계획이라고. 수단에 제한도 없

다고.'

이연우는 관점을 바꿔서 생각해보았다. 생존 본능을 자극하는 주제로.

'암살.'

우선 지우개는 너무 위험했다. 지우개를 휘두를 기회를 주지 말아야 했다.

'인식 왜곡 장비로 무장한 뒤 사격.'

다른 집단이라면 투명화할 수도 있고, 멀리서 저격할지도 모르는 일이었다.

이연우는 문득 도심에 늘어선 건물들의 창문을 보았다. 그 하나하나를 의심해야 했다. 언제 어디에서 어떤 공격이 올지 몰랐다.

시선은 길가의 차로 향했다.

'교통사고.'

언젠가 보았던 멸망주의자 꼬맹이는 이동 수단을 조종하는 컨트롤러를 지녔다고 들었다.

이연우에게 그게 있다면, 적이 지우개를 들었다면, 차를 움직여 칠 것이다. 자고 있는 건물에 비행기를 떨어뜨릴 것이다.

이연우의 걸음이 문득 멈췄다. 아침을 먹기 위해 햄버거집에 들어가려고 했다.

'이것도 노릴 수 있지.'

데이터를 빼내 소비 습관을 분석한 뒤, 자주 가는 식당이

나 자주 배달하는 식당을 이용할 수도 있다.

잠입이든, 인식 왜곡이든, 몰래 음식에 독을 타는 일은 정말 쉬웠다.

"씁."

갑자기 입맛이 떨어진 이연우는 고개를 절레절레 저으며 걸음을 서둘렀다.

저 멀리 조사반 사무실이 보였다.

'고정된 장소. 매일 출근하는 사무실.'

이 또한 노리기 쉬운 허점이었다. 폭탄 설치는 간단하고, 반장이나 유지유를 납치하고 변신하여 접근할 수도 있었다.

'반장님은 안 당할 것 같긴 한데.'

하다못해 키보드에 독을 묻히거나, 컴퓨터 바탕화면에 보면 죽는 그림이라도 설치해두면 그냥 당하는 거였다.

'여기에 주사위처럼 원격으로 저주할 수 있는 개체까지 동원한다면.'

이연우는 문득 몸을 부르르 떨었다. 날도 추웠지만 스스로 생각한 수단들에 오한이 들었다. 암살이라고는 조금도 모르는 자신이 생각한 것만 해도 이 정도였다.

세상 모든 것을 다 의심하고 살아야 한다고?

"버리길 잘했지."

포기했다는 생각은 골칫거리를 버렸다는 생각으로 바뀌었다. 지우개를 들고 있다가는 정신이 망가질 뻔했다.

미련을 완전히 버린 이연우는 가뿐한 걸음으로 조사반 사무실로 들어갔다.

일찍 출근한 반장은 멍하니 이연우를 보다가 다급하게 총을 쥐었다.

"너, 너… 탐사 갔잖아. 왜 여기 있어?"

혹시 적대 집단이 변장하여 침투한 건 아닐까? 충분히 가능성 있었다. 반장이 침을 꿀걱 삼키고, 슬그머니 권총으로 이연우를 겨눴다.

총구 앞에서도 이연우는 고개를 끄덕이며 웃음을 지었다.

"탐사 터졌습니다. 제가 지우개 가지고 갔잖아요. 클럽이 그거 노리더라고요."

"어?"

반장은 고개를 기울였다. 그럴듯한데? 생각해보면 이연우가 갔는데 탐사가 멀쩡하게 진행될 리가 없었다.

"안 다쳤고? 어떻게 빠져나왔냐?"

"어떻게 된 일이냐면…"

이연우는 요약하여 설명했다.

하마터면 총에 맞거나 그 도시에 갇힐 뻔했다는 말로 설명을 마무리한 이연우는 질린 얼굴로 고개를 저었다.

반장은 그제야 이연우가 이연우임을 믿고는 혀를 끌끌 찼다.

'왜 가만히 있는 조사원을 건드려서 일을 만들어.'

생존에 특화되었다고 도망만 칠 줄 아는 게 아니었다. 살아남을 수 있다면, 생존경쟁에서 승리할 수 있다면 어떤 일을 저지를지 모르는 사람이었다.

◆

상담

113

1차장과 참모부장, 기획실장이 회의하는 방.

반격이 성공적으로 마무리되었기에 분위기는 화기애애했다. 편안하게 등을 기대 늘어지고, 입가에 미소가 걸리고, 웃음기 섞인 목소리가 나왔다.

1차장이 서류를 뒤적이다가 씩 웃었다.

"유령이 갤러리 세 곳의 이상 개체를 모두 훔쳐… 아니, 압수했습니다. 또한, 공권력을 빌려 클럽의 자산 몇 가지에도 법적 조치를 취했고요. 그놈들, 당장 회의할 펜트하우스도 없습니다."

"그 조사원은 사업체 하나를 그대로 날려버렸고. 난 이게 제일 마음에 들어!"

참모부장이 껄껄 웃자, 1차장은 그를 흘겨봤다.

"특전대는 한 일이 없는데, 왜 당신이 좋아합니까?"

"에헤이, 우리는 피 흘릴 일을 하는 사람들이고. 이런 일은 당신네가 해야지."

참모부장은 흐뭇하게 웃다가, 문득 기획실장의 눈치를 살폈다.

기획실장은 어떤 서류 하나를 보며 생각에 잠겨 있었는데, 문득 고개를 들고 관자놀이를 꾹꾹 눌렀다.

마냥 성공만 한 게 아니었다.

"다 좋은데… 그 조사원, 이제 일 못 시킵니다. 지우개를 포기해서, 뭐 어떻게 일을 시킬 구실이 없어요."

"현금이든, 이상 개체든 보상만 넉넉하게 주면 되지 않습니까?"

"아마 안 될 겁니다."

이연우의 정보가 나열된 화면이 모니터에 떠올랐다. 그중 심리 추측과 본사의 보상 부분으로 옮겨 갔다.

"위험 자체를 피하는 성격으로 추정되고, 부족한 것도, 원하는 것도 없습니다."

돈은 본사에서 부족함 없이 챙겨줬고, 이상 개체도 주사위로 전부 대체할 수 있었다.

그렇다고 강압적으로 뭔가를 해보자니…

"잘못 건드리면 터집니다. 일이 잘못 풀리면 손해 규모가 얼마나 클지 예상이 안 갑니다."

"조사원도 우리만큼 목숨 내놓고 일하는 친구들인데, 헛짓거리하면 큰일 나지."

참모부장은 빠르게 상황을 파악했다.

목숨이 위험하지 않은 임무가 거의 없었다. 당장 내일 살아 있을지도 장담할 수 없는 사람들인데, 부조리를 참을 리가. 차라리 보복을 하고 말지.

그들도 아래에서부터 기어 올라온 회사원인 만큼 이런저런 꼴을 많이 보았다.

마음에 안 드는 상사의 머리에 총을 쏘거나, 형광 조끼를 입고 지갑을 훔치거나, 커피에 기억 소거제를 타서 준다거나, 컴퓨터나 핸드폰에 테이저건을 쏘거나.

나쁜 기억이 떠오른 그들은 잠깐 입을 다물고, 이연우의 정보를 훑어보았다.

"아, 그래도 놀리기에는 아쉬운데. 이 정도면 정예 요원 아닙니까? 이만큼 유능한 인력이면 일 잔뜩 맡기고 싶은데."

"본사에서 괜히 데려갔겠습니까."

"본사 새끼들. 유능해 보인다고 다 침 발라놓으면 우리는 어쩌라는 건지, 원."

"그래도 움직일 방법이 있을 텐데."

투덜대며 서류를 뒤적이기를 잠시.

1차장이 문득 이상한 표정을 지었다.

"정보가 왜 이렇게 부실하지?"

회사원의 정보치고는 너무 얄팍했다. 이연우의 실적과 경

상담

력 몇 줄, 지닌 이상 개체 몇 줄, 심리 추측 몇 줄이 끝.

단순한 회사원이더라도 이렇게 짧을 수는 없었다. 특별 관리 대상이라면 프로파일러가 달라붙어 심리 분석을 잔뜩 썼어야 했다.

기획실장은 헛웃음을 흘렸다.

"건강검진도 아직 안 받은 신입인데 어떻게 합니까."

주기적으로 진행하는 건강검진에는 심리 상담도 포함되어 있었다. 워낙 험한 꼴을 많이 보는 회사원이니, 멘탈을 관리하기 위함이었다.

이연우는 아직 1년도 지나지 않은 신입이라 그 심리 상담을 받지 않았다.

"아니, 그래도 지금까지 올린 보고서랑 행적만 분석해도…"

"어차피 곧 건강검진 아닙니까. 그때 심리 상담 자료를 바탕으로 분석해도 늦지 않습니다."

1차장은 한숨을 쉬며 고개를 끄덕였다.

그래, 뭐… 보니까 회사의 업무에는 충실한 직원이니까. 급한 문제는 아니었다.

기획실장이 대화를 마무리 지었다.

"어쨌든 다른 집단 건드리는 건 여기서 마무리합시다. 그쪽에서 공격할지 모르니까 경계 유지하고, 이연우 특수 조사원은…"

잠깐 말을 멈춘 기획실장이 달력을 힐끗 보았다. 한 달 동안 전 직원을 대상으로 천천히 건강검진이 진행될 예정이었다.

"기획실에서 맡겠습니다. 심리 분석 끝나면 협상해보죠."

사람이면 욕망이 있고, 그 욕망을 만족시키는 대가로 일을 맡길 수 있었다. 단순한 돈, 안전, 소속감, 인정, 자아실현, 무엇이든 간에.

기획실장은 나름대로 자신감을 가졌다.

"반장님, 지유 선배, 선물입니다."

시간이 조금 지나 탐사가 마무리되고, 이연우 또한 보고서를 전부 쓴 날이었다.

마을 사람들은 좁은 공간에서 나와 회사와 계약해 새로운 전투부대가 되었고, 회사는 그들이 원하는 때 죽여주기로 약속했다.

이연우는 에코백에서 지폐 다발 몇 개를 꺼내 반장과 유지유에게 나눠 주었다. 사람마다 5만 원권 열 장과 만 원권 50장. 두 사람은 일단 돈을 받고는 얼떨떨한 표정을 지었다.

갑자기 돈을 이렇게 준다고?

유지유가 퍼뜩 무언가를 알아차린 눈으로 이연우를 보았다. 경악으로 입이 벌어졌다.

"주사위 썼죠? 복권 당첨에 썼죠! 연우 씨가 그런 일에 쓸 줄은 몰랐는데!"

"예? 아니, 아니…"

"연우야. 이건 좀 아니지 않냐. 뇌물을 이렇게 대놓고 주면 감사과에 걸린다. 나는 그 뭐야, 코인으로 줘라."

반장은 장난기 어린 눈으로 맞장구를 쳤다. 이게 뭔지 눈치를 챘지만, 이 막내를 놀릴 기회가 그렇게 자주 오지는 않았다.

"아니, 이게…"

이연우는 손으로 허공을 휘젓다가, 문득 고개를 끄덕였다. 돈다발로 향하는 손.

"조금 그렇죠? 도로 가져가겠습니다."

"늦었어요!"

유지유가 돈을 홱 뒤로 숨겼고, 반장 또한 고개를 끄덕이며 지폐를 세었다. 100만 원. 100만 원어치 시간을 살 수 있었다.

"이만하면 잘 쓰겠네. 탐사에서 얻은 거냐?"

"예. 꽤 많이 얻었습니다."

그쯤에서 유지유도 알아챘다.

"이거 이상 개체예요?"

"골드버그클럽 놈들이 쓰는 건데, 돈 별로 못 버는 놈들이 쓴다. 아니면 돈이 남아도는 인간이 쓰거나."

대부분은 금괴를 쓰지, 애매한 지폐는 잘 쓰지 않았다.

시간을 산다고는 하지만, 사용자의 몸값에 따라 지불하는 돈이 달라졌고 사용자에게 불가능한 일은 일어나지도 않았다.

간단하게 설명한 이연우는 직접 시범을 보였다.

만 원 한 장을 꺼내 토치로 불을 붙였다. 지폐는 연기도 없이 타올랐고, 이연우는 쓰레기통을 보았다.

"쓰레기통 비우기."

지폐가 완전히 타서 사라지기 무섭게 쓰레기 봉지가 사라졌다. 아마 잘 묶여서 밖으로 나갔을 것이었다.

유지유는 입을 헤벌렸다가 지폐 몇 장을 뽑아 신중하게 지갑에 넣고, 옷 주머니에 넣고, 휴대폰 케이스에 넣고, 신발 바닥에 끼워 넣었다. 비상시를 위해 비축했다.

그러고는 이연우의 토치를 가만히 보았다.

"이거 꼭 불붙여야 해요?"

"아마도요? 저도 정확히는 몰라서…"

"어. 불로 태워야 한다."

반장이 답하자, 유지유는 애매한 표정을 지었다.

"라이터 사야겠네요. 그래도 잘 쓸게요!"

"좋은 물건은 아닙니다. 진짜 위급할 때 쓰기에는 조금 애매합니다."

일촉즉발의 위기 상황에서 쓰기에는 단점이 보였다. 지폐를 꺼내고, 불을 붙이고, 또 다 탈 때까지 기다리고. 뭐랄까, 손이 많이 갔다.

유지유는 대수롭지 않게 지폐 다발을 쓰다듬다가 문득 놀란 표정을 지었다.

"없는 것보다는 낫죠. …잠깐만요. 골드버그클럽이라고요? 걔네는 연우 씨한테 무슨 죄를 저질렀길래 맨날 털려요?"

"저를 죽이려고 하던데요. 그래서 탈출하는 김에 겸사겸사 이것저것 챙겼습니다. 아, 쌀이랑 생수도 있습니다."

이연우는 에코백을 활짝 펼치고 물자를 하나둘 꺼내기 시작했다.

생수, 쌀, 라면, 김치, 과일, 술, 조미료, 발전기, 컴퓨터, 접이식 바리케이드, 텐트, 담요, 가스버너, 드론, 권총, 총알…

손이 바쁘게 움직이는데도 끝도 없이 쏟아지는 물자 앞에서, 반장과 유지유는 웃지도 울지도 못했다. 이연우는 뿌듯한 표정을 지었지만, 결국 목숨 걸고 싸워서 얻은 전리품 아닌가.

반장이 손을 내저었다.

"그만, 그만. 연우야, 그만 꺼내라. 네 집에다가 풀어. 그걸 다 여기에 어떻게 두냐."

"아, 그게…"

이연우는 볼을 긁적였다. 민망한 기색이 얼굴에 드러났다.

"저 셸터 날아가지 않았습니까. 그래서 집 구할 때까지 여기서 머물려고 합니다. 그… 문제가 될까요?"

"문제는 없는데…"

반장이 슬그머니 눈을 피했다.

이연우가 머무는 건물이 멀쩡할까? 원룸 건물 지워졌고, 셸터도 지워졌다. 기껏 새로 단장한 사무실에 문제가 생기면…

반장은 푹 한숨을 내쉬었다. 건물이 중요한가, 사람이 중요하지. 그리고 시간을 사는 지폐까지 받았는데.

"그래. 저쪽에 빈방 있으니까 쓰든가."

이연우가 활짝 웃으며 물건을 다시 에코백에 전부 집어넣고는 작은 방에 들어가 침낭이며 가스버너를 꺼냈다.

그렇게 대강 사람 사는 방으로 바꿔놓고 돌아가니, 반장과 유지유는 모니터를 보며 뭐라 뭐라 대화하고 있었다.

"염병. 건강검진은 뭘. 귀찮기만 한데."

"그래도 받는 게 낫죠. 무료잖아요."

"귀찮다."

이연우는 고개를 갸웃거렸다.

"무슨 일정 생겼습니까?"

"어. 건강검진 시즌 왔어."

이연우의 표정이 굳었다. 회사의 검사? 솔직히 좋은 기억도 없었고, 좋은 일이 생길 것 같지도 않았다.

검사를 피하려다가 거인의 세계로 날아갔고, 지금은 빗물을 소화해 체질이 바뀌었다. 혈액검사에서 이걸 들키면 무슨 일이 일어날지 안 봐도 눈에 선했다.

'연구원들이 내 피를 탐낼 텐데.'

이연우가 가라앉은 목소리로 물었다.

"필수입니까?"

"심리 상담은 필수야. 신체검사는 빼도 된다."

"아, 다행입니다."

이연우는 한결 안심한 표정으로 자리에 앉아 회사의 메시지를 확인했다.

받고 싶은 검사를 체크하라길래 필수 선택인 심리 상담만 체크했고, 날짜와 장소를 확인했다.

'날짜는 내일모레고. 심리 상담소는 여기서 가까운 곳에 배정됐고.'

그리고 시간이 지나 상담받는 날이 왔다.

114

이연우는 조금 이르게 상담소로 갔다. 귀찮은 일이니 차라리 빨리 해치우자는 마음.

'상담소가… 여긴가'

도시 한가운데 위치한 낡은 건물. 이연우가 올려다보니, 창문이며 입구에 이상한 문자가 쓰여 있었다.

– 예수 기 치료! 절름발이와 맹인도 기 치료 한 번에 회복 끝! 기적을 당신도 체험하세요!

– 예수님의 내공심법을 익힌 전문가가…

"이건 뭐…"

이연우의 목소리가, 눈꺼풀이 파르르 떨렸다. 딱 봐도 사이비 아닌가. 들어가기 싫어지다 못해, 당장 발을 돌리고 싶었다.

이연우는 핸드폰으로 위치를 다시 한번 확인한 후, 애써 마음을 다스렸다.

'회사 건물이잖아. 일반인 못 오게 일부러 저러는 거겠지.'

합리화가 끝나도 의심은 멈출 수 없었다. 이연우는 느릿하게 걸음을 옮겨 건물로 들어갔다. 눈을 크게 뜨고 시야를 넓게 둔 채로.

상담소 안으로 들어가니, 생각보다 상담소 같은 인테리어가 보였다.

온화한 조명과 편안한 색감. 푹신푹신한 쿠션은 물론이고 따듯한 냄새까지, 전체적으로 마음이 놓이는 느낌이었다.

'상담소 맞네. …외관에는 왜 저런 짓을.'

이연우는 안심하며 에코백을 느슨하게 걸쳤다.

진료 시간인 9시보다 30분이나 일찍 왔기에, 데스크에도 사람이 없었다. 이연우는 쉬려고 구석 자리로 가서 앉았다.

대충 주변을 두리번거리다 보니, 회사원을 대상으로 한 팸플릿 몇 개가 보였다. 이상 소유 자진 신고, 이적 행위 처벌, 자살 상담, 회사원을 위한 사망 보험 등…

'보험? 나도 들어둘까?'

의료 지원이 회사의 기본 혜택이었고 빗물이 있어 딱히 병원비 문제는 없긴 했지만, 사망 보험은…

이연우는 가만히 보험을 살펴보다가, 기분이 나빠져 휙 팸플릿을 돌려놓았다. 괜히 불길한 느낌이었다. 애초에 죽지 않을 건데, 죽음을 염두에 둔다는 점에서 특히.

차라리 핸드폰이나 자동차 쪽으로 들어두는 게 낫지. 펑펑 터져 나가니까.

그 순간이었다.

이연우의 움직임이 멈췄다. 시선이 느껴졌다. 바로 옆에서.

'뭐지? 뭐가 날 보고 있는 거지?'

식은땀이 흘렀다. 이연우는 최대한 자연스럽게 에코백에 손을 넣으며, 눈동자만 옆으로 굴렸다.

그곳에는 사람 하나가 있었다. 이상할 건 없었다. 건강검진 시즌에 심리 상담을 받을 회사원이 있는 건 당연했다.

이연우의 눈이 자연스럽게 다른 곳으로 움직이려다가 멈췄다. 시선의 근원은 그 사람이었다. 이렇게 넘어가는 건 이상한 일이었다.

이마가 뜨거워질 정도로 머리를 굴리기를 잠시.

"…악! 당신 뭐야! 언제부터 여기 있었어!"

이연우가 펄쩍 뛰어오르며 권총을 꺼내 겨눴다.

그러자 상대는, 어딘가 유지유를 닮은 느낌의 여자는 눈을 동그랗게 떴다. 적의는 없고, 호기심과 반가움이 반짝이는 눈.

"제가 보여요…?"

이연우는 당황했다. 이러지도 저러지도 못해서 총구가 흔들렸다.

'이건 또 뭐야.'

그들은 잠깐 대화를 나눴고, 이연우는 상황을 파악했다.

이연우는 권총을 도로 에코백에 넣고, 근처에 앉아 얼굴을 붉혔다. 민망했다.

"정보부의 유령이시고, 지유 선배의 언니시라고요? 죄송합니다. 제가 깜짝 놀라서 총부터 꺼냈습니다. 무슨 진짜 귀신 같은 건 줄 알고."

"그럴 수도 있죠. 제가 존재감이 없어서…"

상대는 유지유의 언니였다. 또한, 자연스러운 형광 조끼와 한 몸이 된 정예 요원이었고.

나름대로 장악 관련해서 정보를 찾을 때 보았던 이름. 정보부의 유령. 과연 그 이름이 아깝지 않았다.

이연우는 계속해서 왜곡되려는 인식을 혀를 깨물어가며 되돌렸다. 상대는 조끼를 입고 있지 않았는데도, 계속해서 인식에서 벗어났다.

유령 또한 신기한 얼굴로 이연우의 얼굴을 뜯어보았다.

"지유한테 가끔 이야기 들었어요. 조금 이상한 신입이 들어왔다고. 후배 같지 않다고 투덜거리던데…"

유령이 작게 웃었다. 그 소리조차 바람 소리처럼 자연스럽게 흘러갔다. 집중하지 않으면 무슨 말을 하는지 알 수가 없었다.

자연스럽게 넘어가는 수준이 아니라, 자연의 일부가 되는 수준.

"진짜였네요. 조끼 없어도 저 인식하는 사람은 거의 없는데."

"그게, 음… 쉽지 않네요. 일상생활은 가능하십니까?"

이연우는 피를 삼켰다. 하도 입술을 물어뜯어서 피까지 났다. 조끼 없이도 이 정도면 정상적인 생활이 불가능해 보였다.

식당이나 편의점은 그렇다 쳐도, 길도 함부로 못 건널 것 같았다. 횡단보도를 건너도 신호 위반하는 차가 아무도 없는 줄 알고 치고 지나갈지도 몰랐다.

유령은 체념한 표정을 지었다.

"그러려니 하고 살아야죠. 살다 보니까 다 방법이 있더라고요. 그리고 나름대로 재미도 있어요."

몰래 기밀 정보 훔쳐보고, 고위 직원의 회의 훔쳐 듣고, 즐거운 일도 많다는 말이 이어졌다.

이연우는 어색한 표정을 짓다가 얼른 표정을 바꿨다.

'형광 조끼와 한 몸이 된 사람이야. 조언을 들을 수 있어.'

장악과 관련된 정보를 얻으려고 해도 명확한 무언가가 없었는데, 바로 앞에 이상 개체와 한 몸이 된 사람이 있었다.

이연우는 이 기회를 놓치고 싶지 않았다. 한 몸이 되는 것에 대해 상담할 기회였다.

"혹시 장악에 대해 알려줄 수 있습니까? 저도 이상 개체 몇 개 쓰는데…"

"장악이요? 그거 장악 아닌데."

"예?"

유령이 몸을 웅크렸다. 안 그래도 흐린 존재감이 진짜 유령처럼 옅어졌다. 우울한 목소리가 이어졌다.

"오염이에요. 감염이고 전염이고요."

불길한 어감. 이연우의 눈이 크게 떠졌다. 감각이 곤두서
며 증발할 듯한 유령을 정확히 붙잡았다.

시야가 좁아져 유령이 크게 확대되었고, 귀가 쫑긋 서 유
령의 목소리가 천둥처럼 크게 울렸다.

"멀쩡한 사람 이상으로 만드는 거잖아요. 회사가 사람들이
오해하고 잘못 이해하게 만들려고 일부러 장악이란 단어를 붙
인 거예요."

이연우는 순간 어지러웠다.

하지만 두뇌는 멀쩡하게 움직이며 생각을 이어갔다. 논리
와 경험이 떠올랐다. 빠르게 증거를 찾고 결론을 내렸다.

'…맞아. 사람이면 불가능한 걸 가능하게 만들잖아.'

당장 미래 이연우만 해도, 실타래로 이루어진 그게 사람인
가? 사람인 척하는 이상 개체지.

또한, 머리가 빠지는 비를 예견하던 무당 가문도 그랬다.
비의 형태를 가진 이상 현상과 한 몸이 된 인간이면, 비가 언제
내릴지 알 수도 있었다. 그 이상성은 피를 타고 내려왔을 테고.

이연우의 얼굴이 창백해졌다. 이건 작지 않은 문제였다.

유령은 이연우의 반응은 신경 쓰지 않았다. 사람과 직접
대화하는 게 오랜만이라, 침울했다가도 대화 자체가 신나서 말
을 막 뱉었다.

"회사는 이거 별로 안 좋아해요. 안 그래도 막 튀어나오는 이상이 증식하는 거라고. 제가 예시 몇 개를 봤거든요. 회사에서 숨긴 건데…"

이연우는 그 말에 멍하니 귀를 기울였다.

"건물이나 지역 형태의 이상 개체가 있거든요. 그거랑 하나 된 인간들은 완전히 이상이더라고요."

사람을 습격해서 잡아먹고, 동료로 만들겠다고 감염시키고, 영역을 넓히기 위해 움직이고.

이연우는 순간 눈을 감았다가 떴다. 몇 개의 문제점이, 어쩌면 목숨을 위협할 문제가 순식간에 떠올랐다.

'이상 개체와 한 몸이 되는 그 비율이 문제야.'

어떻게 균형을 유지해 반씩 섞이는 정도는 괜찮을 것 같았다. 미래 이연우가 그 느낌이었으니까, 받아들일 수 있었다.

하지만 한 몸이 되었는데, 이상 개체가 90퍼센트고 사람이 10퍼센트면? 그보다 더 극단적이라면? 사람은 향만 나는 수준이라면?

"오염… 이상 개체로 변이된 거군요."

조금 오염되면 감각이 변이한다. 더 많이 오염되면 능력의 한계를 넘는다. 지우개를 든 멸망주의자나 미래의 이연우처럼.

그리고 거기서 더 오염된다면, 유령이 말한 경우처럼 이상의 일부로 변할 것이다.

"회사에서 두 개를 권장하는 이유가 그거였습니까."

완전히 한 몸이 되지 못하게. 이이제이처럼, 오염끼리 충돌 시키기 위해.

'아니, 잠깐.'

이연우는 문득 의문을 떠올렸다. 말이 안 됐다.

"그러면 차라리 이상 장비로 도배하면 되지 않습니까? 세 개부터는 감각의 과부하가 일어난다고 들었…"

"아니에요. 오염이 그런 거 가리겠어요? 물감 섞이듯 까맣게 섞이지. 청산가리 먹고, 그라목손 마시고, 복어 독 삼키면 몇 개를 먹든 똑같이 시체 되잖아요. 두 개나 세 개나 차이 없어요."

유령이 담담하게 말을 이어갔다.

"두 개까지는 오염돼도 어떻게든 인간 언저리로 판단해서 그래요. 세 개부터는 완전히 인간이 아니고요."

이연우는 어렴풋이 감을 잡았다.

'두 개의 오염까지는 환자로 판단하는 거야. 감염을 치료하고 고칠 수 있는 환자로.'

하지만 세 개의 오염부터는 가차 없이 이상 개체로 본다는 말이었다. 그러니 은근히 막는 것이었다.

"특전대처럼 이 악물고 과학기술만 쓰는 부대 많잖아요. 써도 한두 개만 쓰고요. 다 증식을 막으려고 그러는 거예요."

유령이 후다닥 말을 뱉을 때였다.

안쪽 상담실에서 온화한 여자의 목소리가 들려왔다.

"상담 시작할게요. 순서대로 들어오세요."

"아…"

유령은 아쉬운 표정을 지었다. 오랜만의 대화라 그런지 매년 받던 상담보다 즐거웠다. 상담도 태블릿으로 하니까.

잠시 손발을 꼼지락거리던 유령이 자리에서 일어났다. 품에서 태블릿을 꺼내고는 손을 휘저었다.

"저 먼저 상담받을게요."

"아, 예."

이연우는 갑작스러운 정보 때문에 혼란에 빠져 제대로 대답하지 못했다. 그저 지끈거리는 머리를 부여잡으며 고민할 뿐.

유령의 상담이 진행되는 동안, 이연우는 정보를 차근차근 정리했다.

'탐사 끝내고 본 직원은 몇몇 이상 개체는 오래 쓰다 보면 한 몸이 된다고 했어.'

그 몇몇 이상 개체는 아마 사람을 오염시키는 이상 개체일 것이다. 형광 조끼, 지우개, 주사위처럼.

이연우는 무거운 눈으로 주사위를 보다가 눈을 감았다.

'내가 이상 개체로 변하는 것 자체는 괜찮아.'

물론 회사는 사람이 아니라 이상으로 보겠지만, 회사라고 무조건 이상 개체를 파괴하지는 않았다.

적대 수준을 따져, 손을 잡기도 하고 회사 소속으로 받아들이기도 했다.

'하지만 내가 이상 개체로 변하는 거지, 이상 개체에 잠식당하는 건 아니야.'

이상의 0.0001퍼센트가 나라면, 그건 죽음이랑 다를 게 없지 않나. 자의식도, 자유의지도 없는 삶이다.

이연우는 어두운 안색으로 입술을 깨물었다.

'이건 신경 써야 해.'

주사위는 떼어놓을 수도 없으니 계속 오염되는 중이었다. 방사능에 계속 피폭되는…

'아냐. 이거 문제없는데?'

어느 지점에 생각이 닿았다. 이연우의 표정이 밝아졌다. 적어도 주사위는 오염 문제에서 자유로웠다.

'심각할 정도로 오염되기 전에 결과 조작이 먼저 되는데? 자가 치료가 되는데?'

이연우가 안도의 한숨을 내쉬며, 쿠션에 몸을 기댔다. 이제 상담만 대충 마치면 됐다.

115

상담은 시간이 걸렸다. 유령이 상담받는 동안 이연우는 고민을 끝냈고, 쓸데없는 일을 하며 시간을 보냈다.

– 무덤에서 요람까지, 당신의 사후를 책임지는 보험회사…

"안 사요. 보험 이미 가입했어요. 아니, 내 번호는 어디서 유출된 거야."

광고 전화를 받고 투덜거리기도 하고.

– 통장에 문제가 발생했습니다. 계좌 정보를 수집하고 있습니다. 자동으로 문제가 해결됩니다. (출금 중… 25퍼센트 완료)

바이러스에 핸드폰이 감염되기도 했다. 푸른 배경에 밉살맞은 이모티콘이 웃고 있는 화면을 가만히 보기를 잠시.

"어? 어? 뭐야? 왜 이래?"

띠링.

정신을 차린 이연우가 핸드폰을 마구 두드렸을 때는 이미 출금이 완료된 뒤였다.

바이러스는 사라졌고, 은행 하나에 넣어둔 돈도 사라졌다. 텅 빈 은행 앱 화면을 멍하니 보기를 잠시.

이연우가 손가락을 벌벌 떨며, 핸드폰을 마구 눌렀다. 여러 번 손가락이 미끄러지고, 마침내 거래 내역 화면으로 들어갔다.

– (주)골드버그클럽 –1,000,000,000

"어…"

이상기후를 해결하고 받은 돈. 다른 은행 몇 곳에 예금한 돈은 멀쩡했지만, 평소 쓰는 통장에 넣어둔 10억이 사라졌다. 누군지도 모를 클럽 회원의 손에 들어갔다.

"골드버그클럽!"

이가 빠드득 갈리는 소리가 났다. 이연우의 눈에서 불길이 치솟았다.

10억이었다. 물론 남은 돈이 훨씬 많았지만, 결코 넉넉한 돈은 아니었다.

펑펑 터져 나가는 집만 몇 번 바꿔도 사라질 돈인데, 마음 편하게 넘어갈 수 없었다.

'아무리 내가 그쪽 물건 뺏은 적은 있어도, 10억은 아니지. 두고 봐. 안전한 기회만 생기면 네놈들 자산을 훔쳐줄게.'

골드버그클럽이 본의 아니게 이연우의 목표가 되는 순간.

뒤늦게 회사의 알림이 울렸다.

- 골드버그클럽이 바이러스형 이상을 회사원 대상으로 유포하고
  있습니다. 사우 여러분은 유의해주십시오. 기초 보안 절차는
  다음 링크를 확인하십시오. (정보부)
- 현재 골드버그클럽과 자유예술가협회의 동시다발적인 공격이 확
  인되었습니다. 바깥에 계신 사원 여러분은 바로 부서로 복귀하
  십시오.
또한, 현장에 계신 정예 요원 여러분은 그 자리에서 대응 바랍니다.
  (인류보호회사 한국 지사)
- 멸망주의자와 악마 숭배자의 추가적인 공격이 예상됨. 전쟁 준비
  태세 3단계 발령. (특전대 본부)

연달아 울리는 알림.

전초전이 본격적인 전투로 발전되는 양상이었으나, 이연
우의 눈에는 텅 빈 통장만 보였다.

허망함과 분노가 섞인 눈동자.

- 안녕하세요!

그 순간 이연우의 눈이 창문 바깥을 향했다. 언젠가 들었
던 목소리가 들려왔다.

- 저는 서울의 레오나르도, 레오나르도 다 서울입니다! 굉
장히 오랜만에 공연을 하는데요!

상담

이연우는 벌떡 일어나, 쿵쿵 발을 찍어가며 창가로 다가갔다. 커튼을 옆으로 밀어내니, 무슨 선거 홍보 트럭 같은 것에 탄 레오나르도 다 서울이 보였다.

사람의 정신을 황홀경으로 이끄는 노래를 부르는 가수. 신입 사원 연수 당시 보았고, 잡았었던 예술가가 마이크를 잡고 뭐라 말하고 있다.

– 세상에 다시 나온 이후 첫 공연이라 정말 떨리네요. 그러면 바로 첫 곡!

스피커에서 터져 나오는 전주.

순간 이연우의 안색이 창백해졌다. 연수 막바지에 있었던 일이 떠올랐다. 피가 빠져나간 사람처럼, 감정이 모조리 빠져나가며 머리가 냉정을 되찾았다.

둔하게 잠들었던 머리가, 지능이 깨어났다.

'잠깐만. 전쟁? 지금 상황이. …아. 돈이 중요한 게 아닌데.'

일단 저 예술가의 노래부터 막아야 했다.

도로의 운전자가 운전을 못 해서 연쇄 추돌 사고를 일으킬 것이었고, 무엇보다 이연우를 방심 상태로 만들 것이었다.

드르륵.

이연우가 창문을 조금만 열었다. 총구가 나갈 수 있을 정도로만 좁게. 겨울의 차가운 바람이 손등을 스쳤고, 거무튀튀한 총구가 커튼 틈새로 고개를 내밀었다.

레오나르도의 입이 벌어지는 순간, 이연우의 손가락이 방아쇠를 당겼다.

탕!

도심에 울리는 총성.

총탄이 아스팔트 도로를 긁었다. 삐이익, 스피커가 비명을 내질렀고, 다듬은 레오나르도의 목에서 거친 외침이 터졌다.

– 뭐야!

레오나르도가 기겁을 하며 웅크려 머리를 획획 돌렸다. 하지만 어디서 누가 쐈는지 찾을 수 없었다. 그는 트럭 바닥에 그려진 그림을 향해 냅다 몸을 던졌다.

– 회사가 벌써 쫓아왔다고? 어떻게 나왔는데, 또 잡힐 수는 없지.

그는 일회용 문을 통해 갤러리로 탈출했다. 길거리에는 트럭과 영문을 모르는 트럭 기사만 남았다.

이연우는 그 탈출을 가만히 보았다. 여기서 굳이 죽일 생각은 없었다. 그렇게 할 만한 사격 실력이 없었다.

그보다는 지금 상황이 문제였다.

'갑자기 전쟁이라고? 이렇게까지 상황이 안 좋아졌다고?'

뒤에서 벌컥 문이 열리고 두 사람의 발소리가 들렸다. 유령과 상담 선생님이었다. 그들은 총성을 듣고 놀라서 나온 참이었다.

"상황이 왜 이렇게 됐지…"

유령이 가방에서 꼭꼭 접은 형광 조끼를 꺼내며 중얼거렸다.

"왜 회사에 반항하지… 본사는 전쟁 일으킬까 고민하는 거 같던데, 눈치가 없나."

"저, 선배님. 혹시 지금 상황이…"

"전쟁 준비하세요. 조사원이면 딱히 할 일 없는데, 당신은 그냥 조사원이 아니잖아요. 아마 이런저런 작전에 투입될걸요?"

그걸로 끝이었다. 휙, 유령이 형광 조끼를 입었다. 그리고 인식에서 사라졌다.

이연우가 눈을 크게 떴다. 으직, 혀를 씹어가며 감각을 일깨워도 보이지 않았다. 들리지도 않았다. 뒤늦게 문이 닫히고서야 문에 달린 방울이 딸랑이는 소리가 들렸다.

'아예 눈치를 챌 수가 없다고?'

투명 인간 수준이 아니었다. 문이 열리는 것도 몰랐다. 유령이 나간 뒤에야 깨달았지. 단어 그대로 유령이었다.

이연우는 식은땀을 흘렸다. 권총을 쥔 손바닥이 끈적했다.

'만약에 저런 게 나를 공격하면, 어떻게 대응하지?'

위험 앞에서 발버둥 칠 자신은 있었지만, 위험 자체를 인식하지 못한다면. 아무것도 모른 채로 총을 맞는다면.

이연우의 눈이 가라앉았다.

'감각 강화가 필요해. 인지 강화나.'

그때였다.

온화한 인상의 상담사가 난처한 미소를 지었다. 그녀는 이 연우를 보았다.

"상담받으시나요?"

"…일단 반장님께 연락해보겠습니다."

이연우는 핸드폰을 툭툭 두드렸다. 통화는 바로 연결됐다.

– 어. 왜.

"반장님. 바로 복귀하면 되겠습니까?"

– 상담은 받았냐?

"아뇨."

반장이 머리를 벅벅 긁는 소리가 들렸다.

– 그럼 상담받고 와. 진짜 전투 크게 일어나면 조사원은 할 일 없다. 차라리 네 정신 관리부터 마치자.

"알겠습니다. 아. 그리고 레오나르도 다 서울이 공연하려고 하길래 쫓아냈습니다."

– 어? 방금? 어, 어, 그래. 잘했다. 아무튼, 이따가 보자.

뭔가 할 말이 있어 보였지만 반장은 통화를 끊었다. 이연우가 상담사를 보았다.

"상담 바로 받겠습니다."

"그럼, 안으로 들어오세요."

상담실은 전체적으로 녹색이라 마음이 편하게 놓이는 분위기였다. 향기도 자연의 냄새였고, 은은한 노랫소리도 좋았다. 이연우가 푹신한 의자에 앉아 에코백을 무릎 위에 놓았다.

상담사는 진료 차트 같은 종이와 볼펜을 들고는 몇 장 들춰보더니 이연우를 슬쩍 살폈다.

이연우는 바쁘게 눈을 굴리며 상담실을 뜯어보고 있었다. 꼭 폭탄을 찾듯이. 실제로 비슷한 심정이었다.

'회사의 상담이야? 단순한 상담일까?'

무슨 이상 개체를 쓰지 않을까? 자백제나, 최면이나, 진실 판별이나, 정신 조작이나.

이연우는 코를 찡긋거리며 냄새를 의심했고, 인테리어를 뚫어져라 노려보며 이상 개체일까 의심했고, 은은한 노랫소리가 정신에 영향을 미치나 의심했다.

상담사는 지금껏 수많은 회사원을 보아왔기에 이연우의 경계를 이해했다. 웃음기 섞인 목소리가 나왔다.

"이상 개체 없어요. 그런 거 쓰면 싫어하는 회사원이 많아서요."

"그렇습니까?"

"그렇죠. 음, 상담하기에는 상황이 조금 그렇네요. 다른 집단 때문에…"

상담사는 현재 상황을 주제로 입을 열고 자연스럽게 이런저런 대화를 이어갔다.

대화는 곧 깊어졌고, 어느 순간 이연우의 고민과 아픔으로 이어졌다. 이연우는 이상의 영향 없이, 상담사의 말에 이끌려

속내를 털어놓았다.

"아무래도 일이 일이지 않습니까. 스트레스가 상당합니다.
언제까지 이 일을 할 수 있을까. 내가 무사히 퇴사할 날이 올
까. 임무를 거듭하는데 죽지 않고 살 수 있을까."

살아남았지만, 매번 생사를 오갔다. 그 순간의 압박감과 스
트레스.

상담사는 진지한 눈으로 이연우와 눈을 맞췄다. 대꾸하지
않고, 고개를 끄덕였다.

이연우는 말을 계속했다.

"설령 무사히 살아남아서 퇴사하더라도, 문제가 끝날까요.
이상이 사라지지 않는 이상, 마음을 놓을 수 있을까요."

"많은 회사원과 같은 고민이네요."

그쯤에서 상담사가 입을 열었다.

"PTSD를 겪는 분도 많아요. 전쟁을 겪은 군인처럼요. 평범
한 물건이나 평화로운 일상에서도 충격을 받아 플래시백이 일
어나고 공황이 오곤 하죠. 악몽을 꾸기도 하고요. 이연우 씨도
그런가요?"

"저는…"

이연우는 곰곰이 기억을 떠올렸다.

인간자격시험을 겪은 직후에는 조금 문제가 있긴 했다. 노
이즈 낀 소리나 시험 문제 자체를 정신이 감당하지 못했었다.

하지만 지금은…

상담

"아뇨. 꿈은 원래 잘 안 꾸고, 공황도 없습니다. 아, 지우개. 지우개를 보면 두렵긴 합니다."

지우개를 제외하면 딱히?

죽는 집도 그 순간에는 가장 스트레스가 심했지만, 지우개를 직접 휘둘러 지우면서 감정을 전부 분출했다.

지우개야말로 트라우마처럼 남았다. 이연우가 구석 탁자 위에 놓인 필기구를 보았다. 지우개가 있었다.

'어우, 끔찍해. 세상에 어떻게 그런 이상 개체가 있을 수 있지?'

상담사는 그런 이연우를 면밀하게 관찰하다가 미묘한 표정을 지었다. 표정은 빠르게 변했다. 온화한 상담사의 얼굴로.

"음, 상담을 위해 미리 이력을 확인하거든요. 불쾌하게 여기지 않으셨으면 좋겠어요."

"예, 뭐."

이연우는 담담하게 들었다. 조사원으로서 수행했던 임무는 실적과 경력으로서 기록되었을 것이었다. 당연한 일이었다.

몇몇 부분은 보안 조치로 숨겨졌겠지만.

"이연우 씨는 죽음을 굉장히 두려워하는 것처럼 보여요. 혹시 입사하기 전에 트라우마나 안 좋은 기억이 있을까요?"

누군가의 죽음을 보았거나, 죽을 뻔한 경험이 있거나. 그런 기억은 깊은 흔적을 남긴다.

하지만 이연우는 이상하다는 듯 상담사를 보았다.

"아뇨. 사람이면 당연한 거 아닌가요? 죽고 싶은 사람은 없지 않습니까. 죽지 않기 위해 발버둥 치는 건 당연하다고 생각하는데."

상담사는 가만히 이야기를 들었고, 이연우는 고민하다가 고개를 저었다.

"딱히 죽음을 두려워하거나 생존에 목숨을 걸지는 않는 것 같습니다. 그, 뭐야. 그런 사람들 있지 않습니까."

"어떤 사람들이요?"

"건강 생각해서 입에 들어가는 거, 피부에 닿는 거 성분 하나하나 따지고 걱정하는 사람들이요. 저는 그 정도는 아닙니다."

굉장히 대충대충 살고 있었다.

애초에 죽음을 두려워했으면 건강 관리부터 엄청 힘들게 했을 것이다.

카페인, 알코올, 탄산, 설탕, 밀가루 같은 것을 피했을 것이고, 화장품, 세제, 섬유유연제, 샴푸, 비누 따위를 전부 신경 썼을 것이다.

자신은 그저, 죽을 위기가 코앞에 닥치면 온 힘을 다해 발버둥 칠 뿐.

상담사는 펜으로 종이 위에 글자를 써나가며 고개를 끄덕였다. 그러고는 종이를 옆으로 치웠다. 종이가 탁자 위로 올라갔다.

465   **상담**

"이제 슬슬 마무리하죠. 마지막으로 질문 하나만 할게요."

"하십쇼."

"이연우 씨는 꿈이 뭔가요? 인생에서 이루고 싶은 목표나 지금 바로 얻고 싶은 뭔가요."

"꿈… 딱히 없는데…"

이연우가 턱을 매만졌다. 그냥 하루하루 살아남으면 족했다. 군이 뭔가 거창한 걸 바라자면…

"안전. 세상이 안전해졌으면 좋겠네요. 이상 같은 거 없이."

이상 개체만 많이 줄어도 마음 놓고 편하게 살 수 있지 않을까. 주사위나 지우개나 빗물 없이도 살아남을 수 있는 세상. 그 정도만 되어도 좋겠다고 이연우는 생각했다.

⟨4권에서 계속⟩

인류보호회사 3

초판 1쇄 인쇄일 2023년 8월 17일
초판 1쇄 발행일 2023년 8월 31일

지은이 짤짤이

발행인 윤호권
사업총괄 정유한

편집 박고운 **디자인 표지** 곰곰사무소(권빛나) **본문** 박정원 **마케팅** 윤아림
발행처 ㈜시공사 **주소** 서울시 성동구 상원1길 22, 6-8층(우편번호 04779)
대표전화 02 - 3486 - 6877 **팩스**(주문) 02 - 585 - 1755
홈페이지 www.sigongsa.com / www.sigongjunior.com

글 ⓒ 짤짤이 2023

ISBN 979-11-7125-037-0 (04810)
ISBN 979-11-7125-034-9 (세트)

*시공사는 시공간을 넘는 무한한 콘텐츠 세상을 만듭니다.
*시공사는 더 나은 내일을 함께 만들 여러분의 소중한 의견을 기다립니다.
*잘못 만들어진 책은 구입하신 곳에서 바꾸어드립니다.

WEPUB 원스톱 출판 투고 플랫폼 '위펍' __wepub.kr
위펍은 다양한 콘텐츠 발굴과 확장의 기회를 높여주는
시공사의 출판IP 투고·매칭 플랫폼입니다.